# LA
# MADRE
# CASALINGA

# LIBRI DI NICOLE TROPE

IN LINGUA ITALIANA

*La famiglia oltre la strada*

*La figliastra*

*La madre casalinga*

IN LINGUA INGLESE

*His Double Life*

*The Day After the Party*

*The Truth about the Accident*

*The Stay-at-Home Mother*

*The Foster Family*

*His Other Wife*

*The Stepchild*

*The Mother's Fault*

*The Family Across the Street*

*Bring Him Home*

*The Girl Who Never Came Home*

*The Life She Left Behind*

*The Nowhere Girl*

*The Boy in the Photo*

*My Daughter's Secret*

# NICOLE TROPE

# LA MADRE CASALINGA

Tradotto da Alessandro Cataoli

Bookouture

L'edizione originale è stata pubblicata nel 2023 con il titolo "The Stay-at-Home Mother" da Storyfire Ltd. che opera come Bookouture.

Edizione italiana pubblicata da Bookouture, 2024
Prima edizione Marzo 2024

Un'edizione di Storyfire Ltd.
Carmelite House
50 Victoria Embankment
London EC4Y 0DZ

www.bookouture.com





ISBN: 978-1-83525-687-9
eBook ISBN: 978-1-83525-686-2

*Per David, che ogni volta che succede qualcosa anche solo
vagamente interessante
dice «Scommetto che ne farai un libro.» Ed è vero.*

# PROLOGO

«Ciao, sono Andrea. Non posso rispondere in questo momento. Lasciate un messaggio e vi richiamerò.»

«Pronto, pronto... Senta, presumo che questo sia il numero di Andrea Gately, che è citata tra i contatti sul sito web dei bambini scomparsi nel mondo. So che il suo post dice che bisogna contattare solo la polizia in caso ci fossero informazioni, ma io ho trovato il suo numero di telefono sul profilo Facebook. Non ho idea del motivo per cui abbia messo il suo numero di telefono sulla sua pagina Facebook, ma non è per questo motivo che la sto chiamando. So che lei è in Australia e io sono negli Stati Uniti, quindi, non so bene quale sia il fuso orario, ma non mi interessa. La chiamo per farle sapere che ho passato il suo numero e i suoi contatti alla polizia di qui e mi hanno assicurato che indagheranno immediatamente. Andrea Gately, perché sta usando una foto di mio figlio su un sito web di bambini scomparsi? Perché la sta usando e dove l'ha presa?»

# UNO

## ANDREA



Si trova in piedi davanti alla porta di casa, con le chiavi in mano, quando l'auto sfreccia in strada stridendo fino ad arrestarsi davanti a casa sua, riempiendo l'aria con il rumore e l'odore della gomma bruciata. Il lampione sfarfalla come se fosse danneggiato e lei stringe le chiavi, con il cuore che batte all'impazzata.

Il vento sferza la casa, spargendo foglie marroni e fradice, mentre l'auto si ferma con il motore al minimo davanti a casa sua, ruggendo minaccioso nel buio. Andrea sente il cuore che le rimbomba in gola, rendendole impossibile deglutire.

Una portiera posteriore si apre e lei, congelata e con i muscoli tesi, strizza gli occhi, cercando di guardare all'interno.

Terry sbuca dal sedile posteriore e il suo corpo cade sulla strada in maniera scomposta. Con la portiera ancora aperta, l'auto si lancia nella notte, lasciando dietro di sé l'odore di pneumatico consumato e suo marito accasciato a terra.

Non riesce a muoversi, non riesce nemmeno a pensare a

cosa fare, mentre la bambina dentro di lei scalcia freneticamente.

Terry non si muove e le parole "è morto" le affollano la mente. Si dirige verso di lui, tenendo le chiavi così strette in mano che le tagliano la pelle. Quando lo raggiunge, lui geme, si distende e la guarda: ha entrambi gli occhi gonfi e tumefatti, si vedono lividi nerastri nel bagliore giallo del lampione.

Si guarda intorno, sollevata dal fatto che non ci sia nessun altro in strada, sollevata dal fatto che siano soli, mentre si sforza di trovare qualcosa da dire, qualcosa da fare.

I loro sguardi si incontrano poi lui si alza, e lentamente, zoppicando con sofferenza, va verso di lei. Lei fa un passo indietro.

«Ho fatto un casino» dice lui, con voce roca. «Ho fatto un gran casino.»

# DUE

## GABBY



Anche se lo sente ronzare continuamente nella sua mano mentre cammina, cercando di mantenere un'andatura abbastanza lenta e allo stesso tempo sufficientemente veloce, sa che non deve guardarlo, che non deve permettersi di leggere i messaggi. Non vuole sapere cosa dicono, ma, come se una calamita la attirasse, non può resistere, non può impedirsi di guardare in basso, di leggere quelle parole.

*Hai perso la testa? Perché lo stai facendo? Devi fermarti. Devi tornare indietro. Ti sto implorando.*

Il cuore le salta in gola, il sudore le imperla la fronte, ma non può tornare indietro.

«No» dice ad alta voce. «No.» La gente si gira e la guarda, ma lei non può fermarsi. Deve farlo adesso. Deve cambiare tutto adesso.

# TRE

## ANDREA

Cinque settimane prima

Andrea percorre la stanza, cercando di non lasciare che la pesantezza della disperazione le impedisca di fare ciò che deve fare. Praticamente tutto.

Si sono trasferiti in questa casa tre giorni fa e da tre giorni lei non fa altro che pulire e disfare bagagli. Questa mattina sembra che non abbia mai nemmeno cominciato questo compito mastodontico. In un angolo del soggiorno c'è una montagna di scatole alta quanto lei, leggermente inclinate e accartocciate dal peso di tutto ciò che contengono. Sopra c'è scritto "Garage" e "Giardino" e "Terry", perché sono le scatole che Terry le ha assicurato che avrebbe disfatto nel fine settimana. Sono accatastate contro una finestra e impediscono alla già scarsa luce del giorno di entrare. E il cielo grigio e pesante offre ancora meno luce; quindi, nonostante l'ora, accende due lampade e scopre che le lampadine nella stanza devono essere sostituite. Anzi, sono fulminate in tutta la casa, anche nella stanza di Jack. Dovrebbe proprio andare a controllare cosa sta facendo Jack, ma il pensiero le passa di mente mentre lancia di nuovo un'occhiata alla stanza. «Sciocchina.» le diceva sua madre ridendo perché non riusciva a ricordare un pensiero nemmeno per pochi secondi, ma Andrea sa che non si tratta solo di questo. La sua mente è in un circolo continuo di paura e preoccupazione, emozioni travolgenti che le affollano il cervello.

La situazione è aggravata dal fatto che la casa, questa casa piena di spifferi in una strada considerata molto rispettabile, è in pessime condizioni: i tappeti sono puliti e la vernice delle pareti è fresca, ma ovunque guarda può vedere il degrado, dagli infissi in legno bucherellati alle crepe che corrono lungo il soffitto. Devono essere ricomparse solo pochi giorni dopo la fine dei lavori di imbiancatura. La casa scricchiola e brontola tutta la notte come se si lamentasse di essere abitata. L'ultima proprietaria è morta nel suo letto, dopo aver vissuto qui per cinquant'anni; forse la casa sente la sua mancanza e non vuole essere abitata da una nuova famiglia.

«Nemmeno io ti adoro.» mormora Andrea, e poi ride di se stessa per aver parlato a un oggetto inanimato.

«Ci saranno sempre delle crepe.» le aveva detto Terry ieri sera mentre si accingeva ad assemblare il letto. «La casa è in terra battuta e quindi ogni volta che c'è un periodo di pioggia o di siccità o...»

«O una leggera brezza.» aveva aggiunto Andrea.

Terry aveva riso, ma non c'era niente da ridere.

Andrea annusa l'aria: l'odore di muffa è ovunque, ma del resto è ovunque in tutta Sydney di questi giorni. Le piogge autunnali si sono trasformate in piogge primaverili, che si sono trasformate in piogge estive, e ora siamo all'inizio di aprile e di nuovo alle piogge autunnali. Le fessure sotto le porte e ai lati delle finestre lasciano filtrare furtivi spiragli di aria fredda, che la fanno rabbrividire. Stava per accendere il riscaldamento quando ha pensato al prezzo dell'elettricità e l'ha spento di nuovo. Se continua a lavorare, riuscirà a stare abbastanza al caldo.

La disperazione di Andrea si adatta bene al tempo. Sarebbe sbagliato che il sole splendesse ora, dal momento che lei vorrebbe solo piangere.

«Almeno non ho la casa allagata.» commenta ad alta voce, ricordandosi di contare le sue fortune, come le diceva sempre sua nonna. *C'è sempre chi sta peggio. Sii grata e potrai arrivare alla fine di qualunque giornata.*

Sua sorella, Brianna, vive in una piccola città di campagna vicino al confine con il Queensland, dove suo marito è il medico locale. La casa di Brianna è stata sommersa dall'acqua due volte negli ultimi sei mesi, quando le piogge si sono susseguite giorno dopo giorno e settimana dopo settimana. «Sembra che non voglia finire mai.» aveva detto ad Andrea solo ieri, mentre le inviava l'ultima serie di foto, una delle quali mostrava il suo divano in pelle nuovo di zecca che galleggiava oltre le doppie porte del soggiorno. «Non volevo che i bambini ci mangiassero sopra, per evitare che facessero cadere cibo o bevande sulla bella pelle, ma ha comunque fatto la stessa fine dell'ultimo divano: è uscito dalla porta ed è finito nella spazzatura.» aveva detto con una risata triste.

«Vorrei poter venire ad aiutarti a dare una sistemata.» le aveva detto Andrea.

«Hai un bambino di tre anni e sei incinta di quasi nove mesi.» le aveva risposto Brianna. «E ti sei appena trasferita. Hai già abbastanza problemi per conto tuo.»

«Puoi dirlo forte.» bofonchia Andrea a mezza voce, mentre il suo sguardo spazia nella stanza.

Si china sulla scatola con su scritto ASCIUGAMANI e la apre con il taglierino che ha in mano, sospirando di fronte a una selezione di asciugamani che sarebbero più adatti al bidone dell'immondizia che al suo bagno. Sono tutti leggermente logori perché sono quelli che Terry aveva comprato quando si era trasferito da casa sua dieci anni fa. Gli asciugamani nuovi erano nella sua lista dei desideri di Natale prima... prima che succedesse tutto questo. Porta il set di asciugamani blu nel bagno principale e appende il set di asciugamani verdi nel piccolo e antiquato bagno in camera, dove le pareti sono rivestite di un mosaico rosa e nero che potrebbe quasi sembrare elegante, se non fosse per tutte le crepe e per il fatto che in alcuni punti mancano intere tessere.

«Vado in garage e cerco di trovarne qualcuna di ricambio. I vecchi proprietari devono averne lasciate alcune, lo fanno sempre.» le aveva promesso Terry, ma non nutre grandi speranze che poi lo farà davvero.

Il piccolo armadio in cui ha scelto di riporre la biancheria è già stracolmo di lenzuola e tovaglie, tutte ordinatamente impilate, e non c'è spazio per nient'altro.

«Non c'è spazio e non c'è luce.» borbotta. «Va bene.» Andrea infila nell'armadio un mucchio di asciugamani spaiati color crema e marrone. Ha bisogno di una tazza di tè e di un po' di cioccolato.

«Abbiamo più di quanto abbia la maggior parte delle persone.» aveva detto Terry ieri sera e lei voleva essere d'accordo con lui perché tutto sarebbe stato più facile se fosse riuscita a convincersene. Ma fa fatica, soprattutto quando riguarda gli scontrini del supermercato dopo una spesa abbondante, quando legge che i prezzi dell'elettricità sono aumentati o quando si guarda intorno in casa sua.

«Sei bloccata qui, quindi smettila di lamentarti.» dice ad alta voce, cercando di scuotersi da questo stato d'animo, mentre infila gli ultimi asciugamani nell'armadio, ormai in disordine.

Ha un figlio e un altro in arrivo, e Terry è il sostegno della famiglia. Non potrebbe andarsene nemmeno se lo volesse. *Non voglio andarmene. Amo Terry. Amo o amavo la vita che abbiamo creato insieme.* Terry è un seduttore. Un uomo dal sorriso spontaneo e dalla risata fragorosa. È divertente e dolce e nessuno riesce a farla ridere come fa lui.

Questa mattina, prima di uscire per andare al lavoro, l'aveva baciata delicatamente sulla fronte e le aveva sussurrato: «Le cose andranno meglio, so che andranno meglio.» Lei aveva chiuso gli occhi e aveva rivolto una preghiera al cielo affinché le cose migliorassero davvero.

In un mondo ideale, Terry dovrebbe guadagnare più che abbastanza grazie al suo lavoro in un grande negozio di elettronica, dove tutti i commessi lavorano su provvigione e le vendite sono molto consistenti. Ma questo non è un mondo ideale. Non è che lei possa uscire e trovare un lavoro in questo momento, quindi non può fare molto per risolvere la situazione. È legata a Terry e ai problemi di Terry.

Mentre accende il bollitore, Gemma, così hanno già deciso di chiamare la bambina, scalcia con forza nella pancia. Sia lei che Terry volevano sapere se sarebbe stato maschio o femmina e si sono trovati subito d'accordo sul nome Gemma. Si abbina bene a Jack. Terry è sorprendentemente bravo con i bambini, riesce a calmarli durante le crisi di pianto e non si esime mai dal cambiare un pannolino. Con Jack ha un livello di pazienza che ad Andrea a volte manca e trascorre volentieri ore intere a giocare con lui, da grandi appassionati di automobiline, adatte al grande garage di plastica pieno di rampe che i genitori di Andrea hanno spedito a Jack per il suo compleanno.

Andrea allontana il pensiero che Gemma sia stata un errore. Voleva aspettare prima di rimanere di nuovo incinta.

«Jack ha bisogno di un fratellino o di una sorellina ed è soltanto un anno prima di quello che avevi programmato.» aveva detto Terry, scrollando le spalle e sorridendo, quando lei gli aveva detto di essere incinta. Andrea aveva deciso di essere grata per un'altra gravidanza sana, anche se si era chiesta come avrebbero fatto a gestirla dal punto di vista finanziario.

Quando il bollitore scatta, un piccolo brivido di allarme la attraversa perché si rende conto che non sente Jack da almeno cinque minuti, il che significa che sta facendo qualcosa che non dovrebbe fare.

«Jack» chiama. «Dove sei, tesoro?»

Non le risponde, così esce dalla cucina e va alla ricerca di suo figlio. Sa che accusa la noia e la solitudine e che ne ha abbastanza della sua mamma brontolona. Non può biasimarlo. Anche lei ne ha abbastanza di se stessa.

È in camera sua e sta chiacchierando da solo, e sulla moquette ha sparso un'intera confezione di formaggio a fette, la maggior parte delle quali è finita spiaccicata tra le fibre grigie. Siccome le fette non sono incartate singolarmente, Andrea capisce che dovrà buttare via l'intera confezione. Sette dollari buttati nell'immondizia.

«Oh, Jack.» dice, senza riuscire a trattenere le lacrime. Si accovaccia per iniziare a raccogliere la quantità di formaggio che sarebbe bastata per almeno due settimane di panini. L'odore stagionato le rivolta lo stomaco e deglutisce in fretta. Questa gravidanza è stata tormentata dalla nausea mattina, pomeriggio e sera.

«A volte lo stress peggiora le cose.» aveva detto Brianna quando avevano parlato del malessere di Andrea.

«Allora è un bel problema.» aveva risposto Andrea e Brianna aveva sospirato, sapendo esattamente quale fosse l'origine dello stress della sorella.

«Perché l'hai fatto, Jack?» gli chiede tirando su con il naso.

«Avevo fame.» risponde lui, con i suoi grandi e profondi occhi azzurri che sono l'immagine dell'innocenza. Ha perfezionato lo stesso sguardo da "chi, io?" che le rivolge suo padre. Ha gli stessi occhi azzurri e i capelli castani di Terry, così diversi dai suoi occhi marroni e dai suoi capelli liscissimi di un castano spento. Nel bar in cui l'aveva conosciuto, durante la festa di compleanno di una delle sue colleghe dell'azienda di articoli di arredamento online, si era voltata a guardarlo solo perché molte delle altre donne del suo gruppo lo stavano guardando. Terry è davvero bello e quando sorride gli appare una fossetta sulle guance che rende ad Andrea impossibile arrabbiarsi con lui. Jack assomiglia molto a suo padre, anche per la fossetta sulle guance, ma ha un'indole più seria, è sensibile ai suoi stati d'animo e cerca di aiutarla, diversamente da suo padre che tende a sdrammatizzare con una battuta. Il bambino si alza e si avvicina a lei, avvolgendola in un abbraccio. «Non piangere, mamma. Ti preparo un panino.» Se ne avesse la forza, se le rimanesse anche un solo grammo di energia, lo sgriderebbe, perché Jack sa bene che non può prendere tutto il formaggio dalla confezione. Ma non lo fa, si china in avanti e continua a raccogliere i pezzi, con grande disgusto per la sensazione che la patina fredda le trasmette al tatto.

«Ti aiuto.» dice Jack, che ne raccoglie un bel po' e poi dà un morso a quello che ha in mano.

«Jack, no.» gli dice. «È sporco.» Gli leva il formaggio di mano e lo butta nel cestino della camera, che poi porta fuori per svuotarlo, mentre il bambino comincia a piangere disperato. Andrea sente le pulsazioni dell'emicrania in arrivo, poi esce dalla camera di Jack ed entra nella sua, chiudendosi la porta alle spalle, mettendosi una mano sul cuore e facendo tre respiri profondi.

Jack avrebbe dovuto essere alla scuola materna oggi, ma questa mattina aveva due linee di febbre, quindi non ce l'ha potuto mandare. Qualunque cosa fosse, ovviamente gli è già passata, nel modo in cui queste cose vanno di solito con i bambini. Quindi ce l'ha con sé per tutto il giorno e questo significa che riuscirà a fare ben poco.

Per un attimo pensa con nostalgia alla sua piccola casa in Robertson Street, a quaranta minuti da qui, a quanto fosse ordinata e pulita, nonostante fosse piccola. Questa casa è più grande, ma la sente così poco come casa sua che le viene voglia di sedersi e piangere. Non vuole farlo davanti a Jack, che non sopporta le sue lacrime, tanto più che ultimamente ne ha viste troppe. Quello che vorrebbe fare è chiamare suo marito e dirgli esattamente quanto lo odia in questo momento. È tutta colpa sua.

Sente Jack che la chiama e contemporaneamente il campanello della porta d'ingresso, che suona con uno strano tintinnio che le ricorda che c'è un'altra cosa da sistemare.

«E ora che c'è?» mormora, aprendo la porta della camera da letto e tirando su il mento. *E ora che c'è?*

# QUATTRO
## GABBY

Gabby alza lo sguardo dal computer e si concentra sulla grande finestra della cucina che dà sulla distesa curata di erba verde brillante del giardino. Continua a piovere, alternando un forte acquazzone a un leggero piovigginare. Gradirebbe vedere un po' di sole, ma è abbastanza contenta di starsene rintanata nella sua piccola nicchia a lato della cucina con la sua piccola scrivania e il suo computer mentre lavora a un nuovo post da pubblicare su Facebook. Tornando a guardare lo schermo, non può evitare il sorriso che le si accende sulle labbra mentre scorre le foto di Flynn quando aveva uno, due e tre anni. Non ne ha molte, certamente non quante ne vorrebbe. Era un bambino così bello, con i suoi grandi occhi marroni e i folti riccioli color rame. Ora i suoi capelli sono di un castano più scuro e si è ovviamente tagliato tutti i riccioli, cosa a cui lei era contraria, ma non si può dire a un ragazzo di sedici anni cosa fare. Sospira. Accanto al figlio alto e robusto si sente sempre piccola e semplice. A scuola la chiamavano "ragazza fantasma" perché era davvero pallida. «Che cos'hai? Sei malata?» le chiedevano. I bambini sono crudeli. Anche gli adulti sono crudeli, ma in modi più sottili.

«Fatti furba, evita direttamente di prendere il sole.» le aveva detto una volta una commessa, mentre la osservava provarsi un costume da bagno intero blu che metteva in bella mostra la sua pelle bianca. Gabby aveva sorriso e annuito, ma non aveva comprato il costume.

«Sorridi. Con quella faccia mi fai venire voglia di ammazzarmi.» le ripeteva sua madre abbastanza spesso da renderle faticosa l'idea di sorridere, per qualsiasi cosa. Si esercitava allo specchio a muovere le labbra intorno ai denti, sperando che sembrasse naturale, ma quando parlava con le persone e qualcuno diceva qualcosa che la faceva ridere, le sembrava sempre di fingere.

Ha provato a ricorrere alle creme autoabbronzanti e all'abbronzatura vera e propria esponendosi al forte sole estivo, ma tutto quello che ottiene è diventare arancione o ustionarsi di un rosso vivo; quindi, si è dovuta rassegnare alla sua pelle. Ha provato a costringersi a mostrare i denti per le fotografie, ma si sente sempre ridicola. «Sei bellissima. Non preoccuparti di quello che dicono gli altri.» le dice Richard, o almeno era solito dirle.

Flynn è fortunato, anche lui ha una carnagione chiara ma tendente all'olivastro. D'estate si abbronza benissimo, anche con la crema solare che lei gli fa mettere. Assomiglia a suo padre, come Richard al suo, e non ha mai problemi a sorridere; del resto, perché dovrebbe? La sua vita è perfetta e sia lei che Richard fanno di tutto per renderlo felice. Aggiunge un hashtag al post su cui sta lavorando: #talepadre. È un post su Facebook, ma le piace aggiungere gli hashtag. Le manca ancora un'immagine, ma il contenuto del post c'è: quanto può essere interessante essere madre di un adolescente, e soprattutto di un adolescente poco comunicativo, anche se si è assicurata di specificare che lei e Flynn vanno molto d'accordo. Un lettore attento sarà in grado di capire che cosa intende veramente, ma non vuole essere troppo esplicita. Crescere un adolescente è più difficile che interessante, ma lei non è ancora pronta a condividere questa verità in modo così manifesto.

Continua a scorrere le immagini, guardando suo figlio crescere nel corso degli anni, e poi ne seleziona una di una settimana prima: Flynn, con la sua squadra di hockey, che tiene un trofeo sollevato.

Cancella il nome della squadra sulle maglie, sapendo di dover proteggere la privacy di tutte le persone che vi partecipano, e lo pubblica sulla sua pagina Facebook con #orgogliodimamma aggiunto al post sotto la didascalia: *Ci sono giorni davvero difficili, ma so che il bambino che amavo e il ragazzino che mi teneva per mano sono sempre con me. Come madri, dobbiamo trovare l'allegria nelle piccole cose e ricordare a noi stesse che, solo perché i nostri figli non condividono più ogni pensiero e sentimento con noi, non significa che siamo meno partecipi della loro vita. Flynn è ragazzo davvero interessante e adoro vederlo maturare.*

Fa molta attenzione a chi può visualizzare la sua pagina Facebook, assicurandosi che solo altre mamme australiane possano vederla. Non si è mai troppo attenti ai truffatori e ai malintenzionati su Internet. Non è necessario che la sua pagina faccia il giro del mondo. Si accontenta delle migliaia di amici che leggono tutti i suoi post e le chiedono consigli.

Quando riceve una richiesta di amicizia, guarda attentamente il profilo per assicurarsi che sia il tipo di persona con cui vuole condividere le cose. I consigli che dà sono sempre pratici. Non sopporta quei guru che dicono cose come: «Amali per farli diventare persone migliori.», e poi non spiegano esattamente come farlo. *In che modo questo potrebbe davvero essere d'aiuto a qualcuno?* Insieme ai suoi post positivi sui figli, offre consigli pratici a tutte le madri che le chiedono aiuto e si sente appagata dal fatto che i suoi suggerimenti funzionano. Sono molte le donne che si rivolgono a lei per avere una guida. Non che lei si definisca una guru. Proprio la settimana scorsa una donna le aveva scritto che stava impazzendo per convincere la figlia adolescente a pulire la sua stanza. Invece di dirle di «Lascia che tua figlia faccia quello che deve fare con il suo spazio.», come avrebbero detto molti, le aveva suggerito di usare scatole di cartone multicolori ed etichette simpatiche. Soddisfatta, la donna le aveva poi comunicato che il suo consiglio aveva funzionato e che lei e sua figlia si erano divertite a organizzare la stanza in modo da trovare un posto speciale per ogni cosa. Questo è ciò di cui le madri hanno bisogno: utili consigli di buon senso. Gabby crede che routine e fermezza siano la soluzione migliore da adottare con gli adolescenti.

Flynn direbbe che è prepotente e soffocante, anche se questo non lo ammetterebbe con nessuno. Lui vuole che lei si faccia da parte e che gli permetta di commettere i suoi errori, ma per quanto la riguarda, lei lo ha messo al mondo e non si farà da parte finché lui non compirà diciotto anni.

Ieri le aveva detto «Sta' fuori dalla mia stanza, accidenti.» e lei aveva risposto rapidamente e con fermezza: «Non usare questo linguaggio con me, giovanotto, se metti in ordine la tua stanza, ne starò fuori. La scelta è tua.»

Sorride quando ricorda questo scambio, perché Flynn aveva riso.

«Okay mamma.» aveva detto. «Cosa c'è per cena?»

Flynn è sempre affamato dopo gli allenamenti di hockey; non è il capitano della squadra, è solo il vicecapitano, ma è sicura che l'anno prossimo giocherà da caposquadra.

Aggiunge una nota su un foglio del blocco accanto al suo sottile portatile nero: *Post su come accettare che tuo figlio non sia tra i primi?* Dovrà fare qualche ricerca. Le madri australiane sono avide lettrici della sua pagina e mentre guarda i like e i commenti che già si accumulano sul suo nuovo post, sorride.

*Hai proprio ragione: dobbiamo ricordarci com'erano da bambini,* scrive una donna di nome Kathy.

*Avevo proprio bisogno di questo promemoria oggi, sono così stanca di litigare con mia figlia*, scrive Debbie. I like superano il centinaio e Gabby sospira soddisfatta.

Ci sono così tante donne pronte a rimboccarsi le maniche e lei sa che se qualcosa va storto, saranno lì a sostenerla perché Facebook è fatto così. Molte persone le chiedono per quale squadra gioca Flynn, ma lei è pronta a ricordargli che sta proteggendo la privacy di suo figlio e dei suoi compagni di squadra. L'ultima cosa di cui ha bisogno è che una delle madri degli altri ragazzi della squadra le faccia la predica. Non è amica su Facebook di nessuna delle altre madri dei ragazzi nella squadra di hockey. Non ha bisogno dei loro commenti sulla sua pagina. L'invidia si fa sentire quando si ha un figlio bello e talentuoso. È abbastanza facile tenersi a debita distanza durante le partite. Chiude gli occhi e si vede sugli spalti con una bella tazza di caffè da asporto in mano, lontana da quel gruppo di mamme che spettegolano, con lo sguardo puntato su suo figlio e sulla partita, perché è l'unica cosa che le interessa. Magari le altre madri la definiranno distaccata o fredda, ma questo non le interessa.

*Come se qualcuno volesse essere tuo amico*, sussurra l'immancabile voce di sua madre, e Gabby si ritrova improvvisamente circondata dall'odore stucchevole e dolciastro del suo profumo alla lavanda. Alza il polso verso il naso e inala il ricco aroma di muschio del suo profumo, scacciando quello di sua madre.

Forse quando Flynn sarà capitano, farà amicizia con tutte le altre madri, perché è una cosa che la madre del capitano dovrebbe fare. Ma non ancora.

È così orgogliosa di Flynn, di tutto ciò che fa, anche se ora le cose stanno diventando un po' difficili. Riprende la penna e si annota un'altra idea per un post. *Un post su come gestire il rapporto con un figlio più grande: qualche consiglio?* Le piace pubblicare consigli giornalieri, ha iniziato a farlo da quando ha aperto questa pagina, tre mesi fa: è cominciata come uno sfogo, un modo per affrontare la situazione, un modo per relazionarsi con altre persone. Un bambino piccolo occupa molto più tempo e spazio di uno più grande, che passa la maggior parte del tempo a scuola, a fare sport o a uscire con gli amici.

All'inizio aveva pensato di chiedere aiuto per ogni cosa che stava affrontando, ma poi si è resa conto di essere qualificata quanto chiunque altro per dare consigli, e quando le persone le chiedono suggerimenti su come affrontare i loro figli difficili, si sente meno sola. Molte madri che non lavorano e hanno figli adolescenti si chiedono che cosa ne abbiano fatto della loro vita. Molte madri trovano difficile amare davvero i propri figli in età adolescenziale. La maternità può essere un'esperienza difficile e disperata quando i bambini sono piccoli, ma Gabby è dolorosamente consapevole che l'improvvisa retrocessione a "non necessario" fa male quando un figlio diventa indipendente. Ogni volta che una madre condivide un commento negativo sul proprio figlio o sui propri figli sulla sua pagina, Gabby si sente confortata. Non è sola in questa situazione.

Si appoggia allo schienale della sua sedia da ufficio, pensando ad alcune parole scelte con cura per un altro post. *Flynn è sempre stato un modello molto disponibile per tutte le foto che gli ho scattato, ma ultimamente sembra che non voglia che io le pubblichi. All'inizio non gli dispiaceva che usassi le sue immagini sulla mia nuova pagina, ma nelle ultime settimane è diventato critico nei confronti di ciò che sto facendo. Vuole distanziarsi da me, ma per me è difficile. A volte mi chiedo se io non stia cercando di mantenere una linea di demarcazione troppo sottile tra la gioia di crescere mio figlio e i consigli che so di poter dare ad altre mamme, e la certezza che Flynn sia felice.*

Si porta una mano tra i fini capelli per passarli dietro le orecchie mentre accantona queste parole. Non è il momento di mostrarsi così aperti, così vulnerabili. È un argomento per un'altra volta. Il suo telefono suona e lei abbassa lo sguardo: è un messaggio di Richard. *Vedo che hai postato un'altra foto di*

*Flynn.* Puntuale, come al solito, ma non dice se la foto gli è piaciuta o meno.

Gabby schiocca la lingua, irritata. Richard controlla la sua pagina Facebook come uno stalker. È negli Stati Uniti per lavoro e dovrebbe lasciarle spazio per fare le sue cose. Sa cosa sta facendo. *Il vostro coniuge rappresenta un aiuto o un ostacolo mentre crescete vostro figlio adolescente?* scrive sul suo taccuino blu pastello. È una buona idea per un altro post.

Non dovrebbe irritarsi con Richard. Lui sta solo cercando di proteggerla, come ha sempre fatto. Sorride quando le viene in mente l'immagine di Richard a diciassette anni, con il petto in fuori mentre discute con il proprietario di un negozio che l'aveva accusata di aver rubato un rossetto. Quell'uomo era molto più grosso di Richard, ma non poteva competere con un diciassettenne arrabbiato che proteggeva qualcuno che amava. Lei, però, non ha più quindici anni e non ha più bisogno della sua protezione come un tempo. «Non ne ha le prove.» aveva urlato Richard all'uomo. Il negozio non aveva telecamere di sorveglianza, quindi era la sua parola contro quella di Gabby, che era rimasta in silenzio mentre Richard discuteva con l'addetto alla sicurezza, enormemente sovrappeso. Alla fine, l'uomo aveva rinunciato e Richard l'aveva portata a bere un frullato per festeggiare. Il rossetto era nella sua scarpa ed era una tinta orribile per lei, quindi l'intera faccenda poteva essere evitata, ma Gabby amava vedere il suo cavaliere dall'armatura scintillante che la proteggeva. In questo periodo è meno disposto a buttarsi nella mischia per lei, più propenso a dirle che ha fatto qualcosa di sbagliato. *Perché fai sempre qualcosa di sbagliato.* Gabby si scuote fisicamente avvertendo la presenza della madre, che ultimamente è sempre più persistente e le appare indipendentemente da quanto Gabby si sforzi di tenerla fuori dalla sua testa.

Si alza dalla sedia e si mette a riflettere sul prossimo argomento da scrivere. Prende la tazza di caffè vuota e va in cucina, dove mette di nuovo a riscaldare il bollitore. A un'occhiata veloce vede che non c'è niente da pulire nella sua cucina perfettamente ordinata, così, mentre aspetta, si dirige verso il piccolo ingresso ed esce fuori per andare a controllare la posta. Di solito arriva verso metà mattina e prevalentemente si tratta di pubblicità non richiesta, ma se non la ritira, fuoriesce dalla cassetta della posta e si riversa sul vialetto del giardino anteriore. La pioggia si è attenuata in una leggera pioggerellina, che è meglio dell'acquazzone di questa mattina. Raccoglie alcune foglie marroni vaganti e le appallottola in mano per buttarle via, irritata per il modo in cui deturpano la perfetta bellezza del vialetto di pietra bianca che conduce alla porta d'ingresso.

La cassetta della posta è vuota, ma il suo sguardo è attratto dalla casa di fronte, o "il pugno nell'occhio", come le piace definirla. Wattle Street è fiancheggiata da case piuttosto curate. A lei piace vivere in uno spazio gradevole e non riesce a concepire come si possa sopportare di abitare in una casa come quella del numero sette. La settimana scorsa ha visto che c'erano degli imbianchini e ha anche visto che stavano portando una nuova moquette. Che la moquette grigia maculata fosse dozzinale ma pratica era evidente ai suoi occhi, anche se sapeva che poteva non esserlo per chi non si interessava di queste cose. Quando questa casa era stata venduta qualche mese fa, pensava che sarebbe stata demolita. Invece ci si è trasferita una famiglia. Devono avere una discreta quantità di risorse economiche, perché sa che la casa è stata venduta per una buona somma, quindi forse stanno aspettando che vengano definiti i progetti prima di ristrutturarla.

Il giorno del loro arrivo ha intravisto di sfuggita la donna, in avanzato stato di gravidanza. È carina, ha folti capelli castani e lisci e la pelle olivastra. Devono avere già un bambino, a giudicare da tutti i giocattoli che la ditta di traslochi ha portato in casa, ma non è sicura di quanti anni abbia, né se sia un maschio o una femmina. Una giovane coppia è una piacevole novità per il quartiere e la speranza è che dispongano di molto denaro e che rinnovino presto quella casa orrenda trasformandola in una splendida proprietà. Sì, si augura davvero che diano inizio al più presto ai lavori di ristrutturazione, ma vista la gravidanza della donna, Gabby non vede come potrebbero farcela. Un bambino in arrivo scatena il caos.

Studia la casa per un attimo e poi, d'impulso, apre il cancello di metallo nero a grata sulla parte anteriore della sua proprietà e attraversa la strada per andare a suonare il campanello, incurante della pioggerellina. Tanto vale salutare e dare il benvenuto. Ma a metà strada si ferma e torna indietro. Non può presentarsi a mani vuote. Nella sua dispensa c'è una bella scatola di cioccolatini che ha comprato per concedersi qualche sfizio; sarebbe un bel regalo di benvenuto nel quartiere. Va a prenderla e poi torna fuori, immaginando che Richard riderebbe di lei. *Non parli mai con i vicini*, lo sente dire, e infatti non ha la più pallida idea del perché oggi lo stia facendo.

Quando si trova davanti alla porta d'ingresso, può constatare che ormai le intemperie l'hanno segnata tanto da scrostare la vernice color crema e da screpolare buona parte dei mattoni che la circondano; pensa che sarebbe stato meglio preparare una torta o dei biscotti: quelli sono cioccolatini Godiva, molto costosi, e probabilmente la giovane donna non sarà in grado di apprezzarli.

«Ormai è troppo tardi.» sospira e suona il campanello, ascoltando lo strano tintinnio che risuona in tutta la casa.

Il rombo di un'auto in strada la fa voltare per guardare e, vedendo una vecchia berlina rossa malridotta, scuote la testa: si devono essere persi. L'auto si muove lentamente, troppo lentamente, e lei prova una fitta di allarme. Il conducente la sta osservando?

Si gira di nuovo, schiena dritta e testa alta, in cerca del rumore dell'auto che si allontana. Ma la sente girare al minimo dietro alle sue spalle. Vorrebbe aver dato un'occhiata più accurata. Potrebbe doverlo raccontare a Richard, che vorrebbe una descrizione precisa. Ma non vuole voltarsi di nuovo e far capire al conducente dell'auto che la sta preoccupando. È un uomo o una donna? Avrebbe dovuto prestare maggiore attenzione. *Non presti mai attenzione quando dovresti*, la rimprovera la madre.

Non sentendo alcun movimento provenire dall'interno della casa, si gira per andarsene proprio quando la donna apre la porta. Accanto a lei c'è un bambino di circa tre anni, con gli occhioni azzurri spalancati dall'interesse e le braccia strette intorno alla coscia della madre. Si rilassa sentendo che il rombo dell'auto si attenua e imposta un gran sorriso.

«Salve, sono Gabby.» si annuncia notando che gli occhi della donna sono leggermente rossi, come se si fosse appena svegliata da una lunga dormita o avesse pianto. La donna tira su col naso e Gabby ha già la risposta. «Vivo dall'altra parte della strada. Volevo venire a salutarla e a darle il benvenuto nel vicinato.» e le porge la scatola di cioccolatini avvolta in una bella confezione dorata, pentendosi già di darli via. Se quella donna non dovesse conoscere la marca, una scatola con solo nove cioccolatini potrebbe sembrare quasi un insulto.

La donna annuisce e cerca di sorridere, ci prova davvero, ma non riesce a trattenere le lacrime e Gabby si sente subito vicina a lei: sa riconoscere una persona sopraffatta quando la vede.

«Io sono Andrea.» dice la donna mentre cerca disperatamente di asciugarsi le lacrime con la manica della felpa con cappuccio un po' sporca. «Mi perdoni, sono bellissimi. Adoro Godiva... È solo che...» Cerca di fare un respiro profondo, ma le si blocca in gola e Gabby vorrebbe poterle accarezzare un braccio per confortarla.

«Capisco perfettamente.» dice Gabby. «Ci sono giorni difficili e poi vi siete appena trasferiti. Perché non viene da me per una tazza di tè e un po' di tranquillità? Suo figlio può giocare con alcuni dei vecchi giocattoli del mio.» Sente che già la mente le si affolla di idee su come costruire un'amicizia con questa giovane donna. È passato molto tempo dall'ultima volta che ha avuto un'amica *In* Real Life, come dicono gli adolescenti. Per tutta la vita la gente l'ha descritta come una persona fredda, ma lei non lo è affatto, è solo insicura e teme di commettere degli errori dicendo o facendo la cosa sbagliata. *È impossibile andare d'accordo con te, sei così prepotente*, sente la voce di sua madre. Lascia andare queste parole appena le sente nella sua testa, senza permettere che la colpiscano nel profondo. È perfettamente in grado di essere una buona amica, la sua giovane vicina di casa ha bisogno di aiuto e Gabby è pronta a offrirglielo. Aiutare questa giovane madre, Andrea, potrebbe essere un buon uso del suo tempo e potrebbe portare ad altre cose. Non sa a cosa, ma di recente Richard le ha detto che dovrebbe guardare al futuro. «Flynn è quasi un adulto, Gabby. Non potrai più scrivere di lui quando avrà compiuto diciotto anni. A quel punto nessuno vorrà leggere di lui.»

La donna sta per rifiutare l'invito e Gabby si affretta ad aggiungere «Sto dall'altra parte della strada e non può farle male staccare un po' da disfare i bagagli. Suvvia, non c'è niente di male a concedersi qualche minuto di pausa.» Si assicura di mantenere un tono incoraggiante. Sembra che abbia davvero bisogno di una pausa.

Finalmente annuisce. «Mi lasci prendere le chiavi.» dice. «Non ce n'è bisogno.» le risponde sorridendo. «Non chiudiamo mai le porte a chiave. So che i tempi sono cambiati, ma questa è una strada davvero sicura. Andiamo.» dice al bambino, tendendogli la mano. «Scommetto che ti piacerebbe un biscotto al cioccolato.»

Il bambino alza lo sguardo verso la madre, che annuisce rapidamente e poi si allontana per un attimo per mettere i cioccolatini in casa. Il bambino infila la sua piccola e morbida mano in quella di Gabby e a lei si stringe il cuore per la sensazione della meravigliosa e totale fiducia che il bambino ripone in lei. Si assicura di guardare bene in entrambe le direzioni prima di attraversare la strada vuota, mentre Andrea la segue.

Racconterà a Richard di questa giovane donna quando lo sentirà stasera. Lui non sarà contento che lei abbia fatto entrare qualcuno in casa, ma non può pretendere che lei rimanga ad aspettare che lui torni da uno dei suoi interminabili viaggi di lavoro. Flynn ha sedici anni e sta diventando sempre più indipendente e lei non ha nient'altro su cui concentrarsi, perciò, aiutare una persona come Andrea è un uso ideale del suo tempo.

# CINQUE
## ANDREA

Andrea non è sicura di quello che sta facendo, ma segue comunque la donna che tiene per mano Jack dall'altra parte della strada, avanzando velocemente sotto la pioggia leggera. La verità è che le farebbe piacere bere una tazza di tè, sedersi e berlo finché è caldo, e vorrebbe che per almeno cinque minuti fosse qualcun altro a prestare attenzione a Jack.

Guarda suo figlio, con la vicina, così fiducioso. Probabilmente capisce che le serve una pausa dalle sue marachelle di stamattina. Quando è uscita dalla camera da letto per andare a controllare all'ingresso chi avesse suonato, ha trovato Jack in soggiorno in cima alla libreria che non è ancora stata fissata al muro. Lui adora arrampicarsi e lei si è dovuta allungare per prenderlo prima che cadesse. L'immagine da incubo del suo bambino sotto l'enorme libreria l'ha fatta rabbrividire e mentre si dirigeva verso la porta, tenendolo in braccio, lo ha rimproverato: «Jack, sei un birbante.» prima di metterlo a terra per aprirla.

Le ore che la separano dal ritorno a casa di Terry sembrano estendersi per giorni. Almeno adesso potrà tenersi occupata con qualcosa di diverso per qualche minuto. Nessuno dice alle future mamme quanto possono essere lunghe le giornate. «Certi giorni durano un anno intero.» aveva riso Brianna quando Andrea le aveva confidato come si sentiva a riguardo. È grata di avere sua sorella con cui parlare per confrontarsi, anche se i figli di Brianna hanno già raggiunto l'età, per lo più facile, di dieci e dodici anni. Non avrebbe mai condiviso alcuni dei suoi pensieri con le sue amiche. Le madri possono essere molto critiche l'una nei confronti dell'altra. Se ha bisogno di aiuto, si rivolge a sua sorella o a Facebook, leggendo avidamente i problemi delle altre persone nella speranza di vedervi riflesse le proprie esperienze.

La vicina apre un alto cancello di metallo nero e Andrea la segue lungo un vialetto di pietra impeccabile fino a una bellissima porta d'ingresso in vetro smerigliato. All'interno, la casa non è grande come le altre della strada, ma è assolutamente perfetta: dalle ampie piastrelle di marmo ai pavimenti in legno, fino alle pareti bianche e immacolate.

Andrea si guarda intorno meravigliata. Il tavolo in legno è circondato da sedie e la tela bianca che le riveste non presenta nemmeno una macchia. Alle pareti ci sono veri e propri quadri incorniciati che raffigurano due paesaggi con il mare in primo piano e le montagne sullo sfondo; la pace in ogni pennellata. Si augurava che Terry si decidesse ad appendere le loro riproduzioni di quadri famosi di Picasso e Dalí, ma adesso che ha visto i quadri alle pareti di Gabby, le stampe le sembrano dozzinali e di cattivo gusto. Su una consolle di legno, su un mobiletto e sui tavolini del soggiorno ci sono fotografie con cornici d'argento. Andrea si accorge che raffigurano un ragazzo, ma non ha il tempo di guardarle perché sta seguendo Gabby.

Un segnale acustico fa sospirare Gabby. «Il bucato è finito. Penso sempre di poter avere una giornata libera, ma non ci riesco mai con Flynn.» dice incamminandosi.

Andrea segue Gabby nella cucina rivestita di marmo bianco e osserva tutti gli elettrodomestici in acciaio inox lucido, tutti abbinati e scintillanti. C'è una sensazione di calma e di ordine che si diffonde ovunque.

«Abbiamo rifatto la cucina due anni fa ed è venuto un lavoro favoloso. Se vuole, posso darle il nome dell'azienda.» dice Gabby.

Andrea annuisce appena, mentre cerca di calcolare il costo della cucina e poi si arrende. Non importa se costa diecimila o centomila dollari: anche cento sarebbero troppi. Sente la voce di Terry che le dice: *Manca poco, tesoro, te lo prometto. Ci rimetteremo in piedi e tutto tornerà a posto*, ma ha un tono incerto anche nei suoi pensieri.

Dov'è Terry in questo momento? Cosa sta facendo? Lei sa dove dovrebbe essere e sul telefono ha persino installato un'applicazione per monitorare i suoi spostamenti, ma spesso lui nega l'autorizzazione alla localizzazione e poi si mostra stupito di come sia potuto accadere quando lei glielo chiede. *È al lavoro. Lo sai che è al lavoro. Credici che sia al lavoro.*

«Cosa posso offrirvi?» chiede Gabby, mentre solleva il coperchio imbottito a strisce bianche e blu di una cassapanca incassata da cui estrae con un po' di fatica una scatola che posa sul pavimento. «Tu come ti chiami, giovanotto?» chiede, e Jack studia la scatola e poi risponde: «Jack.»

«Bene, Jack.» dice lei. «Qui ho una scatola di giocattoli che sto conservando per...» e le scappa una leggera risata «non so per cosa, visto che mio figlio ha solo sedici anni e prima di avere dei nipoti probabilmente passeranno uno o due decenni, ma li ho conservati lo stesso.» Alza lo sguardo verso Andrea, che sorride debolmente. Non riesce a immaginare Jack alle elementari, per non parlare di quando avrà quasi finito le superiori e sarà indipendente.

La scatola è piena di giocattoli, alcuni un po' troppo sofisticati per Jack, come i piccoli mattoncini Lego, ma altri perfetti per la sua età, come la grande collezione di dinosauri, montagne e alberi di plastica con cui creare un intero mondo. Jack ama i giochi di fantasia e Andrea sorride assistendo alla sua eccitazione.

«Wow» esclama Jack quando Gabby tira fuori il sacchetto di plastica pieno di giocattoli. «Devono esserci tutti i dinosauri di tutto il mondo.»

Andrea e Gabby si scambiano un'occhiata e una risata mentre Gabby apre il sacchetto e lo porge a Jack, lo guida verso un angolo della cucina e gli dice «Questo è un buon posto per il mondo dei dinosauri.»

Jack si siede subito e inizia a sistemare i dinosauri sulle piastrelle bianche del pavimento, chiacchierando tra sé e sé. «E tu puoi stare qui, signor tirannosauro, e puoi anche fare *roar*.»

«Grazie.» dice Andrea.

Gabby agita una mano. «Non è niente. Mi ricordo com'era essere madre di un bambino piccolo. Può diventare estremamente estenuante, e poi vi siete appena trasferiti in una nuova casa e lei è incinta. Non so proprio come riesca ad affrontare la situazione.»

Andrea si lascia andare su una sedia e si sente enormemente confortata dalle parole della vicina, dalla sua casa ordinata e pulita, dal fatto che Jack ora gioca tranquillamente e dal fatto che finalmente può mettere a riposo i piedi gonfi. Si sistema la felpa rossa con cappuccio che indossa: è di Terry e sa che c'è una piccola macchia sulla schiena che non è riuscita a togliere. Si sente una sciattona, ma la felpa è comoda e non aveva previsto di vedere nessuno oggi, altrimenti si sarebbe almeno truccata un po'. Non ricorda nemmeno se si è lavata la faccia questa mattina.

Gabby indossa jeans blu chiaro e un bel maglione a righe dall'aspetto comodo e costoso. È magra e Andrea può vedere dal modo in cui si muove che è forte e sicura di sé. In questo momento, Andrea si sente come se il suo corpo appartenesse a qualcun altro e la sua mente fosse sempre esaurita e faticasse a concentrarsi.

«Ha una pelle così bella.» le dice Gabby, come se le leggesse nel pensiero e intuisse i paragoni che sta facendo. Andrea arrossisce, gratificata dal complimento. Era da molto tempo che nessuno le diceva che aveva qualcosa di bello.

«Mi dispiace» dice sentendo che gli occhi le si riempiono di lacrime, «sono una sciocca piagnona.»

«Sciocchezze.» dice Gabby. «Quando Flynn era piccolo, nei giorni normali probabilmente piangevo mattina e sera, figuriamoci quando ero sommersa dalle cose da fare. Dica, che tipo di tè posso offrirle? Camomilla o menta piperita o... vediamo, le piace alla pesca? Ha un aroma delizioso.» Ha aperto una scatola di legno e Andrea può vedere almeno dieci tipi diversi di tè, tutti separati in quadratini. Nella sua cucina, Andrea ha riposto in fondo a una credenza tre scatole di tè già aperte e una di queste sicuramente ce l'ha da più di un anno. Seduta nella cucina di Gabby, si sente come una bambina agitata invece che come una madre con un figlio e un altro in arrivo. Riuscirà mai ad avere la sua vita, la sua casa, il suo mondo tenuti altrettanto sotto controllo?

«Grazie, sarebbe fantastico.» risponde all'offerta di Gabby, anche se quello che vorrebbe davvero è una tazza gigante di caffè. Gabby non sembra il tipo di donna che si sarebbe concessa la caffeina quando era incinta, ma a volte l'unica cosa che permette ad Andrea di affrontare la giornata è concedersi un solo caffè, e oggi non l'ha ancora preso.

«E un po' di succo di mela allungato va bene per questo giovanotto?» Andrea annuisce, pensando con un certo senso di colpa al succo di frutta che ha dato a Jack questa mattina a colazione. Avrebbe dovuto bere solo acqua, ma lui voleva il succo e, come immaginava, lui stava per fare i capricci quando gli ha detto di no, così glielo ha lasciato bere. Non dovrebbe cedere così tanto alle richieste di suo figlio. Dovrebbe essere ferma e paziente e assicurarsi che Jack segua una buona routine e buone regole di vita; invece, negli ultimi mesi tutto ciò che avrebbe voluto e dovuto fare è andato in fumo. Fino a qualche tempo fa era una madre molto più brava per Jack. Strofinando una mano sugli occhi, si lascia andare a questo pensiero. Domani è un altro giorno per cercare di fare meglio.

Gabby è intenta a preparare il tè e a servirlo ad Andrea in una tazza decorata con un intricato disegno di volute rosa, insieme a un piatto di biscotti. Poi versa il succo di mela mescolato con l'acqua in un resistente bicchiere di plastica blu accompagnato da due biscotti con gocce di cioccolato serviti su un piatto di plastica abbinato, e li porge a Jack, che dice nel modo più educato possibile: «Grazie tanto, tanto, tanto.»

Mangia mentre gioca, completamente assorto dai dinosauri.

Andrea prende un biscotto dal piatto bianco che ha davanti e lo assaggia, gustando la pasta morbida e le grosse scaglie di cioccolato. «Sono deliziosi.» dice. «Li ha fatti lei?»

«Una volta alla settimana.» risponde Gabby sorridendo. «Flynn ne mangia cinque alla volta.» Ride con leggerezza. «Aspetti e vedrà, quando questo giovanotto sarà un più grande. Mangiano senza sosta. Vado a fare la spesa e riempio il frigorifero, poi vado al piano di sopra per fare qualche faccenda e quando scendo lo trovo di nuovo vuoto.»

«Non riesco a immaginarlo da adolescente.» dice Andrea, finendo il biscotto e prendendone un altro.

«Mia nonna diceva sempre che i giorni sono lunghi ma gli anni sono brevi.» dice Gabby, prendendo la sua tazza di tè e sedendosi. Non prende il biscotto. «Ho avuto un solo figlio, il che, secondo lui, mi rende iperprotettiva e ficcanaso. Ne avrei voluto un altro. Lei è molto fortunata.»

Ad Andrea non sfugge il tono malinconico della voce di Gabby e si ricorda, ancora una volta, di contare le sue fortune. «Questa è una femmina.» dice a Gabby, accarezzandosi il pancione e ridendo quando riceve un calcio in risposta.

«Posso?» chiede Gabby, allungando una mano sottile, con le unghie perfette e lucidate di un rosa chiaro.

Andrea annuisce. «Certo.»

Le mani di Gabby sono fredde, anche attraverso la felpa che Andrea indossa, ma Gemma calcia volentieri in modo che Gabby possa sentire la sua presenza.

«Ehi, che forza.» dice, aprendo di più la mano sulla pancia di Andrea e tenendola lì finché Andrea non si sposta un po'.

«Mi tiene sveglia tutta la notte, questo è sicuro.»

«Quando dovrebbe partorire?» Gabby si siede e beve un sorso del suo tè, storcendo il viso per quanto è caldo.

«Tra cinque settimane.» risponde Andrea. «Sono stata puntuale con Jack, quindi credo che lo sarò anche stavolta.»

«Lei è stata fortunata. Il mio Flynn è arrivato con tre settimane di anticipo e hanno dovuto ricoverarlo in terapia intensiva neonatale. È stata una bella preoccupazione, ma è venuto su intelligente e atletico, quindi, non ho niente di cui preoccuparmi. Ma ora mi parli un po' di lei. Da dove vi siete trasferiti?». Gabby prende un biscotto e lo spezza a metà, mettendone in bocca un minuscolo pezzettino e lasciando il resto sul piatto che ha di fronte.

«Da Pembroke, a circa quaranta minuti da qui.» dice Andrea, allungando una mano per prendere un altro biscotto e poi ritirandola. Gabby se ne accorge e fa scivolare il piatto più vicino a lei. «Non faccia complimenti.» la incoraggia, e Andrea prende un biscotto.

«Lei vive qui da molto?» le chiede.

«Oh... da abbastanza tempo.» dice Gabby e assapora il suo tè.

È una risposta stranamente vaga, che Andrea trova bizzarra, ma mentre ci pensa, Gabby aggiunge: «Almeno due decenni. Ho smesso di contarli.» e scuote leggermente la testa.

Andrea fa un cenno di comprensione e sorseggia il suo tè, che ha un buon profumo ma sa soprattutto di acqua calda. Dopo un attimo di silenzio, chiede: ««Ha qualche foto di Flynn?»

Il volto di Gabby si illumina e prende dal tavolo il suo telefono nella sottile custodia nera. «Sì, in effetti pubblico molte foto di lui sulla mia pagina Facebook. Lui non ne è affatto entusiasta, non più, ma io sono sua madre. Dovrei essere felice di crescere un adolescente.» Gabby ride, ma Andrea percepisce una leggera tensione sottotraccia.

«I figli sono un lavoro duro a qualsiasi età.» dice. Quando è nato Jack, ha postato foto di lui quasi ogni giorno, sapendo che solo gli amici e i familiari potevano vedere la sua pagina Facebook. Sua madre e sua sorella amavano vedere quelle foto. Ultimamente ha smesso di postare così tanto ed è sicura che un giorno se ne pentirà.

«Non me ne parli.» concorda Gabby, chiudendo gli occhi per un secondo e facendo un respiro profondo. Poi li riapre e gira il telefono per mostrare ad Andrea una foto. «Ecco, questo è il mio ragazzo.» dice. «Lei ha Facebook? Posso rintracciarla e inviarle una richiesta di amicizia?»

«Certo che ce l'ho. Mi trova come Andrea Gately.» dice sporgendosi un po' in avanti per guardare la foto del ragazzo, alto, di spalle larghe, con un ampio sorriso, i capelli scuri e i grandi occhi marroni.

«Assomiglia a suo padre.» dice Gabby. «Ha preso i capelli e gli occhi da Richard.»

«Anche Jack assomiglia a suo padre, nonostante credo che la forma del viso l'abbia presa da me. È un bel ragazzo.»

«È vero.» sospira Gabby. Riprende il telefono e scorre velocemente lo schermo per un attimo. «Trovata, le ho inviato la richiesta. Immagino che abbia molto da fare.»

«È così.» concorda Andrea, un po' stupita per la brusca conclusione della visita, ma consapevole che è giunto il momento di andarsene. Non vuole prolungare la sua permanenza. Si alza a fatica e dice: «Forza, Jack. Metti in ordine i dinosauri.»

«Non si preoccupi, posso pensarci io.» dice Gabby, alzandosi a sua volta.

«Ma io voglio giocare.» dice Jack, alzando la voce. «Voglio giocare con i dinosauri. Sto facendo... una grande foresta gigante e le montagne e...»

«Jack, per favore.» dice Andrea. Non è in grado di sopportare un capriccio in questo momento. Gabby è così gentile. A Pembroke andava d'accordo con i vicini di casa e vorrebbe trovare anche qui un vicino di casa a cui potersi rivolgere. Se Jack fa uno dei suoi spettacolari capricci in questo momento, Gabby potrebbe non essere propensa a invitarli a tornare.

«Coraggio, Jack» dice Gabby, «se ti comporti bene e vai con la mamma, ti prometto che potrai venire da me in qualsiasi momento per giocare con i dinosauri e mangiare i biscotti. Ma se ti metti a strillare e a piangere, dovrò prendere tutti i dinosauri e darli a un altro bambino.»

Andrea non gradisce la minaccia, ma Jack si alza subito in piedi. «Okay» dice. «Posso venire domani?»

«Ne parleremo con la tua mamma.» dice Gabby con fermezza, mentre li accompagna entrambi alla porta d'ingresso. Jack corre verso il cancello. Per ora ha smesso di piovere e il sole fatica a uscire da dietro le nuvole.

«Grazie mille per l'ospitalità» dice Andrea, «e per i deliziosi cioccolatini.» Deve ricordarsi di nasconderli a Terry, che non li saprebbe apprezzare e mangerebbe metà della scatola senza pensarci. Se riesce a svuotare altre due scatole, si concederà uno di quei costosi cioccolatini. Il pensiero di qualcosa da aspettare con ansia la rallegra.

«Il piacere è tutto mio.» dice Gabby alzando lo sguardo verso il cielo. «Però, sembra che oggi il sole faccia fatica a uscire. Richard è a San Diego e dice che lì fa un caldo terribile in questo momento.»

«Beato lui.» dice Andrea. «Sono proprio stanca di questo tempo orribile.»

«Lo so, ma visto che oggi ci siamo conosciute, lo considero

un buon segno. Tenga conto che sono sempre a casa e che può chiamarmi in qualsiasi momento. Sono un'ottima babysitter.»

«È davvero una notizia rassicurante.» dice Andrea. «Lavora da casa?»

«Oh no» dice Gabby, aggiungendo una risata fragorosa. «Io non lavoro. Sono una madre casalinga alla vecchia maniera. Richard non l'avrebbe mai tollerato. Flynn è cresciuto, ma ha ancora bisogno di essere accudito. Faccio la tassista, la cuoca e la donna delle pulizie, tutto insieme, e a volte anche la psicologa.»

Andrea arrossisce. «Mi scusi, non intendevo... voglio dire, al momento nemmeno io lavoro.»

«Ma certo, è naturale.» dice Gabby. «Anche se non siamo pagate, penso che dovrebbe essere considerato un lavoro. Questo è il lavoro più difficile che ci sia e sarò felicissima di aiutarla in ogni modo possibile. È bello avere una vicina con cui parlare. Le persone che vivono ai lati di casa mia sono molto anziane e non particolarmente socievoli.»

«Oh» fa Andrea, un po' dispiaciuta. Aveva programmato per il fine settimana di andare a bussare alle porte di tutte le case intorno alla sua e presentarsi, ma ora non è più tanto sicura che sia una buona idea. «Mi piace fare conoscenza con i miei vicini.» dice, lanciando un'occhiata alle altre case della strada con muri alti e cancelli chiusi.

«Oh, non le conviene disturbarsi tanto con loro. Mi creda, ci ho provato.» dice Gabby. «Ma io sono qui, quindi non c'è bisogno di preoccuparsi di nulla. Ho la sensazione che divente-remo buone amiche. Ho l'impressione che andremo molto d'accordo.»

«Che bello.» dice Andrea. È esattamente quello che sperava di trovare nel nuovo quartiere. Ora si sente meglio fisicamente e mentalmente e sa che affrontare il pomeriggio sarà molto più facile grazie a questa piccola pausa. «Andiamo, Jack.» dice, tendendo la mano al figlio. Saluta Gabby mentre attraversano la strada.

Quando arriva a casa sua, apre la porta per far entrare Jack. Lui corre a cercare i suoi giocattoli e lei si volta per salutare di nuovo Gabby, ma vede che è già rientrata. La strada è silenziosa e vuota. Mentre osserva, una vecchia berlina passa lentamente davanti alla casa. È rossa e piena di ammaccature. Andrea sente il respiro strozzarsi in gola ed entra velocemente in casa, chiudendo la porta d'ingresso con entrambe le serrature.

*No, no, no*, pensa. *Non di nuovo.*

# SEI

## GABBY

Una volta che Andrea e suo figlio Jack se ne sono andati, lei rassetta tutto e rimette a posto i dinosauri. Poi sale al piano di sopra, nella stanza di Flynn, anche se oggi l'ha già pulita ed è tutto in ordine. Come al solito, lui l'aveva lasciata nel caos più totale: vestiti sporchi ovunque, un asciugamano bagnato sul pavimento e una montagna di piatti vicino al letto. Gli chiede sempre di pulire da solo, ma a dire il vero a lei non dispiace farlo al posto suo. Dispone di molto spazio, eppure sembra che preferisca il disordine. Il fatto di dover riordinare la sua stanza le permette di entrarci, e a volte si mette a sedere sul suo letto per un po' e ripensa a come erano le cose quando lui era piccolo. Nella sua mente è molto chiara l'immagine di Flynn quando aveva la stessa età di Jack. Anche a lui piacevano i dinosauri e i giochi di fantasia, e la coinvolgeva sempre nelle sue storie. A volte si domanda se lo facesse davvero; ma poi ricorda quante fortezze hanno costruito insieme sotto il tavolo della sala da pranzo e quante volte hanno fatto finta di essere accampati nella foresta circondati dagli orsi. Ora tutto questo è così lontano nel tempo che sembra non essere mai accaduto, e deve ricordarsi del bambino che ha avuto, perché è difficile rivedere quella fragile creatura nel giovane uomo robusto in cui si è trasformato suo figlio.

Con uno sguardo alla stanza, passa in rassegna la libreria in cui sono conservati tutti i trofei di hockey di Flynn da quando aveva cinque anni, insieme ai suoi libri, tra cui l'onnipresente collezione della serie di Harry Potter e altri romanzi di genere fantasy. Non continuerà a giocare a hockey dopo il liceo perché non è quello che lei vuole per lui. È bravo ma non abbastanza per diventare un giocatore professionista. Flynn andrà all'università e studierà scienze, che è la sua altra passione. Se lo immagina in camice bianco, mentre salva il mondo dal cancro o da qualche altra malattia. Lo vede su un palco a ritirare un premio per il suo lavoro e a ringraziarla per averlo spronato a diventare l'uomo migliore che potesse essere. È un sogno a occhi aperti confortante, soprattutto nei momenti difficili come questa mattina.

«Lasciami in pace e stattene fuori dalla mia vita.» aveva sbraitato scendendo dall'auto per entrare a scuola.

Ricorda quella volta in cui aveva esclamato: «Ti voglio bene, mamma.» prima di raggiungere di corsa i suoi compagni di scuola. Le viene in mente un'altra idea per un post: *Quando vostro figlio smette di dirvi «Ti voglio bene.»*

Per la precisione, lui non ha detto di voler studiare scienze, ma Gabby è decisa a fargli prendere questa strada. Ne ha già scritto sul suo post quando ha parlato di come incoraggiare i propri figli a trovare la loro passione. Quello che gli serve è soltanto una piccola spinta nella giusta direzione. Sicuramente questa sua attuale esitazione non si estenderà alla sua carriera. «Ti sto solo guidando nella direzione migliore per te.» dice ad alta voce, esercitandosi con le parole, che magari potrebbe pubblicare sulla sua pagina Facebook come ispirazione per le altre mamme. Si siede sul suo letto a due piazze, ben rifatto con un piumone blu e verde. Il blu e il verde sono i suoi colori preferiti. Si alza e scatta una foto veloce della stanza da una buona angolazione e poi la pubblica con la scritta *Quando la mamma riordina per te* e aggiunge un emoji a forma di faccina sorridente. È una bella stanza, perfetta per un adolescente. Prende velocemente alcuni libri dalla libreria e li posiziona sulla scrivania. Sono vecchi libri di testo, ma non c'è bisogno che qualcuno lo sappia. Scatta un'altra foto. La pubblicherà più tardi con la didascalia *Il mio ragazzo lavora sodo*.

Fissa il suo telefono e aspetta i like e i commenti sulla foto della stanza di Flynn. I like non tardano ad arrivare, ma non ci sono commenti. Ottiene più reazioni quando scrive qualcosa di sentito, a differenza di quando pubblica solo una foto con una didascalia. Se vuole che la gente rimanga catturata, deve attenersi a post appropriati.

E già che sta guardando la sua pagina, nota subito che Andrea ha accettato la sua richiesta di amicizia.

«Sì» dice ad alta voce.

Andrea sembra una persona che sta annegando e Gabby è pronta ad aiutarla; è sicura che c'è molto di più nella sua storia e non le ci vorrà molto per scoprirlo e rendersi indispensabile per questa giovane donna. *Sta' attenta*, sente che le dice Richard, ma lo allontana dalle sue preoccupazioni. Lui detesta quando lei fa qualcosa di impulsivo, ma adesso non è qui, mentre lei sì ed è in grado di prendere da sola le sue decisioni. «Prima di fare qualsiasi cosa, fammi una telefonata, se non sono a casa. Sono qui per te, giorno e notte.» le dice sempre e lei lo apprezza molto. Lui non vorrebbe che fosse amica di Andrea, non vorrebbe che si trovasse in una situazione in cui potrebbe lasciarsi sfuggire alcune cose, ma a lei piace Andrea e Jack le piace ancora di più, perché le ricorda molto Flynn quando aveva la stessa età, moltissimo. Per il momento terrà per sé le sue interazioni con Andrea perché sa cosa succede quando Richard si arrabbia con lei, quando le dice che lo ha portato al limite. Lisciando i capelli, Gabby abbandona ogni pensiero sul malcontento di Richard nei suoi confronti. Starà bene e tutto si sistemerà non appena tornerà dagli Stati Uniti.

Dopo aver dato un'altra rapida occhiata alla stanza, si convince che le pareti avrebbero bisogno di una riverniciata, anche se le terrà del colore azzurro che hanno avuto fin da quando Flynn era piccolo. I suoi ricordi più cari sono quelli di lui nei primi anni. I suoi grandi occhi marroni, il suo sorriso, le sue mani con le fossette. Ora è tutto diverso, ma suo figlio la ama ancora. Andrea è fortunata ad avere un altro figlio in arrivo, fortunata che il suo amore possa essere esteso tra due bambini. Gabby avrebbe voluto un altro bambino, ma non era destino. Non aveva mai immaginato, crescendo, che avere un figlio potesse essere così difficile. Sua madre appare davanti a lei, con le labbra assottigliate e un tono accusatorio.

*Pensi di poter avere tutto quello che vuoi, vero, Gabrielle?*

«Nessuno vuole stare a sentirti.» sibila Gabby, uscendo dalla stanza di Flynn. Ormai ha passato i quarant'anni e vorrebbe riuscire a togliersi dalla testa la voce di sua madre una volta per tutte ma ci è rimasta ancorata, e la sente giudicare tutto ciò che fa. È cresciuta solo tra regole e disapprovazione, bruttezza e dolore. Se fosse ancora in contatto con sua madre e lei sapesse la verità sulla sua vita, sarebbe inorridita dal modo in cui Gabby la conduce, da ciò che è importante per lei e da ciò che ha fatto per assicurarsi di ottenere sempre il meglio di ogni cosa.

Passando una mano sulla manica della camicetta, si gode la sensazione della morbidezza della seta. Le era costata quasi trecento dollari, ma non aveva esitato a comprarsela. *Che sciocca sprecona*, sputa sua madre. Gabby spinge all'indietro le spalle, solleva il mento e si allontana da quella voce. Non le interessa affatto ciò che pensa sua madre e in realtà non le interessa nemmeno quello che pensano gli altri. Le uniche persone di cui le importa sono Richard e Flynn, naturalmente. Ama il suo bellissimo figlio, che le dà gioia ogni giorno.

Scende in cucina a prendere il portatile. Vuole scoprire tutto il possibile su Andrea Gately. Vuole sapere a quanto hanno comprato la casa e che lavoro fa suo marito. Andrea è così dolce e così provata, e Jack è così adorabile. Sarà bello continuare a conoscerli per tutto il tempo in cui saranno presenti nella sua vita.

Prima di guardare il profilo Andrea, scorre la pagina Instagram di Flynn. La maggior parte dei sedicenni non permetterebbe alla madre di visualizzare il proprio profilo Instagram, ma Flynn pensa che lei sia un ragazzo di quindici anni di nome Max. A Max sono piaciuti molti post di Flynn, poi lo ha seguito e fortunatamente Flynn lo ha seguito a sua volta. Max ha dei problemi, un sacco di problemi: non sopporta i suoi genitori e ci litiga in continuazione, e Flynn, l'adorabile Flynn, è sempre lì a confortarlo e ad ascoltare i suoi problemi. Si sente dire molto che questa generazione è egoista e priva di una bussola morale, ma Gabby ha scoperto che Flynn e i suoi amici fanno del loro meglio per essere sinceramente comprensivi e per aiutare chi ha bisogno. Prima di creare il profilo di Max, Gabby aveva pensato di crearlo per una ragazza, ma poi le era sembrato sbagliato: Flynn era suo figlio e non voleva che le scrivesse cose che lei non avrebbe dovuto leggere. Così aveva optato per il tormentato Max, che posta quanto basta per attirare l'attenzione e la simpatia di Flynn e per permettere a Gabby di accedere alla pagina di suo figlio.

Riflette per un attimo e poi scrive: *Giornata difficile oggi – non ne posso più della negatività che c'è in casa.* Le basta un attimo per trovare l'immagine perfetta per accompagnare il commento: la silhouette di un ragazzo con il cappuccio della felpa calato in testa e un cielo scuro pieno di nuvole temporalesche alle sue spalle. Potrebbe essere Max o chiunque altro. È questo il bello di Internet.

Max ha un bel po' di amici su Instagram e subito fioccano commenti a dirgli che può sempre rivolgersi a loro. Lei adora questo alter ego e prova sempre una fitta di gioia quando gli amici gli rispondono; in un certo senso, i commenti rivolti a Max sono diversi da quelli che ricevono i suoi post sulla sua pagina Facebook, dove deve aprirsi agli altri e mettere un po' a nudo la sua anima, se vuole che le rispondano. È bello essere qualcun altro, essere un ragazzo da cui nessuno si aspetta nulla. Quando Gabby si sente un po' giù, può sempre postare come Max e ricevere il sostegno di cui ha bisogno per risollevare l'umore. *Bugiarda egoista,* mormora sua madre e Gabby deve distogliere lo sguardo dallo schermo mentre gli occhi le si offuscano per le lacrime. Ogni singolo giorno della sua vita di bambina è stato pieno di critiche e abusi. Sapeva che sua madre la odiava, vedeva il disprezzo nei suoi occhi tutte le volte che la guardava.

Anche il suo alter ego, Max, crede che i suoi genitori lo odino, ma questi tempi sono diversi, e lui può condividere le sue emozioni e sentirsi gratificato dai commenti degli amici che dicono che non è colpa sua. Max non ha mai pubblicato una foto in cui sia visibile il suo volto, preferisce utilizzare immagini dell'oceano e sagome. Nelle giornate migliori pubblica immagini di spiagge assolate, con persone sulla sabbia e bambini che ridono. Nelle giornate storte, pubblica immagini dell'oceano in tempesta, con il cielo scuro e minaccioso. Fa un respiro profondo, sbatte le palpebre e cerca tra le immagini finché non ne trova una che le piace da aggiungere per un secondo post. Due post di fila le assicurano l'attenzione e il sostegno dei follower di Max. L'immagine mostra l'oceano sul finire di una tempesta con il sole che inizia a fare capolino tra le pesanti nuvole grigie. E a questa aggiunge una didascalia: *#grazie #amici #sostegno*. I like arrivano a fiumi e Gabby sorride, sentendosi molto meglio. È così facile manipolare gli adolescenti che pensano di sapere tutto. È così facile manipolare tutti, in realtà. La maggior parte delle persone non si aspetta che tu nasconda qualcosa della tua vita. Magari dici di stare bene quando in realtà le cose vanno un po' male, ma nessuno si aspetta che tu menta completamente. Quando era bambina, sua madre detestava che lei mentisse. «Vedo il diavolo sulla tua lingua, Gabrielle.» sputava, con le mani spesse che si avvicinavano alla figlia per colpirla. Gabby non userebbe mai la violenza fisica su un bambino, o almeno si augura che non lo farebbe. Finora non ne ha mai avuto motivo.

Dopo aver apprezzato tutti i commenti che Max ha ricevuto, scorre la pagina di Flynn. Lui ha postato un selfie con una ragazza che lei non ha mai visto prima. È abbastanza carina, ma niente di speciale. Sotto la foto Flynn ha messo la didascalia *#nuovamica #padrepoliziotto #attenzione* e poi un sacco di emoji che ridono. Gabby scuote la testa e prende il telefono. Non aveva idea che Flynn uscisse con la figlia di un poliziotto.

*Potremmo avere un problema*, scrive a Richard.

Un poliziotto indagherà sul ragazzo con cui esce sua figlia? Probabilmente sì. Richard la giudicherà iperprotettiva? Dirà che sta ficcando il naso nella vita di Flynn? Sicuramente. Ma perché non ha mai visto questa ragazza prima? Qualunque cosa stia nascondendo a Flynn, odia l'idea che lui le nasconda qualcosa. È sua madre e una madre dovrebbe sapere tutto di suo figlio. Ogni singola cosa.

# SETTE

## ANDREA

In macchina, Andrea si concentra a contare le sue fortune mentre aspetta che il semaforo diventi verde. Dieci giorni dopo il trasloco, sente che finalmente riesce a mettere in ordine la casa, anche se la muffa strisciante dovuta al tempo umido comincia a darle fastidio. Non ha conosciuto nessuno dei suoi vicini, a parte Gabby, anche se ha salutato l'uomo che vive accanto a lei quando l'ha visto nel suo giardino. Lui ha ricambiato il saluto con un gesto della mano, ma non sembrava intenzionato a scambiare due chiacchiere. Quando si erano trasferiti nel loro vecchio quartiere, era andata a presentarsi a tutti i vicini, ma adesso, memore delle parole di Gabby sul vicinato, ha deciso di evitare di farlo per il momento. Il semaforo diventa verde e lei riparte, pensando all'impazienza di Jack di entrare a scuola questa mattina, tanto che si era precipitato in classe con un rapido saluto. Le cose sembrano decisamente più facili. Ha trovato un supermercato locale che le piace e Jack è felice della nuova materna, che frequenta ormai da qualche giorno.

«Si adatterà. Ha tre anni.» le aveva detto Terry, quando lei si era lamentata del fatto che Jack dovesse lasciare i suoi amici del vecchio asilo.

Sebbene Terry abbia avuto ragione riguardo alla capacità di adattamento di Jack, la cosa ha comunque causato ad Andrea lunghe notti di preoccupazione. Jack si era appena ambientato alla scuola materna vicino alla loro vecchia casa quando lo avevano sradicato. Aveva preso in considerazione l'idea di continuare a portarlo lì in macchina, ma così avrebbe dovuto farsi almeno quaranta minuti di traffico ogni mattina e ogni pomeriggio. La nuova scuola materna è a cinque minuti di distanza e trasmette un'atmosfera piacevole, dal colore delle pareti giallo e blu alle insegnanti, che hanno sempre un sorriso pronto per ogni bambino.

Almeno, quando Jack è a scuola, riesce a sbrigare molte faccende. È consapevole del tempo che passa e della nascita di un secondo figlio che si avvicina sempre di più. Ricorda che non vedeva l'ora che nascesse Jack, ma ora è felice di rimanere incinta di Gemma il più a lungo possibile per potersi abituare alla nuova routine; aver fatto oggi la solita spesa del lunedì è un passo nella giusta direzione. Sembra che le cose siano tornate in carreggiata e non è nemmeno infastidita dal cielo perennemente grigio.

Parcheggia nel vialetto e non riesce a trattenere una smorfia alla vista della casa. Se uscisse il sole, probabilmente tutto avrebbe un aspetto migliore. Non c'è un solo tratto di muro in cui la vernice non sia scrostata e il giardino anteriore è solo un ammasso di erbacce impregnate d'acqua diviso da un vialetto di mattoni sconnessi dove ristagna altra acqua.

*Conta le tue fortune*, ricorda a sé stessa, parcheggiando l'auto e spegnendo il motore. Le ci vuole più tempo di quanto vorrebbe per uscire dall'auto, con quella pancia pesante e voluminosa. È molto più grossa di quanto non fosse con Jack, ma è abbastanza sicura che tutti i pasti consolatori abbiano contribuito a renderla tale. Le sembra impossibile pensare di non avere un bambino dentro di sé: di potersi muovere come vuole e di poter mangiare e bere quello che vuole, anche se durante l'allattamento le cose che potrà mangiare saranno ancora limitate, soprattutto i cibi piccanti che le piacciono tanto, non vede l'ora di potersi chinare senza doverci pensare.

Mentre si appresta a scaricare l'ultimo sacchetto della spesa dall'auto, la vede di nuovo: la berlina rossa ammaccata con un'unica portiera spaiata che passa davanti a casa. È la quarta volta che la vede da quando si sono trasferiti. Non se lo sta immaginando.

L'auto procede lentamente, così lentamente che potrebbe essere qualcuno che sta cercando di accostare, mentre il motore sbuffa fumo bianco nell'aria. Al posto di guida c'è un uomo magro con una corta barba nera. Tiene un braccio appoggiato sulla portiera, il finestrino è abbassato nonostante il freddo. Tutto il braccio è coperto da una manica di tatuaggi, rossi, blu e gialli, che si confondono in qualche figura che lei non riesce a distinguere. Lì, reggendo una busta della spesa, si ritrova immobile a fissare l'auto che avanza lentamente, consapevole che il suo battito cardiaco sta accelerando.

È qualcosa che ha a che fare con Terry, ne è più che sicura. Non può trattarsi di una coincidenza. Ogni volta che ha visto quell'auto, una punta di ansia le ha fatto prudere la testa, ma l'ha ignorata, per non dover affrontare ciò che pensa significhi. L'auto sta andando così lentamente che si muove a malapena, e Andrea è una statua bloccata sul posto, anche se la sua mente vortica.

Potrebbe essere un venditore, ipotizza, che sta lavorando su una casa nella zona. Ma perché passa davanti a casa sua così lentamente? L'uomo gira la testa per guardarla e i suoi piccoli occhi scuri rompono l'incantesimo. Andrea si muove il più velocemente possibile. Apre la porta con una mano, porta la busta in casa, e chiude la porta dietro di sé sbattendola con forza. Si immobilizza mentre cerca di ascoltare la macchina, sapendo di aver lasciato il bagagliaio della sua aperto. La bambina scalcia sulla vescica e lei si rende conto di avere un disperato bisogno di andare in bagno. Lascia la busta in cucina e va in bagno. Quando torna alla porta d'ingresso, non vuole aprirla. Sbircia dal piccolo spioncino incrostato di sporcizia, cercando di vedere se l'auto è ancora lì, ma non riesce a distinguere nulla attraverso il vetro storto. Deve portare dentro la spesa e così, facendo un respiro profondo, apre la porta e si precipita fuori, con la paura che le scorre nelle vene.

La vecchia berlina è parcheggiata sul lato opposto, di fronte alla casa di Gabby. Andrea si ferma, la sua determinazione si dissolve. E mentre osserva, con il cuore in gola, la portiera si apre e l'uomo scende dal lato del guidatore, chiude la portiera e si appoggia all'auto, fissandola, incurante della pioggia che cade leggera. Si passa una mano sul viso e le sorride, poi incrocia le braccia contro il suo corpo lungo e magro e si appoggia ancora di più all'auto, come per indicare che è in grado di rimanere lì tutto il giorno. Gira la testa per dare un'occhiata alla casa di Gabby, poi si volta indietro e le fa un cenno con la testa. Chi è e cosa vuole? Sta tenendo d'occhio Gabby? La sta spiando?

Andrea vorrebbe avere il coraggio di affrontarlo, di attraversare la strada e chiedergli cosa vuole, o che Gabby uscisse di casa in questo momento, perché Gabby non esiterebbe a parlare con quell'uomo. Nelle poche interazioni che ha avuto con la sua vicina, Andrea ha visto in Gabby la massima sicurezza.

«Non accetto un servizio scadente dal mio giardiniere. Se mi dicono che lavoreranno per due ore, mi assicuro che lavorino esattamente per quella durata.» aveva detto ad Andrea mentre parlavano del tempo e di quello che la pioggia stava facendo ai giardini lungo la strada.

«Ieri sera i vicini tenevano la televisione così alta che sono andata da loro per chiedergli di abbassare il volume. Non era giusto, perché Flynn stava studiando e poi non è colpa nostra se la vecchia è sorda.» aveva detto quando aveva attraversato la strada per chiedere ad Andrea come si stava ambientando.

«Non mi farò costringere a partecipare all'asta anonima per

la scuola finché non saprò esattamente come verranno spesi quei soldi.» aveva dichiarato quando aveva visto Andrea con una scatola di cioccolatini comprata all'asilo di Jack, il che le aveva condotte a una discussione sugli eventi di beneficenza promossi dal collegio scolastico. Gabby sembra avere un'opinione ferma su tutto e non è mai restia a dire ad Andrea esattamente ciò che pensa.

Ogni sera, prima di andare a letto, Andrea scorre la pagina di Facebook e si ritrova sempre su quella di Gabby alla ricerca di nuovi post e talvolta rilegge i vecchi post in cui dà consigli ad altre mamme. La sua pagina è piena di consigli pratici su pranzi sani e organizzazione di routine, ma anche di condivisioni più emotive sulle difficoltà di essere una donna nel mondo di oggi e di scegliere di stare a casa per crescere il proprio figlio o i propri figli. Andrea si sente rassicurata sapendo che una persona come Gabby vive dall'altra parte della strada, e ancora di più quando legge i commenti di altre donne che a loro volta hanno delle giornate storte.

*Grazie, avevo proprio bisogno di sentirmelo dire oggi. Mi sento sempre giudicata da tutti perché voglio stare con i miei figli.*

*Però, che bella idea per utilizzare gli avanzi!*

*È fantastico poter contare su di te, Gabby. Mi risollevi la giornata. Vorrei che ci fossero più persone che capiscono quanto può essere difficile la quotidianità delle madri.*

*Oggi ero davvero in difficoltà. Grazie per avermi ricordato che sto facendo il massimo e che il domani può sempre essere migliore.*

Gabby risponde sempre a chi le scrive, assicurandosi che ognuno si senta considerato e ascoltato; è così sicura di sé.

Andrea vorrebbe essere come lei, ma la sua sicurezza è scomparsa insieme a tutto ciò che ha perso negli ultimi mesi. Ora non riesce a trovare la calma o l'energia per affrontare l'uomo dell'auto rossa. Ha troppa paura di quello che potrebbe dire e di quello che potrebbe fare. Non è che non abbia mai provato una cosa del genere. Anche nel fresco di aprile, sente le guance riscaldarsi. Distoglie lo sguardo mentre si dirige verso il bagagliaio aperto e fissa le sue buste. Deve portarle dentro. Sente gli occhi di lui che le bruciano la schiena, sente la sua vulnerabilità perché è incinta. Se lui la raggiungesse, lei non riuscirebbe a scappare. Si affretta a prendere il resto delle buste e poi chiude il bagagliaio dell'auto, assicurandosi di chiuderlo a chiave. Il manico di plastica delle borse, pesanti per la spesa settimanale, le taglia le braccia. Le porta tutte in una volta sola perché vuole entrare e chiudere la porta. Sente il respiro accelerato mentre percorre i pochi passi che la separano dalla porta d'ingresso.

«Posso aiutarla?» sente dire dall'altra parte della strada e accelera, senza rispondere, senza voltarsi a guardare. *No, no, no.*

Una volta dentro, scarica le borse nell'ingresso e si gira per chiudere la porta. L'uomo è ancora appoggiato alla macchina. Alza una mano e le fa un cenno indolente, mandandole il cuore in fibrillazione. Sudata nell'aria fresca, Andrea sbatte la porta e la chiude, contenta che Jack sia a scuola. Si lascia scivolare sul pavimento e cerca di calmarsi.

Dovrebbe chiamare Terry, ma non vuole farlo. Dovrebbe scoprire cosa vuole quell'uomo, ma non vuole saperlo. Le vengono i crampi a una gamba e la bambina scalcia, schiacciata per la posizione in cui Andrea è seduta, così si alza e si gira per guardare dallo spioncino della porta. Immagina di trovarlo ancora lì, ma non riesce a vedere bene. Si sposta sul lato della porta dove c'è una piccola e sottile lastra di vetro coperta da una tendina di tulle bianco e la scosta da una parte, cercando di vedere senza essere vista. Lui è ancora lì, si è acceso una sigaretta mentre studia la casa. Butta fuori un pennacchio di fumo nell'aria e si gratta la barba. Si immagina di aprire la porta d'ingresso e di urlare *Che cosa stai facendo? Vattene da qui!* Ma non avrebbe mai il coraggio di fare una cosa del genere. Desiderando che la pioggia battente riprenda e lo rispedisca in macchina, si gira e si mette a camminare avanti e indietro nel piccolo soggiorno, arricciando il naso per l'odore di muffa da cui non riesce a liberarsi. Deve provenire dal divano in tessuto a strisce bianche e verdi, e una volta che la muffa entra nel tessuto è quasi impossibile eliminarla. Andrea sente un singhiozzo salirle in gola e torna alla porta e alla finestrella laterale. Lui è ancora lì, ma ora è al telefono. Si volta a guardare la casa di Gabby e annuisce prima di voltarsi di nuovo e intanto continua a parlare. Dopo un ultimo cenno, infila il telefono nella tasca dei jeans, strappati su un ginocchio, sale di nuovo in macchina e riparte.

Andrea si passa una mano sulla bocca e la nausea, sempre presente, si fa sentire, costringendola a correre in bagno, dove si appoggia al gabinetto e vomita.

Quando ha finito, sudata e tremante, si prepara una bevanda calda e consuma mezzo pacchetto di Digestive al cioccolato mentre mette a posto la spesa. Mangiare è l'unica cosa che tiene a bada la nausea, ma mangia anche per potersi concentrare sul gusto e sulla consistenza e su nient'altro per qualche minuto. Ha preso molto più peso con questa gravidanza e la sua ostetrica l'ha incoraggiata a correggere l'alimentazione.

«I suoi livelli di zucchero sono al limite della norma e dobbiamo tenerli sotto controllo.»

Sa che avrebbe dovuto scegliere uno spuntino sano, ma non le avrebbe fatto lo stesso effetto dei biscotti, e in questo momento ha bisogno di un po' di consolazione. Tutto l'ottimismo di questa mattina è scomparso e si trova di nuovo di fronte alla cruda realtà della sua terribile situazione. Pensa a Jack e alla bambina che porta in grembo. Devono essere protetti da tutto ciò che il padre ha fatto e probabilmente sta ancora facendo. Questo è il problema. C'è la possibilità che lo stia ancora facendo. Questo pensiero la stordisce e si ritrova in mezzo alla cucina con un sacchetto di carote in mano. Probabilmente lo sta ancora facendo. *No, non lo fa più. L'aveva promesso e ora si trova al lavoro.* Infila le carote nel frigorifero e prende un altro biscotto.

Quando ha finito di sistemare tutto quanto e si è un po' calmata, si siede sul divano, e si prepara ad affrontare una conversazione con Terry. Mentre muove il dito per digitare il suo nome, il telefono squilla con la fastidiosa canzoncina di Baby Shark che Jack al suo compleanno l'aveva pregata di mettere come suoneria: è Terry.

«Ehi, tesoro, come ti senti?» le chiede lui, con la solita irritante giovialità.

«Oggi ho molta nausea. Ascoltami, Terry...» inizia lei.

«Scusa, amore, non ti farà piacere saperlo, ma ti chiamo per dirti che questa sera ho una cena di lavoro. Iniziano le nuove vendite e Baz vuole assicurarsi che siamo tutti al corrente degli sconti che possiamo fare. Ci porterà a cena, una semplice pizza, ma volevo avvertirti che farò tardi.»

La bambina scalcia con forza e Andrea immagina che sia la risposta della piccola all'ondata di furia da cui si sente quasi sopraffatta. Si morde il labbro fino a farsi male e fa un respiro profondo. Se si mette a urlare, Terry si farà scudo con il lavoro e metterà giù. Se strepita, si renderà ridicola e irragionevole. Conosce suo marito e deve trattenere la calma.

«Davvero?» dice lei, una sola parola ma grondante di amarezza.

«Sì, andiamo in quel posto dietro l'angolo del negozio.» dice Terry, con voce un po' meno allegra.

«Ah sì?» chiede lei, senza cercare di nascondere il suo scetticismo. Sul divano c'è una macchia di qualcosa, probabilmente cioccolato, e la gratta via con l'unghia.

«Andrea» dice frustrato «è una cena per il personale. Ci vanno tutti. Dobbiamo andarci per discutere delle vendite. Vuoi che chieda a Baz di confermartelo? È questo che vuoi?» La sua voce ha assunto un tono infantile e indignato che ha lo scopo di farle fare marcia indietro.

Se fosse accaduto sette mesi fa, Andrea avrebbe risposto: «Certo che no.»; ma se glielo avesse detto sette mesi fa, non avrebbe nemmeno messo in dubbio una telefonata così innocua da parte di Terry. Però, non è successo sette mesi fa. Perché allora era seduta nella sua bella casa, completamente ignara del fatto che la sua vita stava lentamente e silenziosamente cadendo a pezzi.

Così, anziché dirgli di andare a chiamare il suo responsabile, gli dice: «C'è qualcuno che sorveglia la casa, Terry.»

«No, ma figurati.» dice lui, ma lei lo sente, percepisce la piccola scintilla dell'incertezza. Lui sa che è possibile, il che significa che, ancora una volta, le sta nascondendo qualcosa. Una stretta alla gola la fa deglutire con forza.

Chiude la mano libera a pugno e si guarda le unghie mangiate. «Sì... è così. È una vecchia macchina e l'ho già vista un paio di volte. Oggi si è appostata dall'altra parte della strada e un uomo è sceso e mi ha guardata.»

«E allora?» chiede il marito, e Andrea vorrebbe che fosse davanti a lei perché vorrebbe afferrarlo e scrollargli di dosso quel tono sarcastico.

«Poi se n'è andato.» aggiunge e sente che le viene da piangere, così fa un respiro profondo. È meglio trattenere la rabbia nei confronti del marito piuttosto che crollare.

«Ascolta, Andy. Ascoltami, amore... devi solo ascoltare. Probabilmente era un tizio che stava andando in un'altra casa.» Le parole gli scorrono sulla lingua, lisce e convincenti, mentre si mette in modalità "Terry il venditore".

«Questo tizio saprebbe vendere ghiaccio in Antartide.» ricorda che le disse Baz la prima volta che si incontrarono, a una festa di Natale dei dipendenti. Baz era ubriaco e aveva avvolto un braccio intorno alle spalle di Terry e suo marito era arrossito di soddisfazione. Era un ottimo venditore e guadagnava una discreta somma in commissioni. Avrebbero dovuto essere a posto dal punto di vista finanziario.

«E allora perché l'ho visto più di una volta?» Ora conosce la verità che si cela dietro al personaggio pubblico di suo marito. E per quanto lo ami e per quanto siano buone le sue intenzioni, non può permettergli di mentirle mai più.

Lui sospira. «Forse sei esausta e ti senti male e pensi di averlo visto più di una volta. So che ne stai sopportando tante, amore. È stato un trasloco difficile.»

«È una berlina rossa, vecchia, con una portiera di colore diverso, come se fosse stata sostituita ma non fosse abbinata. So bene quello che vedo, Terry.» Parla lentamente, scandendo bene le parole mentre si siede sul bordo del divano.

«Forse è un artigiano che lavora a una delle case della via e si ferma per fare una pausa. La gente ha il diritto di scendere dalla macchina, Andy. Immagina se chiamassi la polizia e dicessi che un tizio ti ha guardata, penserebbero che sei pazza.» Questo è il grande talento di Terry, quello di capovolgere le cose, di costringerla a mettere in discussione ciò che ha visto e sentito. Ma questa volta non si arrenderà tanto facilmente. «La polizia non sa cosa hai fatto, Terry.» Si passa una mano sulla pancia per calmare la bambina, che si contorce e si rigira, facendole peggiorare la nausea.

«Non te lo dimenticherai mai, vero?» sibila Terry, abbassando la voce perché evidentemente si trova vicino ad altre persone nel grande negozio. «Sono stufo di scusarmi. Ho sbagliato, lo so, ma sto rimediando. Non riesco a parlare con te quando fai così. Devo andare. La pausa è finita. Non torno per cena.»

Andrea tiene il telefono all'orecchio per un momento, anche se sa che lui ha riagganciato. Ultimamente, ogni volta che discute con lui o gli ricorda le sue malefatte passate, lui trova un modo per evitare la conversazione. Esce dalla stanza con aria stizzita o le riattacca il telefono in faccia. Ha fatto esattamente quello che lei pensava avrebbe fatto e vorrebbe richiamarlo per dirgli che lo odia, che lo odia e che le ha rovinato la vita, ma lui semplicemente non risponde al telefono. È così facile per lui starsene in giro, lavorare nel negozio ed essere costantemente distratto dai clienti. Può ignorare tutto quello che ha fatto, far finta che non sia mai successo ed essere semplicemente Terry, l'affascinante commesso. Ma lei è a casa e per lo più da sola o con solo un bambino di tre anni a farle compagnia.

Le cose che sono successe le ritornano in mente in continuazione, mentre cerca di adattarsi alla nuova casa e a un nuovo stile di vita. Tutte le madri dei bambini nel gruppo di Jack con cui aveva fatto amicizia vivono a quaranta minuti di distanza, e anche di più contando il traffico, ed è veramente troppo tempo da passare in macchina arrivata a questo stadio della gravidanza. E non sopporta la vergogna di aver venduto casa sua e di non avere più niente di nuovo e luccicante da esibire per dimostrare che si sta facendo strada nel mondo. Non ha invitato nessuno e sa che probabilmente sarà oggetto di pettegolezzi. Nel gruppo di Facebook delle mamme di cui fa parte le hanno chiesto più volte le foto della nuova casa, ma lei ha sempre trovato un motivo per non pubblicarle e così loro hanno semplicemente smesso di chiederle. Ma ormai avranno capito che sta nascondendo qualcosa, per forza.

*Smettila subito. Non ti fa bene*, pensa, strofinando la pancia per calmare Gemma.

E comunque, si sta facendo tardi, è l'ora di andare a riprendere Jack all'asilo. Sospira, si alza dal divano e va nuovamente in bagno prima di uscire e risalire in macchina.

Pensa con nostalgia alla madre e alla sorella, che sono entrambe così lontane. Loro sanno cosa ha passato e starebbero ad ascoltarla parlare delle sue paure senza ignorarle. Ma sa anche che sua madre in particolare le direbbe: «Vieni a stare qua. Prendi Jack e vieni a stare da noi finché non si dà una regolata. Ci prenderemo noi cura di te.» Ma Andrea non è pronta a lasciare Terry e sa che Jack sentirebbe la mancanza di suo padre ogni giorno, così ingoia le sue paure e le sue preoccupazioni e sale in macchina per andare a prendere il suo bambino. Mentre guida, i suoi occhi vagano verso lo specchietto retrovisore, desiderando di frenare il battito del cuore che continua ad aspettarsi di vedere la macchina rossa.

# OTTO

## GABBY

Sta passando davanti alla finestra del soggiorno con una tazza da tè vuota in mano, quando getta uno sguardo sul giardino e sulla strada. C'è di nuovo la berlina rossa in strada. Sente il cuore battere più forte per la preoccupazione. Avvicinandosi alla finestra, si sente fortunata per aver montato delle veneziane speciali che le permettono di vedere fuori, ma che impediscono a chiunque di vedere dentro.

L'auto procede lentamente lungo la via e Gabby nota che Andrea è tornata dalle sue commissioni. Vede che il bagagliaio è aperto e lei tiene in mano una borsa della spesa. L'auto accosta. Gabby si avvicina alla finestra, nella speranza di riuscire a leggere la targa, e stringe la tazza così forte che le cominciano a venire i crampi alle dita.

Andrea si volta velocemente ed entra in casa, lasciando il bagagliaio aperto e sbattendo la porta d'ingresso. E poi vede un uomo scendere dall'auto, è alto con la barba nera, un braccio interamente tatuato messo ben in vista dalla maglietta a mezze maniche, nonostante il fresco. *Chi è e cosa vuole?*

Appoggia la tazza su un tavolino rotondo vicino, dove ha messo una bella orchidea gialla in un vaso di terracotta, e si avvicina alla finestra, ma non alza le veneziane. *È qui per lei? Che cosa starà cercando?*

Il cuore prende a battere forte e i muscoli del collo si tendono tanto da provocarle un dolore lancinante alla testa.

*Credi di poter continuare a prendere ciò che non è tuo e farla franca, Gabrielle?* le sussurra la voce di sua madre nell'orecchio. Ha di nuovo quindici anni, un commesso le blocca il braccio sottile con la sua mano robusta e la tiene stretta mentre aspettano che sua madre arrivi. Sul bancone di fronte a lui c'è appoggiata la bottiglia di vodka che Gabby aveva nascosto nel cappotto di qualche misura più grande. Non le piaceva nemmeno la vodka, ma la bottiglia era di una bellissima tonalità di blu.

Sua madre era arrivata, pallida e non truccata, con i capelli raccolti all'indietro come faceva di solito quando si preparava per andare a letto alle 19:00. Aveva pagato in silenzio l'esorbitante somma di denaro per la vodka e poi aveva detto: «Vuole che venga arrestata?» Un leggero sollevamento dei lati della bocca aveva tradito una certa gioia per la possibilità che sua figlia venisse portata via dalla polizia.

La presa dell'uomo sul suo braccio si era allentata leggermente per la sorpresa. «Dico solo che, lei è... è solo una ragazzina e... sa... credo che abbia imparato la lezione. Ha pagato, quindi siamo a posto. Ma non voglio rivederla più qui dentro.»

«Non impara mai la lezione.» aveva sogghignato tranquilla la madre. «Si alza ogni mattina e mi fa pentire di averla messa al mondo.» Senza guardare la figlia, era uscita dal negozio e tornata a casa, lasciando Gabby a piedi da sola. L'uomo le aveva lasciato il braccio; la cosa peggiore di tutta la situazione, la cosa di gran lunga peggiore, era stata la compassione che aveva visto nei suoi occhi grigi. Lei lo aveva derubato, o meglio aveva cercato di farlo, e lui era dispiaciuto per lei. Le aveva dato la bottiglia da portare via e lei l'aveva gettata nel cestino fuori dal negozio.

Ora si sente pervadere da una gran voglia di vodka. Nel freezer c'è una bottiglia di Belvedere Midnight Sabre, il cui prezzo elevato è visibile sulla pregiata bottiglia nera e blu. Non le piace nemmeno tanto la vodka, ma non ne fa mai a meno. È troppo presto per bere, troppo presto per perdere il controllo, soprattutto ora, con quell'uomo in strada.

Se fosse venuto per sorvegliarla, per affrontarla, non sarebbe la prima volta; ma non sembra un detective di basso livello. Di solito si presentano a bordo di automobili che si confondono con il grigio delle strade, indossano abiti da quattro soldi e in faccia hanno dipinta la rassegnazione di quanto sia noioso quel lavoro. Quest'uomo ha un aspetto diverso.

Non intende allontanarsi dalla finestra. Quanto deve preoccuparsi? In quel momento, Andrea sbuca di nuovo fuori e guarda quell'uomo, si volta rapidamente e prende il resto delle buste dal bagagliaio dell'auto. Ne porta troppe e si affatica per il peso, mentre si muove alla velocità che il suo stato le consente. Poi Gabby sente che l'uomo chiede ad Andrea «Posso aiutarla?» e lei affretta il passo. Sembra spaventata. Perché dovrebbe essere spaventata?

«Tutti quanti nascondono qualcosa.» le dice sempre Richard. «È solo che alcune persone sono più brave di altre.» L'uomo risponde a una chiamata al telefono, poi sale in macchina e se ne va. I muscoli di Gabby si rilassano, il suo cuore rallenta mentre scosta la veneziana e intravede il numero di targa. Lo ripete mentalmente e va ad annotarlo. Deve indagare. *Perché quell'uomo è venuto qui e cosa vuole?*

# NOVE

## ANDREA

I pochi minuti di viaggio verso la scuola materna di Jack sembrano durare un'eternità, perché si ritrova dietro a un autobus che procede lentamente e poi viene fermata da un operaio edile con un caschetto rosa e un cartello, costringendola ad aspettare. Si mette a masticare furiosamente una gomma, mentre osserva una betoniera gigante che esce da una villa e fa manovra per imboccare la strada.

Senza pensarci, preme il numero della sorella sul cruscotto e ascolta lo squillo del telefono pensando, *Se risponde, glielo dico. Se risponde, le chiederò cosa ne pensa.*

«Andy!» esclama Brianna, rispondendo al terzo squillo.

«Ciao.» dice, sforzandosi di infondere un po' di entusiasmo nella sua voce.

«Mi sembri depressa.» osserva Brianna, e ad Andrea viene quasi da ridere per la straordinaria capacità di sua sorella, più grande di soli due anni, di leggere il suo stato d'animo. Ma subito dopo si rende conto che non confesserà un bel niente a sua sorella. Non è pronta a parlare delle sue paure, perché è come se parlandone rendesse la situazione reale. Forse se lo sta immaginando.

Forse la berlina rossa e l'uomo non hanno assolutamente niente a che fare con Terry. Era parcheggiata davanti alla casa di Gabby, quindi magari ha a che fare con lei o con suo figlio o forse era un uomo che cercava un posto per fare una pausa e niente di più.

«No, sto bene, sono solo stanca di essere incinta. Invece mi sembra che tu stia bene, per una che vive di nuovo in un motel.» le risponde.

«Non posso fare altro che ricominciare. Almeno abbiamo l'assicurazione per ripartire. Molte persone non ce l'hanno. E noi eravamo solo in affitto. Ora che siamo pronti a comprare, cercheremo in cima a una collina e costruiremo più in alto. Neanche uno tsunami ci colpirà.»

Andrea cerca di ridere, ma non ci riesce. Tutte le sue preoccupazioni per quello che Terry farà davvero questa sera le impediscono di provare qualsiasi cosa, tranne il terribile e pesante stress con cui convive da oltre sei mesi. Invece le esce un singhiozzo.

«Oh, Andy Pandy, cosa c'è che non va?» chiede Brianna. «Puoi dirmelo.»

«Niente, è solo la fine della gravidanza.» si affretta a dire, costringendosi a ritrovare la calma. Sua sorella ha già tante cose per la testa in questo momento e non ha bisogno di preoccuparsi anche per le sue.

«E comunque, Bri, sono a scuola e devo andare a prendere Jack. Ci sentiamo presto. In bocca al lupo per tutto.» Riattacca alle parole sorprese della sorella: «Ciao, ti voglio bene.» Manca ancora un isolato alla scuola.

Andrea continua a controllare alle sue spalle, ma non c'è nessuno che la segue, e quando parcheggia davanti alla scuola materna è riuscita a mettere da parte le sue paure per salutare il suo bambino senza scoppiare a piangere. Entra nella scuola, saluta con un sorriso le poche mamme che incontra e risponde alla domanda «Quando nascerà?» di una mamma che non le è stata presentata. «Fra circa tre settimane.» risponde, assicurandosi di fare un bel sorriso.

La donna, che ha in braccio un bambino appoggiato sul fianco e tiene per mano la figlia, che frequenta la classe di Jack, dice: «Sarai molto indaffarata.»

«Non lo siamo tutte?» ribatte Andrea, facendo una leggera risata a cui si unisce anche l'altra madre. *Anche tu stai mentendo? Rimani sveglia tutta la notte a chiederti cosa sia successo alla tua vita? Se ti dicessi cosa sta succedendo davvero nella mia vita, capiresti?*

«Mamma, mamma!» grida Jack, felicissimo di vederla, con il maglione rosso con una macchia scura e il viso imbrattato di terra. Si abbassa per sollevarlo in un abbraccio, assaporando il profumo delle fragole tagliate a pezzettini che gli ha dato per pranzo. Vorrebbe potersi godere il suo bambino, potersi godere questo momento, ma la sua vita sta annaspando in un mare denso di preoccupazioni.

«Eddie, nella mia classe, ha una nuova sorellina» le racconta, «e io ho detto che anch'io avrò una nuova sorellina.»

«È proprio così.» dice Andrea mentre lo mette a terra e lo prende per mano per andare verso l'auto.

«Eddie ha detto che sua nonna è venuta a stare con lui quando la sua mamma è andata in ospedale, e allora io gli ho detto che la cugina Patty verrà a stare con me.» continua lui, e sentendo una leggera domanda nella sua voce, cerca di rassicurarlo sul fatto che qualcuno si prenderà cura di lui. «Proprio così. La cugina Patty verrà a prendersi cura di te e ti divertirai molto perché a lei piace disegnare, dipingere e fare le costruzioni.» dice Andrea, ringraziando il cielo in silenzio per la presenza della cugina di Terry, che vive a quaranta minuti di distanza e aspetta solo la chiamata per venire a prendersi cura di Jack quando Andrea entrerà in travaglio.

«L'anno scorso a Natale mi ha fatto un aeroplano di carta che è volato in alto in aria.» dice Jack mentre sale in macchina.

«Mi ricordo.» dice Andrea.

«Il mio amico Kenneth ha un milione di miliardi di dinosauri e mi ha detto che posso andare da lui a giocare con loro.» dice Jack mentre si avviano verso casa.

«Che bello.» commenta Andrea, con lo sguardo rivolto allo specchietto retrovisore. Dietro di lei c'è una Porsche blu dalla carrozzeria metallica lucida e dall'aspetto compatto e costoso.

«E io gli ho detto che anch'io ho un milione di miliardi di dinosauri.» dice Jack.

«Ma non è così.» dice Andrea. «Tu hai solo tre dinosauri.» Guarda suo figlio nello specchietto. Mentre parla, lui fa camminare due dita lungo il vetro, un ricciolo castano ribelle gli ricade sulla fronte e le guance si tingono leggermente di rosso per l'aria fresca. A vederlo così, sente il cuore che le si stringe e si ricorda ancora una volta quanto sia facile amare qualcuno più della propria vita. «Perché hai mentito su quanti dinosauri hai, Jack?» gli chiede, mantenendo la voce ferma.

Lui scrolla le spalle. «È solo una piccola bugia.» risponde, con la stessa voce di suo padre. Usa infatti le parole che gli aveva sentito pronunciare quando, il giorno del trasloco, Terry aveva detto al suo capo che non si sentiva bene, per poter restare a casa senza rinunciare allo stipendio, dal momento che aveva già esaurito tutti i giorni di ferie pagate; non li aveva usati per andare in vacanza con la famiglia, come Andrea ben sapeva, ed era rimasta ad ascoltarlo mentire al suo capo, sentendo crescere dentro di sé la rabbia per l'uso che aveva fatto dei giorni di ferie. Terry non sapeva che lo stava ascoltando e non sapeva che anche Jack lo stava ascoltando. Quando lei gli aveva chiesto spiegazioni, lui aveva detto: «Falla finita con queste sciocchezze. È solo una piccola bugia. Lo fanno tutti, di continuo.»

E adesso, sentire suo figlio ripetere le stesse parole la fa disperare per le lezioni che ha già imparato da suo padre.

«Non si dicono le bugie.» lo rimprovera con severità e con il cuore pesante.

«Okay.» dice Jack con tono mite, poco convinto. Andrea guarda di nuovo nello specchietto, sentendosi appesantita dalla stanchezza. È troppo provata per fare una ramanzina al figlio di tre anni. La Porsche blu svolta e dietro appare la vecchia berlina rossa che accelera un po', in modo da trovarsi proprio dietro di lei.

Sente un rigurgito salirle in gola e apre il finestrino per non vomitare, schiacciando più forte sull'acceleratore. La fila di auto davanti a lei le impedisce di accelerare troppo e vorrebbe urlare per la paura e la frustrazione. Ogni chilometro è un'agonia, con lo sguardo costantemente rivolto allo specchietto retrovisore. L'uomo nell'auto rossa è indifferente, tamburella con i pollici sul volante a tempo della musica che sta ascoltando e canta. Andrea si guarda intorno, in preda al panico, mentre cerca una traversa in cui svoltare, ma è intrappolata su questa strada, può andare solo dritto fino al prossimo semaforo. *Calmati, respira. Jack è in macchina. Calmati e concentrati.*

Finalmente arrivano al semaforo e lei guarda l'auto che sterza a destra quando lei svolta a sinistra. Trascorre gli ultimi minuti in un silenzioso terrore da cardiopalma. Ma lui non c'è più.

Come se non ci fosse mai stato.

# DIECI
## GABBY

Come al solito, è davanti casa quando Andrea torna con Jack. Al liceo finiscono quaranta minuti dopo rispetto alla scuola materna di Jack, per questo ogni volta che Andrea torna insieme al figlio, Gabby esce per andare a prendere Flynn.

Ogni tanto lui le dice: «Posso tornare con l'autobus.» ma a lei piace andare a prenderlo, le piace avere un inizio e una fine per la sua giornata. Cos'altro dovrebbero fare tutto il giorno le madri con figli grandi se non lavorano? Una volta fatte le pulizie, riordinato e preparato dei dolci non c'è molto altro da fare; e sebbene la sua pagina Facebook le occupi molto tempo, le rimangono comunque delle ore vuote e lei detesta le ore vuote. *Il diavolo troverà a quelle mani qualcosa da fare*, diceva sua madre se la vedeva seduta a leggere un libro. Sua madre identificava l'impegno con il bene e, per quanto ci provi, Gabby trova difficile rilassarsi. Inoltre, quando lei e Flynn sono soli in macchina, a volte lui le parla, accenna a qualcosa che è successo a scuola, senza alzare lo sguardo dal telefono, in modo da non doverla guardare quando le dice che è andato male in un compito o che è stato richiamato. È un modo per lei di tenere sotto controllo la sua vita. Sulla sua pagina Facebook ha raccomandato ad altre madri l'utilità di un viaggio in auto con un adolescente, anche se l'effetto è un po' scemato rispetto a una volta ora che sono continuamente concentrati sui loro dispositivi.

Anziché salire subito in macchina, Gabby aspetta per poter salutare Andrea. Ha imparato ad apprezzare questi brevi scambi di parole con lei e un paio di volte, avendo ricevuto un messaggio da Flynn che le diceva di volersi trattenere più a lungo per lavorare in biblioteca, ha anche invitato Andrea e suo figlio a prendere una tazza di tè. Lei ha ripetutamente raccomandato a Flynn di farle sapere i suoi piani in anticipo, ma lui non fa altro che alzare gli occhi al cielo e dire: «Okay, okay. Oh mio Dio, ma perché devi ripeterlo continuamente?» Gabby non dice a Flynn che le parole feriscono, che il suo disprezzo per lei le fa male. Sa che è inutile fare appello alla natura migliore di un adolescente. È un po' di tempo che non serve a niente.

Nei suoi post su Facebook non accenna mai a niente di tutto questo, preferisce proiettare una relazione normale e amorevole, ma certe volte si chiede se possa essere una buona idea far sapere alle altre madri che la seguono che anche lei è in difficoltà. Forse è arrivato il momento di iniziare a far emergere alcune verità, altrimenti chi si affida a lei per ricevere consigli inizierà a mettere in dubbio le cose che dice. Del resto, nessuno ha una vita perfetta e mostrare solo la perfezione porta le persone a pensare che si stia nascondendo qualcosa. Gabby sa di essere come tutti gli altri, di avere dei segreti.

Se non dice mai a nessuno che ha problemi con Flynn, cosa succederà se avrà bisogno di aiuto? Non le crederanno o saranno semplicemente compiaciute e piene di giudizi.

La pioggia ha smesso di cadere per qualche minuto e il sole si affaccia appena; Gabby alza il viso al tocco del tepore mentre aspetta di parlare con Andrea. Arriverà con qualche minuto di ritardo da Flynn e, come sottolinea Richard: «Non si scioglierà se ritardi di cinque minuti. Anzi, gli farà bene non vederti arrivare esattamente quando e dove vuole lui.»

«Ciao!» la saluta vedendola scendere dall'auto e si accorge subito che Andrea è corrucciata.

«Ciao!» grida Jack, saltellando. «Oggi in classe abbiamo fatto i dinosauri e la maestra mi ha detto che so tante, tante cose e il mio amico Kenneth ha un milione di dinosauri e vuole che vada a giocare da lui io gli ho detto...»

«Basta, Jack. Per favore, vai, allontanati dalla portiera così posso chiuderla.» dice Andrea bruscamente. È molto pallida e Gabby vede che indossa degli Ugg che sembrano più pantofole che stivaletti, insieme ai pantaloni della tuta e alla stessa felpa con cappuccio che, apparentemente, si mette sempre. I suoi piedi sono probabilmente gonfi in questa fase avanzata della gravidanza. La sua pancia sporge in avanti, la ragione della sua stanchezza è sotto gli occhi di tutti.

Gabby si interroga per un attimo se sia il caso di dire qualcosa, e dato che sono vicine di casa, vuole aiutarla. «Brutta giornata?» chiede.

Andrea si accascia contro l'auto, con lo zainetto Hot Wheels di Jack in mano. «Non mi sento molto bene.» ammette.

Gabby attraversa rapidamente la strada e le si affianca. «Poverina, sembri un po' pallida. È la nausea?» Gabby sa dalle loro chiacchierate che la nausea, che avrebbe dovuto cessare dopo tre mesi, non è scomparsa per Andrea.

Andrea annuisce, abbassando lo sguardo, e Gabby ha la sensazione che ci sia dell'altro sotto, ma non ha bisogno di curiosare: la berlina rossa potrebbe avere a che fare con la preoccupazione di Andrea e Gabby prova una sgradita sensazione di sollievo. Dovrebbe sentirsi male per la sua amica, non meglio per se stessa. La domanda sull'uomo e sull'auto è quasi nell'aria prima che lei riesca a fermarsi. Ormai è diventata amica di Andrea, perciò sarà lei a parlargliene, se vorrà farlo.

Il suo telefono squilla, lei abbassa lo sguardo e scuote la testa.

«Vorrei davvero che quel ragazzo mi desse un po' più di preavviso.» dice con un sospiro. Gabby ha cercato di non considerare i messaggi bruschi che le dicevano di andare a prenderlo più tardi come un modo di suo figlio per non trascorrere del tempo con lei. Vorrebbe rispondergli «No» e aggiungere che deve tornare a casa, ma non ha senso discutere con lui via messaggio e di certo non le risponderebbe se lo chiamasse al telefono.

Andrea fa un cenno di assenso. Gabby ha già condiviso con lei la tendenza di Flynn a cambiare i programmi con un'alzata di spalle e una risata, e quindi, Andrea non può immaginare quanto Gabby lo trovi irritante.

«Dice che va a studiare con un paio di amici e poi vanno a mangiare qualcosa ma presto. Non che mi dispiaccia, ma avrei preferito che me lo avesse detto, così avrei potuto programmare la mia giornata. Volevo andare a vedere dei mobili nuovi per il soggiorno, ma il negozio è a un'ora di distanza e non volevo rischiare di fare tardi per andare a prenderlo.» Non vuole che Andrea pensi che non ha altro da fare in tutto il giorno.

«Ah beh» sospira Andrea. «Almeno hai il pomeriggio tutto per te. Jack è pieno di energia perché ha fatto un sonnellino a scuola, e io vorrei solo dormire tutto il pomeriggio.»

«Oh, povera cara.» dice Gabby. «Mi ricordo com'era. Ma oggi sei fortunata perché ho improvvisamente un pomeriggio libero e ora posso fare da babysitter al piccolo Jack.»

«Oh» dice Andrea. «Non posso assolutamente chiederti di farlo. Diventa così irritabile verso le quattro e...» si interrompe e agita una mano. Gabby capisce che Andrea vuole disperatamente essere convinta, che vuole concedersi un pomeriggio di riposo senza dover stare a gestire un bambino in età prescolare, e Gabby è pronta ad aiutarla. Ed è più che felice di farlo. Gabby sa che la madre e la sorella di Andrea vivono lontano e che anche i suoi amici vivono a parecchie ore di macchina da qui; Andrea è sostanzialmente sola e questo la rende vulnerabile.

«Sciocchezze.» dice lei. «Vivo dall'altra parte della strada, tu mi conosci e Jack mi conosce, e se ne starà buono a giocare con i dinosauri mentre io metto ordine tra i conti di casa. Non è un problema e puoi venire a prenderlo alle cinque quando è ora di cena.»

«Evviva i dinosauri!» grida Jack. «Ti prego mamma, ti prego, posso andare a giocare a casa di Gabby, per favore?» Comincia a saltare su e giù, e a ogni salto Gabby può vedere che la leggera resistenza di Andrea si va esaurendo.

«Ti prego, ti prego, ti prego, ti prego.» canta Jack e alla fine Andrea dice: «Okay, okay. Gabby, ne sei proprio sicura?»

«Sicurissima. A Richard non è mai piaciuto il periodo dell'infanzia, ma io l'ho sempre adorato. E poi lui è a New York, quindi sono libera di assecondare la mia passione di fare la babysitter.» dice Gabby, senza riuscire a smettere di sorridere. «È passato tanto tempo dall'ultima volta che ho trascorso del tempo reale con un bambino. Mi divertirò molto.» Un sacco di nuove possibilità le passano per la testa. Non vede l'ora di dedicarsi un po' al piccolo Jack. Si sarebbe offerta di prendersi cura di lui ogni giorno fin da quando si sono conosciute, ma Andrea avrebbe trovato strano questo comportamento. Nessuno vuole prendersi costantemente cura dei figli degli altri, a meno che non sia pagato per farlo.

«Sei la mia salvezza.» dice Andrea e si protende in avanti per abbracciare Gabby con un gesto impulsivo. «Jack, comportati bene con Gabby o non ti sarà più permesso di giocare da lei, hai capito?» dice severamente.

«Dammi la mano, Jack. Andiamo a fare merenda dopo la scuola.» dice Gabby e il bambino infila fiduciosamente la mano nella sua.

«Non avevi detto che Richard era a San Diego?» le chiede Andrea all'improvviso e Gabby stringe i denti. «Sì, ma... ma è in viaggio per tutti gli Stati Uniti... lavoro, lavoro, lavoro, sai com'è.

Ora vai a riposare, mamma. Io e Jack andiamo a divertirci un po'.»

Andrea ride. «Il tuo accento americano è perfetto.» dice e Gabby rimane con il fiato sospeso.

«Avrei dovuto fare l'attrice a New York.» dice sorridendo. Andrea annuisce e sospira, accarezzando brevemente Jack sulla testa. «Fai il bravo.» gli ripete.

Una volta che lei e Jack hanno attraversato la strada, Gabby si gira ed entrambi salutano Andrea, che ricambia il saluto poi entra in casa sua. Una volta dentro, Gabby vorrebbe gridare di gioia; sistema Jack con i dinosauri e gli dà la merenda, tagliando una mela e aggiungendo dei biscotti, in modo da soddisfare la salute e lo sfizio. Jack mangia mentre allestisce il mondo dei dinosauri e per qualche minuto Gabby si limita a guardare con amore il modo in cui la sua mente si mette all'opera per far parlare i dinosauri tra loro. «Mi scusi, signor Allosauro, vuole un po' di tè?»

«No... mangio te, chomp, chomp.» ridacchia e Gabby ridacchia con lui.

Il suo telefono è appoggiato sul tavolo della cucina e vede arrivare un messaggio da Richard. *Flynn sembrava un po' arrabbiato nella foto che hai postato oggi.* Flynn era arrabbiato, ma non per i motivi che crede Richard. In realtà aveva preso la foto da Instagram, dove Flynn l'aveva accompagnata alla domanda, *Chi sarò tra dieci anni?* La foto lo ritrae mentre guarda l'oceano, con un'espressione più pensierosa che scontrosa, ma lei capisce che potrebbe essere interpretata in quel modo. Ha postato quella foto per un motivo molto particolare. Era perfettamente in linea con il suo post sul problema di vedere il proprio figlio all'età che ha e non come il bambino che, in qualche modo, resterà sempre nei nostri ricordi. Sta gettando le basi per futuri post in cui diventerà un po' più sincera sulle sue difficoltà con Flynn.

Gabby vorrebbe ignorare il messaggio e concentrarsi su Jack, ma Richard si arrabbia se lei non gli risponde. Se è così preoccupato per Flynn, dovrebbe tornare a casa e stare qui invece che all'estero. Non si può instaurare alcun tipo di rapporto quando si vive a migliaia di chilometri di distanza. *Si è stancato di farsi fotografare. Sta diventando sempre più difficile. Ieri sera mi ha detto che non vuole più vivere qui.* Gli invia il messaggio e aspetta la sua risposta.

*Quindi, lo stai davvero facendo arrabbiare.*

*Non sei qui, Richard. So quello che faccio. Lasciami in pace. In questo momento sto facendo da babysitter al bambino della vicina che abita dall'altra parte della strada.*

*Che cosa? Perché? Perché ti intrometti in questo modo?*

*So quello che faccio.*

Gabby mette il telefono in modalità silenziosa, sapendo che Richard continuerà a mandarle messaggi e poi inizierà a chiamarla. Può richiamarlo più tardi e spiegargli tutto, ma fino ad allora lui dovrà fidarsi del fatto che lei sa quello che sta facendo.

Lascia che Jack giochi per un'ora finché non si annoia. Trascorre il tempo al computer, preparando i prossimi post e pianificando quando pubblicarli sulla sua pagina.

«I dinosauri vogliono dormire.» dice Jack e lei capisce che ne ha avuto abbastanza. Mancano solo venti minuti all'ora in cui Andrea vorrà che lui torni a casa. Potrebbe limitarsi a trovare un programma da far guardare al bambino, ma non è quello che ha intenzione di fare.

«Rimettiamoli nella loro custodia, così si riposano un po'.» dice lei, sedendosi sul pavimento accanto a lui e raccogliendo tutti i giocattoli. Jack la aiuta, ma non molto bene. Quando

Flynn era piccolo cantavano insieme la canzoncina del riordino e lui era sempre molto allegro. Ricorda di averne parlato in uno dei suoi primi post su come gestire la stanza disordinata di un adolescente. Ora suo figlio è molto lontano dalla canzone del riordino.

«Jack» dice lei, mentre il bambino finisce di rimettere tutti i dinosauri nel loro sacchetto di plastica, «ho un'idea fantastica. Che ne dici di un fantastico dolcetto?»

«Evviva!» risponde il bambino, saltando in piedi. È così facile accontentarli quando sono piccoli, così facile renderli felici.

Flynn è molto diverso da questo bambino e lei vorrebbe tanto avere un figlio come Jack, un bambino dell'età di Jack. Sarebbe tutto molto, molto meglio. Sarebbe come ricominciare quasi dall'inizio, saltando il fastidio dei primissimi anni, segnati dalla privazione del sonno e da una sensazione di totale assenza di controllo. Gabby preferisce l'età in cui un bambino può almeno parlare e capire, anche se in minima parte. Jack è nell'età perfetta.

# UNDICI

## ANDREA

Appena vede che Gabby ha chiuso la porta, Andrea si dirige verso la sua camera da letto, lasciando cadere la borsa e lo zaino di Jack nell'ingresso.

Sprofonda sul letto non rifatto, sente il peso del suo corpo e di tutte le preoccupazioni che si porta sulle spalle. *Dove andrà Terry stasera? E cosa farà davvero?* Più tardi controllerà che vada davvero dove ha detto che sarebbe andato, ma per il momento è ancora al negozio, sta ancora lavorando. Pensa. Spera. Potrebbe prendere il telefono dalla borsa e controllare, ma adesso non ha proprio la forza di alzarsi. La nausea la tormenta, la costringe a deglutire. Oggi ha già vomitato quattro volte. La sensazione che le lascia è insopportabile. Il fondo della bocca sa ancora di bile, nonostante si sia lavata i denti.

Ha quasi due ore di tempo. Un'altra donna, una donna migliore di lei, userebbe questo tempo per correre per casa e pulire, riordinare e preparare la cena, ma Andrea non riesce a trovare la forza per fare nulla di tutto ciò. Ricorda le ultime settimane della sua gravidanza con Jack, ricorda il modo in cui si affannava a pulire tutto ciò che le capitava a tiro. Sprizzava energia e anche i compiti più piccoli le davano piacere.

«Finirai col farti male.» le aveva detto Terry una sera quando, tornando a casa dal lavoro, l'aveva trovata in cima a una scala, intenta a pulire il ventilatore a soffitto della loro camera da letto. Ma lei sapeva che non sarebbe successo.

«Devo sfruttare quest'ultima settimana in modo produttivo.» gli aveva risposto. «Quando arriverà il bambino, non vorrò fare altro che dormire.» Non avrebbe mai immaginato di potersi sentire così piena di felicità come il giorno in cui aveva messo a posto nella cassettiera della futura stanza di Jack tutte le tutine blu appena lavate e le canottierine bianche e brillanti. Avevano già dipinto le pareti con un color crema e le avevano decorate con un motivo con gli animali che correva lungo la parte superiore. Un gigantesco leone di peluche dalla faccia simpatica attendeva nell'angolo e una sedia a dondolo color crema con un comodo cuscino giallo era pronta per essere usata quando avrebbe allattato il bambino. Adesso il leone di peluche si trova nel ripostiglio, probabilmente impregnato di muffa dopo tutto l'umido di questi giorni, e la stanza di Gemma ha un lettino e una cassettiera pieni di vecchi vestitini dismessi di Jack, ma niente di nuovo per lei.

Sposta i cuscini sul letto, ne posiziona uno tra le ginocchia e uno sotto la pancia, e cede alla pesantezza degli occhi tentando di non ripensare alla notte di nove mesi fa, quando tutta la sua vita è cambiata. Ma le immagini ritornano e lei vi si arrende, le lascia affiorare, insieme alle lacrime. Le torna in mente la serata che era iniziata così bene. Stava tornando dalla lezione di pilates ed era di buon umore perché quell'ora del martedì sera, lontano dal vivace figlio di due anni, la metteva sempre di buon umore e le permetteva di sentirsi pronta ad affrontare i giorni successivi. C'era stato un piccolo problema all'inizio della lezione, quando Marcia le aveva comunicato che la sua carta di credito era stata rifiutata e che doveva provare a effettuare di nuovo il pagamento per il trimestre, ma Andrea era sicura che Terry dovesse solo trasferire del denaro per coprire la carta di credito.

Era entrata in garage canticchiando e pensando allo spuntino con cui si sarebbe premiata e al nuovo romanzo che voleva iniziare. Terry doveva aver già messo a letto Jack, quindi le due ore prima di andare a dormire si estendevano generosamente davanti a lei. Si sentiva fortunata, grata di avere un marito così felice di concederle un po' di tempo libero durante la settimana, anche se usciva presto per andare al lavoro e passava una lunga giornata in piedi in negozio.

Era scesa dall'auto e aveva alzato la mano per premere il pulsante di chiusura del portellone del garage, ma prima che potesse farlo c'era stato un movimento, una corrente d'aria, una presenza nel garage.

Non aveva nemmeno capito che si trattava di un uomo, finché non le aveva messo le mani intorno alla gola, stringendo forte prima che lei potesse urlare. Era grosso e puzzava di sigaretta, ma lei non poteva vederlo bene perché la lampadina del garage si era fulminata e Terry non l'aveva sostituita. Dalla gola le era uscito un suono strozzato mentre quelle mani, ruvide, con le unghie rotte che la graffiavano, si serravano.

Era stata sopraffatta da puro panico e la sorpresa le aveva impedito di ragionare. Dalla sua bocca continuavano a uscire suoni inconsulti, mentre le mani di lui le stringevano il collo e lei lo artigliava per fargli mollare la presa.

«Di' a Terry» le aveva raspato la voce nell'orecchio, «che non è uno scherzo. Vogliamo i nostri soldi.»

E poi se n'era andato, lasciandola a tossire, soffocare e piangere mentre chiamava suo marito. Dopo, mentre sorseggiava un tè zuccherato e cercava di spiegare a Terry quello che era successo, voleva disperatamente poterlo considerare come un malinteso, come se si fosse trovata nel posto sbagliato al momento sbagliato. Ma non ci era riuscita. Quell'uomo aveva pronunciato il nome di suo marito.

Terry si era rifiutato di chiamare la polizia, di farle chiamare la polizia. Le aveva detto che aveva immaginato le parole dell'uomo o che non aveva sentito bene. Probabilmente era stato un errore, l'uomo stava cercando qualcun altro; era meglio lasciar perdere e fingere che non fosse mai successo. Terry era bravo a fingere. Finché non era riuscito a fingere oltre. Nove mesi fa si era imposta di dimenticare quell'aggressione, ma non era riuscita a dimenticare tutto quello che era accaduto nei mesi successivi, tutto quello che l'aveva portata a trasferirsi in questa casa.

E ora c'è un uomo che la tiene d'occhio, che sorveglia la casa, e ancora una volta Terry si comporta come se lei fosse in preda all'irrazionalità.

Sei mesi dopo l'incidente nel garage, finalmente si era resa conto dell'entità dei problemi in cui si trovavano: Terry era tornato a casa con un dito rotto.

«Ho avuto un incidente al lavoro.» aveva detto mentre lei si agitava su quel dito fasciato e steccato, preoccupata per il gonfiore della sua mano. «Stavamo spostando un televisore ed è caduto.»

«Voglio sperare che l'assicurazione dei lavoratori copra questo infortunio e, mi auguro, che Baz ti abbia garantito che coprirà tutte le spese mediche fino alla guarigione.» aveva risposto, arrabbiata per come la sicurezza del marito era stata compromessa sul posto di lavoro.

«No, questo non succederà. Dai, Andy, lascia perdere. Non voglio creare problemi.»

Era andato al frigorifero e aveva tirato fuori una birra, faticando per aprirla finché lei non gliel'aveva presa per aiutarlo. Aveva bevuto a lungo, come un uomo disperatamente assetato o desideroso che l'alcol lo aiutasse a dimenticare. Era pallido, i suoi occhi azzurri spenti dal dolore.

Lo ricorda ingurgitare la birra velocemente, senza assaporarla come faceva di solito. Quando ne aveva presa un'altra, ogni cosa le era piombata addosso, come pezzi di un puzzle caduti al loro posto. L'incidente nel garage, le telefonate a cui Terry rispondeva all'una di notte, un'auto nera che appariva sempre nella loro strada ma che non apparteneva a nessuno, la carta di credito che le era stata rifiutata alla cassa del supermercato proprio quella settimana.

*Dev'essere stato un malinteso, te lo stai immaginando, hai le visioni, hanno sbagliato numero.* Terry aveva una spiegazione per tutto, ma il dito rotto era qualcosa di diverso.

«Posso aiutarti, Terry.» gli aveva detto, con un crescente terrore che le serpeggiava nella mente. «Ma devi dirmi la verità.» Sapeva, a quel punto, di cosa si trattava: sapeva e si rifiutava di credere che fosse la verità. Ora si stupisce di come fosse riuscita a ingannare se stessa e a ignorare così tante cose fino a quel momento, ma è la natura umana, suppone. Si rifiutava semplicemente di aprire gli occhi. Dopo la storia del dito rotto, nessuno dei due poteva più permettersi il lusso di guardare dall'altra parte.

Infine, Terry aveva iniziato a parlare e, a ogni parola che usciva dalla sua bocca, un pezzo del mondo di Andrea si sgretolava in mille pezzi.

E ora è incinta, si sono trasferiti e Terry continua a dipingerlo come un nuovo inizio, ma lei non riesce a vederla allo stesso modo. Questa gravidanza è molto diversa, e non solo per le nausee: Gemma non è ancora arrivata e tutto quello che lei vorrebbe fare è dormire, e sa che in gran parte questo dipende dal peso delle sue preoccupazioni. Non ha idea di come le cose possano migliorare, soprattutto quando comincia a sospettare che in realtà stiano peggiorando.

Si stiracchia un po', i muscoli della schiena si allentano e lei si consola pensando di potersi rilassare sul letto che sostiene il peso della sua bambina che sta per venire al mondo.

La notte in cui Terry aveva confessato tutto aleggia su di lei in una nuvola grigia di disperazione. Jack stava già dormendo e lei ricorda che indossava un paio di jeans con una macchia rossa sul davanti. Lei e Jack erano andati a un corso d'arte della comunità e lui l'aveva toccata con le mani sporche di vernice. Lei aveva ripetuto: «Dimmi la verità.» cercando di non guardare il dito gonfio e fasciato del marito che finiva la seconda birra e si prendeva un attimo per buttare la bottiglia nella spazzatura.

«Non puoi... non posso.» aveva cominciato a dire, uscendo dalla cucina e costringendola a seguirlo in salotto.

«Parlami.» gli aveva ordinato lei. Poi aveva distolto lo sguardo, incapace di sopportare l'espressione sconvolta nei suoi occhi, e fissato invece la macchia rossa che sapeva avrebbe facilmente rimosso, diversamente da quello che suo marito stava per dirle.

Ricorda che lui si era versato un whisky, riempiendo il bicchiere fino all'orlo, prima di iniziare a parlare. Era scioccata, perché raramente lo vedeva bere più di una birra e quella sera ne aveva già bevute due. Lo aveva tracannato, con gli occhi che gli lacrimavano mentre il liquido gli scendeva in gola. Poi era sprofondato sul divano e lei lo aveva guardato, con la mente in subbuglio mentre aspettava che lui parlasse.

«Ho scommesso su una partita di football negli Stati Uniti.» aveva detto. «Ho scommesso un sacco di soldi su una squadra che ha perso.»

«Football? Negli Stati Uniti?» aveva chiesto lei, incredula. «Ma cosa ne sai tu di football? Perché hai scommesso? Quanto hai perso?»

«Migliaia.» aveva borbottato Terry, scuotendo la testa costernato.

«Cosa?» aveva chiesto lei, sicura di aver capito male.

«Migliaia.» aveva gridato lui di rimando, alzandosi dal divano e prendendo a camminare per la stanza. «Non si tratta solo di questo... Sono stato... All'inizio sembrava una bazzecola. Hai presente la collana che indossi?»

Aveva portato una mano alla bellissima collana d'oro bianco con piccoli diamanti sparsi che lui le aveva regalato un mese prima, dicendole che era per festeggiare il loro sesto anniversario di matrimonio, lasciandola a bocca aperta dal momento che di solito non si facevano regali a vicenda. «Cosa c'entra la mia collana?» aveva chiesto.

«È costata cinquemila dollari. L'ho comprata dopo aver vinto un'altra scommessa sul football.» Andrea aveva toccato la pelle dove giaceva la collana, scostando la catena improvvisamente calda sulla gola. «Farlo è uno scherzo e ci sono veramente tante informazioni sui giocatori; posso anche ascoltarle o guardarle durante le pause al lavoro. Stavo andando così bene, ma poi è andato tutto in fumo.»

Aveva abbassato la testa e lei aveva visto la sua vergogna.

«Sono solo contento che Baz non mi abbia mai beccato. Almeno ho ancora il mio lavoro e sto lavorando sodo per recuperare i soldi, dico sul serio...» Si era strofinato gli occhi e lei aveva capito che si stava asciugando le lacrime. «Mi dispiace tanto, Andy. Ti ho delusa e ho rovinato le nostre vite e non ti biasimerei se tu prendessi Jack e uscissi da quella porta.»

«È questo che vuoi che faccia?» gli aveva chiesto. Cominciava a sentirsi devastata, quasi a impazzire, per ciò che le stava dicendo. Strofinava e raschiava con le unghie la macchia rossa sui jeans, per togliere il colore.

«No» aveva risposto lui con voce rauca, avvicinandosi e mettendosi in ginocchio davanti a lei. «Tengo a te e a Jack più di ogni altra cosa, ma mi sta accadendo qualcosa... Non so perché ho iniziato, forse per il lavoro o per il fatto che siamo una famiglia e all'improvviso tutto mi è sembrato così... È stato veloce e divertente ma non ci divertiamo più come prima.»

«Non ti permettere, *non ti azzardare* a dare la colpa a me o a nostro figlio per questo.» aveva detto a denti stretti, con le unghie che scavavano più forte sulla macchia.

«Non dico questo.» Aveva detto scuotendo la testa. «Mi dispiace, non vi sto dando la colpa. Sono io... è come sono fatto io. Sono un disastro e ho bisogno di aiuto. Ho davvero bisogno di aiuto.»

«Da quanto tempo va avanti?»

Terry aveva esitato, poi si era allontanato da lei e si era seduto su una poltrona reclinabile. Abbandonando la testa tra le mani, aveva fissato le sue costose scarpe da ginnastica nere. «Da un pezzo. Dovremo vendere la casa. Devo ripagare i tizi a cui ho chiesto il prestito o faranno di peggio che rompermi un dito.» le aveva detto, e lo stomaco di Andrea si era contratto immaginando quale potesse essere il "peggio".

Tutto a un tratto aveva dovuto correre in bagno per vomitare, finché non le era rimasto più niente da rigettare. Era appena rimasta incinta di Gemma, ma non lo sapeva ancora. Sapeva solo che la vita come la conosceva era finita. Non avrebbe mai immaginato che una cosa del genere sarebbe stata possibile. Suo padre scommetteva una volta all'anno sulla corsa dei cavalli Melbourne Cup, come la maggior parte degli australiani, ma non puntava mai più di cinquanta dollari e riusciva a fare spallucce e a sorridere se perdeva.

«Il gioco d'azzardo...» aveva mormorato, incapace di accettarlo. Sembrava impossibile. Non era una cosa che si sarebbe mai aspettata. Nel corso degli anni in cui era stata con Terry c'erano stati momenti nei quali lo aveva osservato parlare con altre donne alle feste o quando uscivano insieme e aveva sempre sentito una piccola stilettata di gelosi e di prudenza, perché lui era molto bello e il suo sorriso gli illuminava il viso, quindi lei era consapevole di dover stare sempre attenta. Non avrebbe mai voluto essere una di quelle donne che dicono: «Non ho mai sospettato nulla.», ma d'altronde non le aveva mai dato motivo di dubitare di lui. Il gioco d'azzardo di qualsiasi tipo poi, quello in cui si perde tutto, non lo aveva mai nemmeno preso come un possibile rischio, fino all'incidente nel garage. Un incidente che si era imposta di ignorare. Il gioco d'azzardo sul football americano era talmente fuori dalla sua concezione che le sembrava uno scherzo. Non aveva mai pensato di doversi preoccupare di una cosa del genere.

Aveva sentito le gambe pesanti mentre usciva dal bagno e tornava in soggiorno, dove suo marito stava seduto con la testa tra le mani. Era sprofondata in una delle loro poltrone verde pallido, avvolgendosi le braccia intorno a sé.

«Mi dispiace tanto, Andy. Mi farò perdonare, te lo prometto.» Lui l'aveva guardata e si era proteso in avanti, incrociando il suo sguardo, e lei aveva capito che aveva bisogno della sua comprensione, ma non riusciva a farsene una ragione. Avrebbero dovuto vendere la casa che avevano comprato con tanta fatica. *Come era possibile?*

E adesso sono qui, in questa casa orribile, solo grazie alla generosità di un amico di suo padre, e lei mantiene il segreto con tutti, compresa Gabby, che sta gentilmente facendo da baby-sitter a Jack. La sera in cui Terry aveva confessato, avevano protratto a lungo la discussione nel tentativo di capire cosa fare e alla fine lei aveva insistito per chiamare suo padre, in modo da avere un consiglio. Bert era un uomo che aveva sempre creduto nel duro lavoro quotidiano, possedeva un'azienda di importazione e vendita di tappeti e aveva lavorato con tenacia, a volte anche sette giorni su sette, fino a costruire un'azienda di buone dimensioni. I genitori di Andrea non erano ricchi, ma erano parecchio agiati.

«Ti prego, non chiamarlo.» l'aveva implorata Terry. «Non posso sopportare questa umiliazione.» Ma Andrea aveva insistito.

«Papà» aveva esordito, quando lui aveva risposto al telefono con tono piuttosto preoccupato per essere stato svegliato, e poi era scoppiata in un rumoroso pianto, con grande imbarazzo, mentre Terry era rimasto impalato a guardarla, con una maschera di mortificazione sul volto.

Una volta calmata e spiegato tutto, suo padre le aveva chiesto di passargli Terry, che aveva preso il telefono e si era allontanato. «Sì, Bert, lo so, lo so, lo so.» lo aveva sentito dire; sapeva che suo padre avrebbe rimproverato suo marito, ma lo avrebbe anche ascoltato e avrebbe trovato un modo per aiutarlo. Il padre di Terry non era mai stato presente e sua madre aveva lavorato tutta la vita per crescere Terry e suo fratello Nick.

Quando Terry le aveva restituito il telefono, suo padre le aveva detto che era d'accordo che avrebbero dovuto vendere la casa per saldare i debiti. «So che ne soffrirai molto, tesoro mio, e vorrei pagare io questi uomini e lasciarti restare in casa tua. Ma è una cifra superiore a quella che posso permettermi e temo che Terry non smetterà di fare ciò che sta facendo e che possa rovinarvi la vita. Perdere la casa è un terribile trauma, ma forse è quello che servirà a impedirgli di continuare a comportarsi in questo modo.»

«Oh, papà.» aveva esclamato Andrea. Non voleva chiedergli quale fosse l'importo totale. Era chiaro che Terry si era confidato con il padre, lontano dalle orecchie di Andrea. «Non possiamo perdere la casa! Cosa faremo? Dove andremo a vivere?»

«Andy Pandy» le aveva detto dolcemente, chiamandola con il suo soprannome d'infanzia, «tuo marito ha bisogno di aiuto. Puoi rimanergli vicina e aiutarlo a superare questa situazione, e parlandoci ho intuito che vuole superarla. Oppure puoi tornare a casa da me e da tua madre. Sta a te decidere. Abbiamo un amico che ha appena comprato una casa a Sydney e la sta per demolire, ma la terrà vuota per un po' perché dovrà portare a termine i progetti. Ne diventerà proprietario tra un paio di mesi. Posso chiamarlo e chiedergli di lasciarvi vivere lì, mentre Terry mette insieme un po' di soldi per prendere in affitto un'altra sistemazione. Gli dirò che ci posso pensare io all'affitto.»

Andrea aveva sentito il viso infiammarsi per l'avvilimento. «Oh» aveva detto, perché non riusciva a trovare le parole per esprimere l'orrore che provava sapendo che l'amico di suo padre sarebbe venuto a conoscenza del fatto che Terry aveva perso la casa al gioco, ma sapeva di dover accettare l'offerta. L'unica altra scelta era quella di lasciare Terry e portare Jack a vivere con i suoi genitori nel Queensland, e anche se la collera che nutriva nei suoi confronti cominciava a farsi strada tra i timori per la sua incolumità, lo amava ancora. Non era pronta a gettare la spugna sul suo matrimonio.

Non potevano permettersi di pagare una grande pubblicità per vendere la casa, quindi, lo avevano fatto con discrezione e ci avevano messo alcuni mesi. Terry andava al lavoro e tornava a casa. Aveva accettato che lei usasse l'applicazione di monitoraggio e le aveva dato accesso alle carte di credito e al conto corrente. Aveva iniziato ad andare alle riunioni dei Giocatori Anonimi, tornando da ogni gruppo del lunedì sera insolitamente silenzioso, come se la sua personalità fosse stata messa a tacere in quell'ora di riunione con altri che stavano affrontando la stessa cosa.

Quando l'agente immobiliare aveva chiamato con un'offerta per la casa, il suo primo istinto era stato quello di dire di no, ma sapeva di non avere scelta. Mentre faceva le valigie, aveva versato più lacrime di quante ne avesse mai piante.

Aveva tirato un sospiro di sollievo quando si erano liberati dei debiti che lui aveva accumulato, ma era rimasta devastata nel constatare quanto poco fosse rimasto. Com'era possibile perdere così tanto denaro?

Da quando si sono trasferiti nella nuova casa, Terry è rimasto più a lungo al lavoro, ha disattivato il localizzatore della app di tracciamento e lei ora sa che c'è qualcuno che la sta osservando, che sta sorvegliando la casa. Non ha nemmeno la forza di piangere, perché sente che sta perdendo il controllo, che si sta spegnendo.

La nausea arriva a ondate mentre cerca di rimanere immobile, come un passeggero su una barca che dondola.

Non vuole più pensarci. Chiuderà gli occhi per dieci minuti, poi si alzerà e sfrutterà davvero il suo tempo.

Non appena prende questa decisione, si concede il

permesso di riposare e fluttua in un sonno profondo senza sogni e tutto si dissolve.

Sembra che siano passati solo pochi minuti quando viene svegliata da Terry che la scuote bruscamente. «Andy, Andy, che succede? Cosa ti prende? Stai bene?»

Lo allontana. «Ancora qualche minuto.» mugugna. Le servono solo altri dieci minuti e poi si alzerà di sicuro. Preparerà la cena e farà almeno due carichi di lavatrice se solo potrà avere qualche minuto in più.

«Andrea» grida Terry «che succede? Dov'è Jack?»

Andrea apre gli occhi di scatto e si rende conto che è buio. Si alza in fretta, si pulisce la bocca e cerca di ragionare su quello che sta facendo. «Mi stavo... mi stavo solo riposando.» dice al marito, che è in piedi di fronte a lei, illuminato dalla luce del corridoio che entra nella camera da letto. È ancora vestito con i pantaloni neri e la camicia blu con il logo del negozio sul taschino. Di solito si cambia quando torna a casa. Deve essere appena rientrato - ma stava per uscire per cena, giusto?

«Perché sei qui?» gli chiede.

«Ho lasciato la cena in anticipo. Ti ho chiamata e richiamata. Ti avrò telefonato dieci volte e non mi hai mai risposto. Non succede mai, così mi sono preoccupato.»

Una parte di Andrea prova un po' di piacere nel vedere la preoccupazione di Terry. È sempre lei a preoccuparsi per lui. Gemma scalcia la vescica e Andrea si alza dal letto. «Devo andare in bagno.»

Terry le afferra le spalle, costringendola a fermarsi e a guardarlo. «Andrea, sono le sette passate. Non so da quanto tempo tu stia dormendo, ma Jack non è qui. Hai capito? Jack non è qui.»

Anche se ha la mente ancora intrisa di sonno, le parole di Terry penetrano finalmente nella nebbia. «Jack!» grida lei. «È a casa di Gabby. È andato a giocare da lei per un paio d'ore.

Dovevo andare a prenderlo alle cinque. Me lo stava tenendo per un po'.»

«Dio Santo» dice Terry, scuotendo la testa. «Cosa penserà di noi quella donna?»

«Non osare dare la colpa a me, Terry. Ero esausta e avevo bisogno di riposare.» dice lei, scostandosi i capelli dal viso. «Se tu fossi tornato a casa, non avrei mai accettato la sua offerta, ma tu eri a mangiare una pizza, o almeno così hai detto.»

«Così ho detto.» urla lui, agitando le mani. «Ero a una cena importante e sono dovuto andare via, mentre Baz ci parlava delle vendite, per venire a casa a controllare te, e ora scopro che hai affidato nostro figlio a un'altra persona. Non è che tu avessi altro da fare oggi.»

Andrea vorrebbe prenderlo a schiaffi, vorrebbe veramente allungare le mani per prenderlo a schiaffi. Invece le stringe a pugno, affonda le unghie corte nei palmi delle mani per evitare di reagire.

«Devo andare in bagno.» dice lentamente, scandendo ogni parola. «Vai a prendere Jack. Chiedi scusa a Gabby. Fallo e basta.»

Non era mai successo che, tornando a casa, Terry la trovasse addormentata; anche nelle prime fasi della gravidanza, quando le nausee erano ancora più forti, era sconquassata dagli ormoni e doveva impacchettare tutti i loro averi per prepararsi alla vendita della casa, non aveva mai perso di vista Jack. Aveva permesso piuttosto alla paura, alla rabbia e alla preoccupazione di farla andare avanti, di farle fare ciò che doveva fino a quando la casa non era stata venduta e a loro era rimasto ben poco per ricominciare.

E così, forse perché non l'ha mai vista in questo stato, o forse perché percepisce che è sul punto di esplodere, Terry si gira e lascia la stanza. «Lo porto a mangiare delle patatine fritte per cena.» dice.

«Bene.» sbuffa e si precipita in bagno, sbattendo la porta

mentre il cuore le batte forte e la rabbia monta a dismisura. È furibonda con Terry, ma anche con se stessa. Avrebbe dovuto mettere una sveglia o tenere il telefono accanto a sé, almeno per sentire le telefonate di Terry. E se Gabby avesse avuto bisogno di lei perché era successo qualcosa a Jack? Che razza di madre affida il proprio figlio a un'altra persona e non si rende raggiungibile?

Va in bagno e si sciacqua il viso con acqua fredda. Va in cucina, prende un pacco di pasta dalla credenza. A Jack non andrà dopo le patatine fritte, ma lei ha bisogno di mangiare, o le tornerà la nausea se avrà fame. Sta riempiendo una pentola d'acqua quando Terry rientra in casa e lei si gira, pronta a salutare il suo bambino, immaginando che Jack voglia salutarla prima di andare a mangiare le patatine.

Ma Jack non è con Terry.

«Dov'è Jack?» gli chiede.

«Non c'è, Andy.» dice Terry, con la voce piena di paura. «La casa è completamente al buio e loro non ci sono.»

«Ma...» Andrea si gira e cerca il telefono, ma non è in cucina. «Fa squillare il mio telefono.» grida, e Terry tira fuori il suo dalla tasca e la chiama. Andrea rimane in ascolto e finalmente sente la stupida canzoncina di Baby Shark, che proviene dalla sua borsa vicino alla porta d'ingresso. Tira fuori il telefono e vede undici chiamate perse di Terry, ma nessuna da parte di Gabby. Con dita tremanti, chiama Gabby e aspetta che il telefono squilli un paio di volte, ma poi scatta la segreteria telefonica. «Ciao, avete chiamato Gabby. Ora non posso rispondere, quindi, per favore, lasciate un messaggio.»

«Ciao, Gabby, sono Andrea... Mi dispiace tanto, ho dormito troppo. Non so cosa sia successo. Puoi chiamarmi così possiamo venire a prendere Jack?»

«Chiamala di nuovo.» dice Terry dopo che lei ha riattaccato, e Andrea fa come le ha detto. Dopo cinque minuti di chiamate e messaggi, Terry attraversa di nuovo la strada per bussare alla porta e suonare il campanello. Quando torna, è pallido. «Non ha un figlio? Dov'è?»

«È fuori con gli amici.» dice Andrea.

«Non capisco. A quest'ora Jack sarà già ingestibile, o perlomeno starà chiedendo di noi. È quasi ora di andare a letto.» dice Terry, guardando l'ora sul suo telefono.

«Pensi che ci abbia denunciato alla polizia o qualcosa del genere?» chiede Andrea con un filo di voce. «Forse pensa che io sia una pessima madre.»

Terry scuote la testa e Andrea si sente sopraffatta dal terrore. «Oddio» dice, sentendo tornare la nausea, «e se avesse chiamato i servizi sociali e avesse detto loro che sono una pessima madre?»

Sprofonda sul divano a righe in mezzo al soggiorno, storcendo il naso per l'odore di muffa.

Terry si siede accanto a lei e le cinge le spalle con un braccio. «Non sei una pessima madre, Andy. Ti sei addormentata. Solo che non mi spiego perché lei non sia venuta a bussare o a suonare il campanello.»

«Magari l'ha fatto.» dice Andrea, con voce esasperata dall'isteria. «Forse è venuta ma io stavo dormendo così profondamente che non l'ho sentita e lei se l'è presa e ora è andata alla polizia o ai servizi sociali.»

«Okay, ascoltami.» dice Terry, alzandosi in piedi. «Dobbiamo affrontare la questione in modo logico. Vive dall'altra parte della strada, quindi non è che può sparire. Tornerà a casa molto presto. Terrò sotto controllo la casa e spero che non ci metta molto.»

«Dovremmo chiamare la polizia?» chiede Andrea. «Voglio dire, è possibile che abbia... rapito Jack? Potrebbe aver rapito Jack? Perché mai avrebbe dovuto farlo?» Andrea non riesce a capacitarsi di come una cosa del genere potrebbe essere accaduta. È roba da film, da incubi.

Terry si passa le mani tra i capelli. «Penso che dovremmo

aspettare con la polizia. Non è il caso di fare la figura dei pazzi. Aspettiamo un'altra ora e se non torna la chiamiamo. Tu continua a telefonare a lei, io vado a controllare casa sua.»

«Va bene» dice Andrea, grata di sentirsi dire cosa fare. «D'accordo.» Telefono alla mano, preme il nome di Gabby, ascolta lo squillo e lascia un messaggio. Preme il nome di Gabby, ascolta lo squillo e lascia un messaggio. Preme il nome di Gabby, ascolta lo squillo, lascia un messaggio. Si sente oscillare avanti e indietro sul divano, deglutisce compulsivamente per non vomitare, il viso del suo bambino, il suo sorriso, la sua risata la tormentano.

# DODICI

## GABBY

Jack piange e il rumore che fa penetra nella testa di Gabby. «Voglio la mia mamma.» continua a ripetere. «Voglio la mia mamma.» È passato da angioletto perfetto dagli occhi azzurri e dal sorriso gigante a mostro assoluto nel giro di mezz'ora. Gli cola il naso e la sua voce è acuta per lo sforzo. Si tira il maglione per la frustrazione e batte i piedi nelle scarpe da ginnastica abbinate.

Si trovano in una sala giochi, così almeno nessuno può sentirlo in mezzo ai campanelli che tintinnano, ai giochi che ronzano e al basso martellante di una strana canzone che suona in continuazione. Sono rimasti pochi bambini piccoli. Sono tutti andati a casa a dormire, dove i bambini piccoli dovrebbero stare, e ai giochi ci sono solo adolescenti dinoccolati che si lanciano pezzi di cibo l'un l'altro e ridono istericamente per qualsiasi cosa. È questo il tipo di posto che Flynn frequenta quando non è a casa? No, Flynn non tollererebbe mai un divertimento così asinino. È un ragazzo intelligente.

Sono quasi le 20:00 e Jack è evidentemente stanco. Lei si accovaccia accanto a lui. «Ascolta, Jack, se smetti di piangere, se stai tranquillo per un momento, ti comprerò tutto quello che vuoi, qualsiasi cosa.» Sente che sta fisicamente incrociando le dita nella speranza che lo stratagemma funzioni, tra quelle luci multicolori che lampeggiano e un fischietto che emette un suono stridente.

Il mal di testa è forte e feroce, il sangue le pulsa in testa insieme alla voce di sua madre. *Che razza di idiota farebbe una cosa del genere, Gabrielle? Qualsiasi madre degna di questo titolo saprebbe che non deve fare una cosa del genere. Come madre sei un fallimento.* Stringe i pugni e le parole "Sta' zitta" si susseguono nella sua testa mentre cerca di far calmare quella voce: «Sta' zitta, sta' zitta, sta' zitta.»

I suoi pantaloni grigio chiaro e il suo maglione color crema sono sudati e macchiati dal frullato che le è caduto addosso mentre portava in braccio il bambino. È andato tutto terribilmente storto.

Jack ha gli occhi rossi e la sua angoscia è evidente. Deve portarlo fuori da qui e andare in un posto tranquillo per farlo dormire, ma non l'aveva previsto e sa che è per questo che le cose sono andate terribilmente storte. Quando gli aveva proposto di andare a fare un giro nella sala giochi al grande centro commerciale, lui ne era stato entusiasta. Era stato un gesto impulsivo da parte sua, un momento di cedimento alla sua solita rigidità. Anche quando talvolta prende i suoi piccoli souvenir nei negozi, pianifica tutto con cura, studiando ogni dettaglio prima di procedere. Ma questa volta ha agito con il cuore invece che con la testa, e ne sta pagando le conseguenze.

Voleva vedere quanto tempo ci sarebbe voluto, voleva vedere fino a che punto sarebbe riuscita a spingersi. *Le persone non sono balocchi con cui puoi giocare, Gabrielle,* le sputa nell'orecchio la voce di sua madre. *Ogni cosa, ogni scelta ha delle conseguenze.* Gabby vorrebbe piangere per la frustrazione. Voleva tanto che questa fosse una bella uscita. Lungo il tragitto in macchina, la sua testa era affollata di immagini di Jack che rideva e le teneva la mano, di altre persone che sorridevano affascinate da quell'adorabile coppia di madre e figlio mentre facevano acquisti e andavano alla sala giochi insieme, ma le cose non sono andate così.

Lei gli aveva comprato patatine fritte, un frullato e una barretta di cioccolato prima di entrare nella sala giochi. E lui, da bambino piuttosto educato, si era trasformato in una specie di incubo, ma era tutto dovuto agli zuccheri, e a lei andava bene che lui corresse per la sala giochi, gridasse e toccasse tutto, cominciasse un gioco e perdesse subito interesse. Però adesso l'eccesso di zuccheri si è esaurito e lui è esausto.

Nella tasca, il suo telefono vibra in continuazione. Sa che è Andrea che la sta chiamando, ma Andrea l'ha chiamata soltanto dopo le sette. Che razza di madre è? Le aveva consegnato Jack e poi si era dimenticata della sua esistenza. Gabby si aspettava una telefonata al massimo alle cinque e un minuto, quando Andrea fosse venuta a riprendere Jack e avesse trovato la casa vuota, e a quel punto lei le avrebbe spiegato che portarlo alla sala giochi era stato un semplice premio.

Ma non è andata così e più Andrea aveva il telefono muto e più lei aveva tenuto il bambino fuori casa. Andrea non si rende conto di quanto è fortunata, con una bambina in arrivo e un marito che torna a casa tutte le sere. Il risentimento della gelosia serpeggia nel corpo di Gabby per la facilità con cui Andrea è riuscita ad avere figli e per la rapidità con cui ha affidato il suo bambino a un'estranea.

L'altra persona che la sta cercando è Richard. Non avrebbe mai dovuto dirgli quello che stava facendo, ma si era sentita riempire di gioia mentre guardava il bambino correre per la sala giochi, ridacchiando e giocando.

*Ho portato fuori Jack e si sta divertendo un mondo*, aveva scritto a Richard.

*Cosa? Perché l'hai fatto? È già abbastanza grave che tu gli abbia fatto da babysitter. Da quando ti intrometti nella vita dei vicini? Porta il bambino a casa e restituiscilo a sua madre.*

*No! Si sta divertendo. Non faccio niente di male.*

*Gabby, per favore, finirai col metterti nei guai. Vai a casa, pubblica un altro post su Flynn.*

Da quel momento aveva smesso di leggere i suoi messaggi. Flynn aveva sedici anni e passava più tempo fuori di casa che dentro, e lei era stufa di stare da sola. Forse con Jack può andare avanti. Vuole essere coinvolta nella sua vita, essere qualcuno a cui lui si rivolge, sapendo che può fidarsi di lei. Jack potrebbe andare a casa di Gabby e organizzare dei pigiama party e allora sarebbe come se fosse davvero suo. *Sei impazzita? Sei completamente impazzita?* chiede la voce incredula di sua madre.

«Voglio le Hot Wheels, le Hot Wheels.» grida Jack, indicando una serie di automobiline confezionate in vendita dietro il bancone della sala giochi. L'uomo che serve i clienti ha una pancia prominente e una folta barba rossa. Alza le folte sopracciglia verso Gabby come se volesse criticare il suo modo di fare il genitore.

«Le prendo.» dice lei, spalle dritte e mento in su, indicandole. Chi è lui per giudicarla?

L'uomo prende la confezione, gliela porge e le dice: «Venti dollari.» che a lei sembrano tanti per così poche macchinine, ma paga e consegna il pacco a Jack.

«Voglio aprirle.» dice lui.

«Adesso no.» gli dice a denti stretti. «Andiamo.»

Gli prende la mano e lo tira un po', verso l'uscita della sala giochi allontanandosi dall'uomo che la guarda.

«Voglio aprirle adesso.» si lagna Jack, fermandosi e battendo i piedi. «Ora, voglio aprirle ora. Voglio aprirle ora, ora.»

Gabby si ferma e fa un respiro profondo, accovacciandosi con il viso vicino a quello di Jack. «Se dici un'altra parola, te le tolgo e le butto in quel bidone della spazzatura laggiù.» Odia il suono della sua voce. Il tono di sua madre che le esce dalla bocca la turba sempre. Ha cercato di essere così diversa dalla donna che l'ha cresciuta, ma se la porta dentro, incastonata per sempre, e niente di ciò che Gabby fa può farla sparire.

*Ora te ne rendi conto*, sente dire a sua madre, *ora capisci cosa succede. Pensi sempre che tutto sia così facile, Gabrielle, ma la vita è dura, la vita è dolorosa e non si ottiene mai quello che si vuole.* Si sfiora il maglioncino di seta, per assicurarsi che lei e sua madre non sono la stessa persona. Non è come quella donna che guardava dall'alto in basso le persone che seguivano la moda, preferendo rimanere fedele ai suoi pantaloni di poliestere perché "si lavano facilmente". Gabby ha scelto di abbracciare tutta la bellezza che la vita ha da offrire, invece di disprezzarla e di odiare chiunque voglia qualcosa di diverso.

Jack apre la bocca, ma poi guarda il bidone della spazzatura rotondo e argentato a pochi passi da loro e la chiude, stringendo più forte la confezione di macchinine. Lei lo prende per mano e lui cammina tranquillo accanto a lei fino a quando non arrivano alla macchina. Lui si arrampica obbediente sul seggiolino e lei lo allaccia. Il seggiolino era stato conservato in garage perché sarebbe potuto forse tornare utile. Non avrebbe mai portato fuori Jack altrimenti, sapendo che sarebbe stato illegale. È una madre responsabile, un genitore responsabile. Si meritava un bel pomeriggio con il bambino. Perché non si è comportato bene?

«Voglio la mia mamma.» dice ancora Jack a bassa voce e lei capisce che sta per piangere.

«Certo» dice lei. «Andiamo subito a casa.» Ha bisogno di

portarlo a casa perché in questo momento è completamente impreparata ad affrontare qualsiasi cosa riguardi un bambino.

Mentre esce dal parcheggio, il suo telefono squilla di nuovo. Andrea si sta preoccupando molto. *Bene. È giusto che sia preoccupata.* Guida per un po', osservando Jack nello specchietto retrovisore finché non si addormenta, come sapeva che avrebbe fatto, e poi si ferma sul ciglio della strada e pensa a come gestire la situazione. Per prima cosa, ascolta i messaggi vocali di Andrea, sempre più disperati, uno dopo l'altro, e in uno di questi le sembra di sentire la voce di un uomo in sottofondo, il che significa che Terry è in casa. Ma è ovvio che a quest'ora sia a casa.

Non aveva previsto nemmeno questo. È uno di quei momenti in cui non è stata molto lucida. Momenti come questo l'hanno tormentata per tutta la vita. Avverte come un'ondata di calore che le attraversa il corpo. La sua mente si svuota e improvvisamente fa qualcosa che non dovrebbe fare. Come quando ha fatto scattare l'allarme antincendio a scuola, o quando è salita su un treno per un'altra città senza biglietto e si è dovuta nascondere, o quando ha tamponato con l'auto qualcuno che le aveva tagliato la strada. Un'altra Gabby prende il sopravvento e poi quando torna in sé deve capire cosa stava cercando di fare. *C'è qualcosa di molto, molto sbagliato in te.*

«Sta' zitta.» mormora, pensando al bambino che dorme sul sedile posteriore. Sembrava tutto così naturale, così facile, era quasi come se le fosse stato mandato un segnale. Quando Andrea non le aveva telefonato disperatamente alle cinque del pomeriggio, aveva capito che non le doveva dispiacere stare senza suo figlio ancora per un po'; Gabby voleva solo scoprire per quanto tempo ancora. Ma non aveva tenuto conto della stanchezza di un bambino di tre anni. Avrebbe dovuto tenere Jack a casa finché Andrea non fosse venuta a prenderlo. Aveva commesso un grosso errore.

Non sa bene cosa fare, come comportarsi. Se si presenta adesso, non le sarà più permesso vedere Jack e probabilmente nemmeno Andrea le parlerà più. Non è quello che vuole. Pensa di chiedere a Richard cosa dovrebbe fare, ma lui si arrabbierebbe. Non sopporta che lei faccia qualcosa che rischia di compromettere le loro vite.

*Devi stare attenta, Gabby. Non ti piace ricevere critiche negative. Non tutti ti ameranno come ti amo io. Sii la madre di Flynn e le cose andranno bene.*

A volte li vede fianco a fianco: sua madre e Richard, l'una con un'espressione di odioso disprezzo, l'altro gentile e affettuoso, ma che cerca sempre di manipolarla. Entrambi esercitano un controllo a modo loro e Gabby detesta sentirsi una proprietà. Non sempre vuole fare la cosa giusta. Alla lunga, fare la cosa giusta comincia a esaurirla, a renderla nervosa.

Richard era stato abbastanza comprensivo riguardo al piccolo incidente del mese scorso, quando aveva preso la collana dalla gioielleria, perché era la prima volta che veniva scoperta. O almeno così pensava. In realtà non era la prima volta che veniva scoperta, ma era la prima volta che non riusciva a cavarsela con le parole e aveva dovuto chiamarlo per giustificarsi.

«Ti prego, ti supplico» le aveva detto al telefono, «resta a casa e fai quello che deve essere fatto.» Quando aveva dovuto chiamare Richard perché dagli Stati Uniti chiamasse la polizia, gli aveva lasciato intendere che era stata sorpresa al suo primo tentativo di taccheggio quest'anno. Lui sapeva che l'aveva già fatto in passato, ma lei gli aveva promesso che avrebbe smesso.

*Rischi di mettere a repentaglio tutto ciò per cui stiamo lavorando quando fai qualcosa del genere, Gabby,* le aveva scritto mentre chattavano dopo che lei era tornata a casa. Aveva spiegato alla polizia i suoi alti livelli di stress dopo la morte della madre. La poliziotta era stata molto comprensiva, tanto che le aveva detto: «Anch'io ho perso mia madre solo un mese fa.»

Gabby era riuscita a versare qualche lacrima e poi aveva usato la carta di credito per pagare la collana. «Non farò mai più una cosa del genere.» gli aveva assicurato. Ed è stato così. Ha rigato dritto per un mese intero, ma sente che sta diventando irrequieta. Non c'è niente di più appagante dell'emozione di prendere qualcosa che non ti appartiene. Non deve essere per forza qualcosa di grosso, perché non è importante tanto l'oggetto in sé, quanto il brivido. A volte le ci vuole un pomeriggio intero per pianificare un furto. Tiene d'occhio il negozio per qualche ora, per vedere quante persone entrano ed escono, poi fa il suo ingresso, va a curiosare e magari compra qualcosa di piccolo e poi continua a curiosare, studiando la guardia giurata o i commessi, finché alla fine infila in tasca qualcosa e se ne va lentamente, con il cuore a mille e la bocca asciutta a ogni passo verso la porta. Una volta fuori all'aria aperta e sapendo di averla fatta franca, prova una scarica di pura euforia.

Non è nemmeno del tutto sicura del motivo per cui ha portato fuori Jack. Sa solo che lo voleva portare con sé, che ne aveva bisogno. *Si tratta di te, non è vero, Gabrielle?*, sente sua madre sibilare. *Non pensi mai alle conseguenze. Cammini nella vita a passo di danza, ti comporti come se non dovessi mai essere scoperta, ma ogni volta vieni scoperta.* Quanto odiava la parola "conseguenze" e tutto ciò che rappresentava.

Gabby ricorda le calde lacrime che aveva versato per quelle parole, perché sua madre aveva ragione. Si era trattato di una cosa di poco conto, per la quale non valeva la pena di arrabbiarsi, però sua madre odiava doversi vergognare di sua figlia. Gabby aveva dodici anni e fu sorpresa a copiare in un compito di matematica, cosa che aveva fatto soltanto perché sua madre le aveva detto che tutto ciò che non era perfetto era inaccettabile. Ora immagina che sua madre stia in piedi di fronte a lei, con l'immancabile bastone in mano a causa della gamba malandata che non era mai guarita dopo un incidente d'infanzia. Il bastone non lo usava solo come sostegno. Sua madre aveva la stessa età che Gabby ha ora, ma dimostrava molti più anni, con il suo severo caschetto grigio e i suoi tailleur informi. Gabby è cresciuta sapendo di dover essere migliore di chiunque altro per evitare la vergogna di avere solo sua madre. Su suo padre non le era mai stato permesso di chiedere informazioni.

Non si parlava mai di lui, lo si menzionava solo quando Gabby faceva qualcosa di sbagliato, e sua madre ripeteva le parole che le aveva detto così tante volte da averle radicate nella psiche: *Vuoi che sappiano che sei come la terra sulle loro scarpe? Non hai un padre. Nessuno che ti protegga perché lui non pensava che valesse la pena di restare. Ti ha dato un'occhiata e poi se n'è andato, è scappato via così in fretta che non potevo crederci.* Gabby ci ha messo molto tempo a capire che la persona da cui suo padre stava scappando era sua madre, e non lei, ma a quel punto era già adulta e le parole dannose di sua madre sulla sua inutilità erano ben radicate dentro di lei.

Sua madre lavorava duramente per garantire a entrambe il vitto e l'alloggio. Le sue giornate passavano tra le pulizie negli uffici e le sue notti tra i lavori domestici nel loro piccolo e brutto appartamento, nel caso in cui lo sporco osasse depositarsi da qualche parte. Gabby aveva ereditato il suo bisogno di pulizia, ma era cresciuta con il desiderio di cose belle e di bei vestiti, di mani morbide e di capelli ben acconciati. Lei ha tutto questo, ma non riuscirà mai a cancellare la voce di sua madre dalla sua testa.

Il tempo scorre e lei deve capire cosa fare. Abbassa lo sguardo sul telefono e le viene l'ispirazione. Scrive velocemente e invia quattro messaggi distinti al numero di Andrea.

*Ciao Andrea. Sono da poco passate le quattro e Jack sta diventando un po' irrequieto, quindi lo porterò a fare la spesa. Ho un seggiolino, per cui non preoccuparti. Spero che per te vada bene. xx*

*Ciao Andrea. Non ho avuto tue notizie, quindi presumo che tu stia dormendo. Io e Jack siamo al supermercato e forse mi fermerò ancora un po'. Fammi sapere se è un problema. xx*

*Sono un po' preoccupata di non averti sentito, ma volevo solo farti sapere che Jack sta bene e ha mangiato qualcosa. Probabilmente tornerò a casa con lui intorno alle otto. Sono più che felice di tenerlo visto che oggi pomeriggio sembravi così stanca. Riposati. Ci divertiamo un mondo. xx*

*Sono quasi le otto, scusa se ci abbiamo messo un po' di più a tornare, ma arriveremo presto. Jack ha passato un pomeriggio fantastico. Spero davvero che vada tutto bene. Sono preoccupata perché non abbiamo avuto tue notizie. xx*

Trova davvero inspiegabile che questi messaggi non siano arrivati quando li ha inviati. Si esercita a scuotere la testa. «Non capisco.» mormora.

Se Andrea le chiede perché non ha chiamato al telefono, può dirle che non ci ha pensato. Mette il telefono in modalità silenziosa. *Volevo concentrarmi esclusivamente su Jack e, quando l'ho riacceso, eravamo già sulla strada di casa e ho pensato che fosse meglio che arrivassi qui,* si sente dire.

Oggigiorno molte persone comunicano via messaggio, ed è probabile che Andrea non si berrà queste bugie, ma non è da escludere.

Mette giù il telefono e si rituffa nel traffico e presto svolta nella loro strada. Quando arriva a casa sua, vede Terry che si aggira preoccupato all'esterno, guardando in tutte le direzioni alla ricerca della sua auto. Ha incontrato Terry solo due volte, ma c'è qualcosa di strano in quell'uomo di bell'aspetto, qualcosa di leggermente falso nel suo atteggiamento, e Gabby dovrebbe capirlo. Sa riconoscere un falso a chilometri di distanza. Andrea le nasconde qualsiasi tipo di informazione sulla sua vita, ma tutti nascondono qualcosa su se stessi. Il mondo cadrebbe nel caos se tutti dicessero la verità. Ferma l'auto nel vialetto e non fa in tempo ad alzarsi dal sedile che Terry le piomba addosso.

«Ma dov'è stata?» urla. «Dove diavolo è stata? Dov'è mio figlio? Jack, Jack!» grida. Jack è sul sedile, si sveglia e grida: «Papà, papà, ho le Hot Wheels, guarda, guarda.» Jack ha solo tre anni e non percepisce il panico e la rabbia del padre. Ha fatto un pisolino e ora è pronto a giocare di nuovo, ha già dimenticato i capricci nella sala giochi.

Gabby tira un sospiro di sollievo mentre scende dall'auto e si allontana dalla furia di Terry. «Perché mi sta urlando contro?» chiede, assicurandosi di rendere evidente la sua sorpresa. «Non capisco proprio perché mi stia urlando contro.» Lascia che la voce si abbassi, a indicare l'angoscia.

Terry apre con un colpo secco la portiera del passeggero posteriore e armeggia con il blocco della cintura di sicurezza.

Gabby si mette dietro di lui. «Lasci fare a me.» dice, ma lui non si muove e alla fine fa scendere Jack dal sedile e, tenendolo in braccio, ringhia: «Chi si crede di essere? Non può portarsi via i figli degli altri così. Dovrebbe vergognarsi. Andrea è incinta. Come le è venuto in mente?»

Prima che possa rispondere, la porta d'ingresso della casa di Andrea si apre e la luce si diffonde nel giardino trascurato. Andrea esce, muovendosi quanto più velocemente l'enorme pancia le permette. «Fermati, Terry.» dice. «Fermati, mi aveva mandato dei messaggi... Gabby mi aveva mandato dei messaggi.»

Jack ricomincia a piangere, sconvolto dalle grida e dalla confusione che sembra regnare intorno a lui. Andrea si avvicina a loro e agita il telefono, mostrandolo a Terry. «Mi aveva scritto, mi aveva scritto per tutto il pomeriggio, ma sono arrivati solo ora. Sono arrivati solo ora.»

Gabby si morde il labbro, lo morde abbastanza forte da provocarsi un po' di dolore e gli occhi le si riempiono di lacrime.

«Ma certo che ti ho mandato dei messaggi.» protesta con la voce densa di indignazione. «Perché non avrei dovuto scriverti? Non li hai ricevuti? Andrea, ti prego, dimmi che hai ricevuto i miei messaggi. Pensavo che tu fossi... Oh mio Dio, sono terribilmente dispiaciuta.» e tira su col naso.

«No, non li ho ricevuti, non fino a poco fa, sono arrivati un attimo fa.» e Gabby può sentire il sollievo nella voce di Andrea.

«Devi esserti preoccupata da morire.» dice, facendo un passo avanti per abbracciare Andrea, ma lei indietreggia, ancora diffidente e dubbiosa.

La paura ha ridotto Terry al silenzio. Rivolge lo sguardo alla moglie e Gabby può vedere la sua incredulità. Ma può discutere quanto vuole, nessuno può provare che lei non ha inviato quei messaggi quando dice di averlo fatto, a meno che non le prendano il telefono, e né Andrea né Terry avrebbero l'audacia di farlo.

«Avresti dovuto riportarmelo alle cinque. Voglio dire, io stavo...» Si interrompe bruscamente.

Gabby scorge un rapido sguardo tra Terry e Andrea, un lampo di senso di colpa, e coglie l'occasione. «A dire il vero sono passata da te poco prima che ce ne andassimo, ho bussato ma non mi ha risposto nessuno. Ho pensato che stessi dormendo o che fossi andata a fare una passeggiata ma, dato che non hai risposto al mio messaggio, ho pensato che stessi dormendo. Mi dispiace tanto se ti sei preoccupata. Stavo ascoltando i tuoi messaggi e non sospettavo niente. Avevo messo il telefono in modalità silenziosa prima di entrare nella sala giochi e non mi sono ricordata di toglierla finché non siamo usciti dal parcheggio. Naturalmente, da lì siamo tornati diretti fino a casa. Ma non ti sei preoccupata tanto, vero? Lui era con me e tu mi conosci.» ride leggermente.

Andrea le rivolge un debole sorriso mentre Jack grida sempre più forte e si dimena tra le braccia del padre. Terry si allontana dalle due donne e attraversa la strada diretto verso casa loro.

«Va tutto bene, Andrea?» chiede Gabby e lei annuisce, ma anche il suo cenno non è del tutto convincente. Non per Gabby.

«È meglio che porti a dormire quell'ometto. Devo averlo visto così contento che non ho voluto portarlo via. Spero che potremo rifarlo presto.» Il telefono, che tiene in mano, inizia a vibrare e lei abbassa lo sguardo. «Oh, ed ecco il mio ragazzo che vuole farsi venire a prendere. Riposati un po', Andrea. Sembri esausta. Ci vediamo presto.»

Andrea rimane a guardarla mentre Gabby rimonta in macchina, si allontana e svolta a destra verso la casa dell'amico di Flynn, dove tutti hanno già mangiato la loro pizza e sono pronti per tornare a casa.

Le cose sono andate bene come non avrebbe potuto sperare. Tutti conoscono la natura imprevedibile della messaggistica. Se ci pensa, è sicura di ricordare alcune volte in cui Flynn le ha inviato un messaggio, salvo che lei si è arrabbiata con lui per non averle fatto sapere niente e lui le ha mostrato il messaggio sul suo telefono. La tecnologia non funziona sempre esattamente come dovrebbe. Niente è perfetto.

Spera di avere la possibilità di occuparsi di nuovo di Jack. Le piace molto quel bambino, quando non ha una crisi di nervi. Oggi gli ha scattato alcune fotografie mentre giocava ed erano una più bella dell'altra. I bambini piccoli sono molto più adatti a creare una propria visibilità sui social media. Ci sono milioni di video su Internet con bambini piccoli che dicono cose tenere ed esilaranti. Avendone visti molti, Gabby sa che, se avesse iniziato a postare quando Flynn era piccolo, avrebbe avuto molti, molti più follower. Inoltre, le persone sono infinitamente solidali con le madri di bambini piccoli, perché prendersene cura può diventare molto difficile.

Quando un bambino cresce e ci si può ragionare, la simpatia

cala un po', soprattutto perché il bambino può scrivere i propri post.

Mentre guida, pensa a un'idea per il prossimo post. Ha bisogno di scuotere un po' le cose, di dire qualche verità. *Mio figlio adolescente mi odia.* Sarebbe un titolo drammatico e di sicuro attirerebbe molto interesse. Una discussione con Flynn di qualche tempo fa sul taglio dei capelli potrebbe rientrare nell'argomento. Vede la sua espressione traboccante di rabbia mentre le lancia un «Ti odio». Anche solo a pensarci sente una fitta al cuore. Gabby non voleva che lui si tagliasse quei bei riccioli, ma lui ha insistito e alla fine Richard lo ha portato dal barbiere, e così lo ha rovinato. Dire che il marito l'ha portato a tagliarsi i capelli susciterà la simpatia di molte donne che lottano con coniugi che hanno idee diverse su come fare i genitori.

Le appare il ricordo di quando era di fronte alla madre con un paio di forbici d'argento un po' arrugginite, puntate contro i suoi capelli biondi lunghi fino alla vita, che le aveva proibito di tagliare. Aveva capelli belli e folti, ma erano poco pratici e non erano alla moda nella scuola pubblica locale, in cui rappresentavano solo un altro elemento di distinzione rispetto a tutte le altre ragazze che sfoggiavano frange cotonate o riccioli da spiaggia. Ogni giorno, a quattordici anni, si faceva una treccia che poi arrotolava intorno alla testa per non farla ricadere sulle spalle. Se la lasciava pendere lungo la schiena, i ragazzi la tiravano quando le passavano accanto, ridendo di quanto fosse fuori moda. Gabby odiava i suoi capelli.

«Non puoi dirmi cosa devo fare con i miei capelli.» aveva urlato mentre la madre la guardava in silenzio e poi aveva mosso le forbici, si era tagliata i capelli e ne aveva osservato un'intera matassa cadere sul pavimento con un misto di orrore e di fascinazione.

«E ora sei brutta» aveva sussurrato sua madre «e sei cattiva per quello che hai fatto e nessuno ti amerà o ti vorrà mai.»

«Ti sei sbagliata di grosso» dice Gabby ad alta voce, scacciando la madre con una scrollata di testa mentre gira a destra. Su Facebook migliaia di donne la seguono, le mettono like e sono sue amiche, lei ha Richard e, qualunque cosa faccia, lui la amerà sempre, non è vero? Si ferma davanti a una casa e posteggia l'auto, il volto di sua madre che le fluttua davanti agli occhi la costringe a ripetersi. «Ti sei sbagliata di grosso.»

# TREDICI

## ANDREA

Nei giorni successivi, Andrea evita di proposito Gabby, controllando la porta d'ingresso di casa sua prima di salire in macchina per portare Jack all'asilo, per assicurarsi che Gabby non sia lì. Si sente un po' ridicola, ma ha bisogno di spazio. Gabby le ha inviato un messaggio di scuse per il disguido, ma ha concluso le sue scuse aggiungendo: *Avrei dovuto chiamare, ma probabilmente non avresti comunque sentito il telefono.*

«C'è qualcosa di strano in lei.» dice Terry e Andrea ammette che in effetti c'è, ma non ha idea di cosa sia esattamente. Non è che non le sia mai capitato di ricevere un messaggio molte ore dopo che glielo avevano inviato, ma quattro di fila le sembra strano.

Si trova nella fase di nidificazione della gravidanza ed è piena di energie in queste ultime due settimane prima della nascita di Gemma. Ogni mattina si sveglia nella fredda casa e si sforza di essere positiva riguardo alla sua vita e alla sua condizione. Si ricorda di contare le sue fortune e di ricordare a se stessa che è in salute e che Jack e la bambina stanno bene.

Sua sorella la chiama tutti i giorni; talvolta si accorge che la pioggia incessante comincia a deprimerla, ma che Brianna cerca di essere ottimista.

«Siamo entrambe un po' in crisi, o sbaglio?» dice Andrea alla fine di una delle loro telefonate e Brianna risponde con una risata: «Sì, ma passerà e almeno possiamo lamentarci l'una con l'altra.» È grata ogni giorno di avere i suoi genitori e sua sorella. È d'aiuto il fatto che Terry abbia iniziato ad alzarsi con Jack al mattino, accendendo la vecchia stufa e riscaldando la casa, permettendole di stare a letto un po' di tempo in più.

Mentre Jack è all'asilo, lei pulisce e riordina e riesce a preparare la cameretta, con tanto di completini rosa acceso, presi in sconto durante una svendita. È abbastanza facile per lei trascorrere le giornate dentro casa quando fuori continua a piovere, intensamente in alcuni giorni e solo a tratti in altri. Il giardino davanti casa diventa una distesa di fango smosso e lei cerca di non guardarlo, di non confrontarlo con tutti gli altri giardini della strada. Non è il suo giardino, dopotutto, e non si azzarda a pensare a quando potrà avere di nuovo un giardino tutto suo. La sua vita si stabilizza in una routine gestibile, ma l'ansia è sempre presente. In apparenza, sembra che Terry stia rispettando il loro accordo: va al lavoro, torna a casa e passa i fine settimana con lei e Jack, aiutandola a sistemare la casa e a prepararsi per l'arrivo della bambina. Fa anche qualche piccolo intervento di riparazione, come le cerniere dei mobili della cucina, ma Andrea si ritrova ancora a intercettare le cose che non dice e a prestare attenzione a quelle che non fa. Non può permettersi di perdere i segnali che abbia ripreso a giocare d'azzardo. In alcune notti, nei suoi sogni, l'auto rossa passa davanti a casa loro e l'uomo con la barba e i tatuaggi ride di lei, facendola svegliare con il cuore a mille.

È un martedì mattina, fa freddo ma è finalmente sereno, quando Andrea capisce che il marito le sta mentendo da tempo.

Il giorno inizia in modo abbastanza sereno, con Jack che mangia un toast canticchiando: «Le ruote del bus che girano e girano». L'assenza di pioggia regala ad Andrea un senso di ottimismo e si ritrova a cantare insieme a suo figlio.

«Ma sentiteli questi due, a farmi un concerto di prima mattina.» dice Terry, entrando in cucina, fresco di doccia, con un forte odore di dopobarba che le piace e che le ricorda una passeggiata nel bosco.

«Oggi a scuola mi fanno fare l'autista dell'autobus e dico: "Torna al tuo posto".» annuncia Jack, dando un ultimo morso al suo toast.

«È la parte più divertente.» dice suo padre. Andrea è in piedi accanto al tostapane, in attesa che la sua fetta scatti. Terry si avvicina a lei per accendere il bollitore e le dà un bacio sulla guancia.

Il tostapane si spegne all'istante perché la spina non riesce a reggere contemporaneamente il tostapane e il bollitore. «Scusami.» dice Terry con tono colpevole e spegne il bollitore in modo che lei possa finire di prepararsi il toast. «Prenderò un caffè andando a lavoro.»

«Il bacio a cosa lo devo?»

«Un uomo non può baciare la moglie?» ride lui. «Che ne pensi, Jack? Papà può dare un bacio sulla guancia alla mamma senza un motivo?»

«Senza un motivo.» ride Jack, come se Terry avesse detto qualcosa di divertente.

«Stasera devo fare l'inventario, ricordati.» dice. «Farò tardi.»

«Mi ricordo.» risponde Andrea, perché Terry le ha parlato di questa cosa e lei è abituata alle lunghe notti di lavoro per preparare tutto per la fine dell'anno finanziario. «Vuoi che ti prepari delle uova?»

«No, sono a posto così. Mi mangio una mela e prendo qualcosa più tardi.» Prende una mela dal frigorifero. «Buona giornata, ometto.» dice a Jack accarezzandogli i capelli.

Jack si liscia subito i riccioli. «No, papà.» protesta vivacemente.

Andrea sorride per la serietà del figlio. Si volta per prendere il burro di arachidi dal bancone e si accorge che Terry ha lasciato su una sedia accanto al tavolo della cucina il maglione che teneva tra le mani. Stasera farà freddo e lui lavorerà nel magazzino, dove non c'è riscaldamento. Prende il maglione blu e si affretta a raggiungere la porta d'ingresso, aprendola mentre inizia a chiamarlo nel caso in cui sia già in macchina.

Ma Terry non è in macchina. È dall'altra parte della strada e sta parlando con l'uomo con la manica di tatuaggi, l'uomo che ha visto sorvegliare la casa, l'uomo che guida la vecchia berlina rossa con una portiera diversa. Andrea sente il cuore stringersi in gola. Il nome di Terry le muore sulle labbra. Rimane completamente immobilizzata, con il maglione blu stretto tra le mani, mentre guarda l'uomo con la barba nera avvicinare la bocca all'orecchio di Terry e dire qualcosa, troppo a bassa voce perché lei possa sentire quello che dice, ma non c'è dubbio che l'uomo sia arrabbiato perché scopre i denti. Terry annuisce furiosamente e poi l'uomo afferra Terry per un braccio e, anche se si trova dall'altra parte della strada, Andrea può vedere che lo stringe con forza.

«T... T...» inizia, la sua voce è un sommesso squittio finché non trova il coraggio di parlare, di chiamare suo marito, per fermare qualsiasi cosa stia accadendo. «Terry!» grida, e l'uomo allontana bruscamente la mano dal braccio di Terry e guarda nella sua direzione. Terry si gira. «Hai dimenticato il maglione.» dice, tenendolo in mano, con il volto arrossato dalla paura e dall'imbarazzo. Lancia una rapida occhiata a destra e a sinistra lungo la strada silenziosa, sperando che nessuno li stia osservando.

«Oh, giusto, grazie.» dice Terry e attraversa la strada per prendere il maglione. L'uomo le fa un cenno e sale in macchina, allontanandosi con uno stridio di pneumatici.

«Chi era quello?» chiede lei, tenendo stretto il maglione in modo che Terry sia costretto a tirarlo.

«Nessuno.» si affretta a rispondere lui.

«È l'uomo che spiava la casa, Terry.» ribadisce lei in un sussurro. «Non dirmi che è nessuno. Ti ho parlato di lui e mi hai dato della sciocca.»

Terry sospira. «È un elettricista che lavora due strade più in là. Gli ho chiesto di sistemare l'impianto elettrico della cucina per far funzionare contemporaneamente il bollitore e il tostapane. Volevo vedere se poteva fare qualcosa di rapido ed economico e che fosse comunque sicuro per i bambini.»

«Perché ti tratteneva per un braccio?» gli chiede scrutando il volto del marito alla ricerca di una bugia.

«Non mi stava trattenendo. Mi stava raccontando di dove aveva fatto il suo primo tatuaggio. Ora devo proprio andare. Non c'è niente di cui preoccuparsi. Devi rilassarti e fidarti di me, Andrea.» Le sorride, i suoi occhi azzurri si allargano e sostiene il suo sguardo in modo da rassicurarla. Almeno questo è il suo intento, ma lei sa leggerlo come sa leggere lo sguardo di suo figlio, che usa la stessa espressione quando gli chiede se si è lavato i denti.

«Ma c'è...» inizia a dire Andrea, ma Terry le strappa il maglione di mano e le lancia un bacio, sale in macchina e se ne va rapidamente. *Sta mentendo.* Come fa a non accorgersi che è del tutto ovvio? Vorrebbe chiamarlo e pretendere che le dica la verità, ma lui non le risponderebbe. Le lacrime le pungono gli occhi. Non può affrontare di nuovo questa situazione. Abbassa la testa e stringe forte gli occhi. Jack non può vederla piangere.

«Andrea.» sente, e alza lo sguardo: è Gabby che sta attraversando la strada. «Va tutto bene?» le chiede gentilmente. Andrea è così grata che qualcuno le chieda come si sente, che qualcuno riconosca il suo dolore, ed è così spaventata da quell'uomo e da ciò che Terry può aver fatto per meritare la visita di una persona simile che scoppia in un pianto fragoroso. Tutte le briciole di felicità che ha tirato fuori dalla sua infelice condizione negli ultimi giorni scompaiono. Come possono ritornare dopo tutto quello che Terry li ha costretti a sopportare?

«Oh, Andrea. Oh, tesoro, cosa c'è che non va?» Il tono di Gabby è tutto gentilezza e preoccupazione. È vestita come sempre in modo impeccabile, indossa pantaloni a gamba larga color caramello e un morbido maglione nero. I suoi capelli biondi brillano al sole e ha un aspetto rilassato e controllato. Andrea si avvolge nell'accappatoio di Terry cercando di chiuderlo meglio sul suo ventre abbondante. Non si è ancora vestita.

«È qualcosa che riguarda l'uomo con cui stava parlando Terry? Ho visto la sua macchina un paio di volte e ho sempre pensato che fosse insolito. Lo conosce? Terry lo conosce?» La sua voce è accesa di curiosità.

Andrea scuote la testa, ricordandosi di rimanere tranquilla, prima di farsi scappare una confessione in piena regola. «No... non è questo... è stata solo una brutta mattinata, tutto qui.» dice, con una leggera fitta nel petto per la menzogna. In realtà era stata una bella mattinata fino a quando non aveva visto quell'uomo con Terry. Ora tutto sembra andare male, tutto il suo mondo è grigio e terribile, mentre mille cose orribili le passano per la testa.

Gabby studia la sua espressione, i suoi occhi azzurri sono colmi di preoccupazione e Andrea prova una punta di irritazione nei confronti di quella donna che non ha nulla al mondo di cui preoccuparsi.

«Devo portare Jack a scuola.» dice. «Scusami, Gabby.»

«Non preoccuparti, va bene.» dice la donna stringendole una spalla. «Puoi fidarti di me per qualunque cosa, lo sai. So che le cose sono andate un po' storte quando ho portato fuori Jack e ti sei preoccupata, ma è stata davvero colpa della compagnia telefonica, non di noi due. Non avrei mai fatto nulla che potesse mettere in pericolo Jack. Da madre, so cosa significa farsi prendere dal panico. Credimi, ci sono giorni difficili con Flynn, non che lo dica a molti, ma lui è diventato molto impegnativo, quindi capisco le mattine difficili. Mi trovi dall'altra parte della strada se hai bisogno di me.»

Andrea annuisce e accenna un sorriso a Gabby. Non vuole continuare ad avercela con lei per quello che è successo. Si è solamente trattato di un equivoco ed è bello sapere che non è l'unica ad avere delle mattinate storte. A volte le sembra di essere completamente sola in questo nuovo quartiere.

Da un lato abita un uomo anziano, e non ha mai visto i vicini che abitano dall'altro lato; la loro casa è sempre silenziosa, e non c'è mai nessuno a parte qualcuno che passa a ritirare la posta e i giardinieri che si presentano una volta alla settimana. Andrea presume che siano in viaggio e li invidia per le loro lunghe vacanze. In giorni come questo le sembra di essere l'unica a lottare per mantenere un atteggiamento ottimistico riguardo alla sua vita, ma cerca di ricordarsi che ognuno ha le proprie difficoltà.

«Magari oggi potremmo prendere un caffè insieme, dopo la scuola, se sei libera.» propone Andrea.

La giornata e la lunga serata da sola con suo figlio e i suoi pensieri si allungano davanti a lei e preferirebbe avere un po' di compagnia. Ascoltare Gabby che parla di suo figlio e di tutte le persone a cui dà consigli online è una facile distrazione.

Ieri sera ha letto un'intera conversazione nella sezione commenti della sua pagina in cui Gabby dava consigli a una donna che temeva che il marito la tradisse. La conversazione si era svolta sotto un post in cui Gabby aveva espresso il suo turbamento per il fatto che suo figlio fosse andato a tagliarsi i capelli e che suo marito lo avesse accompagnato dal barbiere. Gabby era stata così rassicurante, così gentile nei suoi commenti, consigliando all'altra donna che la cosa migliore da fare era discuterne apertamente con il marito. *Saltare alle conclusioni non è mai d'aiuto e rende solo più difficile una conversazione razionale,* aveva scritto.

Passare del tempo con Gabby sarà rassicurante. Sembra che abbia una risposta per tutto.

«Sarà favoloso.» dice Gabby, con un ampio sorriso. «Flynn andrà a fare surf con alcuni amici questo pomeriggio, cosa che solo degli adolescenti possono fare con questo tempo, ma lui ha una buona muta. Io sono libera, perciò possiamo vederci alle tre e mezza, eh? Passa da me. Preparerò qualcosa di delizioso insieme al tè.»

«Sì, volentieri.» sorride Andrea, che si sente già più tranquilla.

Si volta e rientra in casa dove trova Jack ancora al tavolo a fare colazione e a canticchiare tra sé e sé.

È così innocente, così ignaro di qualsiasi tensione tra sua madre e suo padre, ed è così che dovrebbero lasciarlo crescere. Non riesce a immaginare cosa potranno fare, a come potranno vivere, se Terry ha ricominciato a giocare d'azzardo. Non può cercarsi un lavoro, non potrebbe permettersi un aiuto con i bambini anche se lo volesse. Fuori, i tuoni rimbombano e lei sa che la mattinata serena è finita e che presto tornerà la pioggia. Si siede al tavolo della cucina e mastica meccanicamente due pezzi di pane tostato e il burro di arachidi, che di solito adora, le si attacca alla gola.

«Va' a lavarti i denti, amore.» dice a Jack, con i muscoli leggermente tesi perché a Jack piace fare il difficile quando deve lavarsi i denti e lei non è in grado di sopportarlo questa mattina. Ma lui è deliziosamente collaborativo e dice: «Okay, mamma.» si alza dalla sedia e si dirige verso il bagno.

Andrea sospira e guarda l'orologio. Devono partire entro dieci minuti e lei non può rimandare oltre. Ha rimandato abbastanza a lungo. Prende il telefono e passa il dito sulla sua foto preferita di Jack, che è la sua schermata iniziale. È sull'altalena di un parco ben attrezzato che si trova a pochi minuti a piedi dalla casa in cui vivevano. È stata scattata in una insolita giornata di sole, il cielo era di un azzurro da far strabuzzare gli occhi e l'aria era calda sulla pelle. Lei lo aveva spinto giusto un paio di volte per farlo partire e lui stava agitando le gambe con foga, determinato a far ondeggiare l'altalena da solo e, quando aveva raggiunto il suo obiettivo e l'altalena aveva raggiunto l'altezza che voleva, aveva gridato di gioia per la sensazione di volare e di aver esserci riuscito, mentre lei aveva tirato fuori il telefono, pronta a fargli una foto ed era riuscita a scattarla nel momento perfetto.

Di solito, non importa quanto brutta appaia la giornata, guardare quella foto la fa sentire meglio, la fa sperare in giorni migliori, quando magari ci saranno due bambini sull'altalena e lei si sentirà abbastanza al sicuro da doversi preoccupare solo di realizzare lo scatto perfetto. Ma questa mattina la foto le fa venire voglia di piangere, perché la serenità che provava in quel particolare giorno le sembra così lontana. Sblocca il telefono e accede al conto corrente, trattenendo il fiato quando lo visualizza. Vede i numeri con il segno meno davanti, tanti importi, piccoli, in modo che passino inosservati, ma ci sono. Meno dieci dollari, meno venti dollari, meno trenta dollari. Inizia a sommare il tutto e si ferma quando arriva a duecento dollari. Avrebbe dovuto controllare tre settimane fa, quando aveva visto l'auto per la prima volta, ma aveva preferito credere che non fosse vero.

E mentre guarda quelle spese, ha la sensazione che Terry le definirà come "pranzo" o "caffè" o «Una bevuta veloce, perché non pretenderai mica che non mi conceda un giro al pub di tanto in tanto, vero?» Questi importi sono piccoli, ma suggeriscono uno schema. L'ultima volta, quando aveva preteso che lui le facesse vedere il conto in banca, aveva maledetto la propria stupidità per non avervi accesso, per aver felicemente lasciato tutto in mano al marito, e allora gli importi erano enormi, nell'ordine delle centinaia e delle migliaia, e aveva persino potuto vedere quando lui aveva preso in prestito altri soldi per la casa. All'epoca lui aveva parlato di rinegoziare il mutuo e lei aveva semplicemente firmato il foglio che le aveva dato. Era cresciuta in una casa in cui i suoi genitori avevano ruoli tradizionali. Suo padre guadagnava e si occupava di tutto ciò che riguardava il denaro. Sua madre aveva un conto che lui alimentava, ma tutto il resto dipendeva da lui. Dopo il matrimonio, Andrea era stata abbastanza felice di affidare le finanze a Terry, dal momento che era laureato in economia, ritenendo che fosse la persona più adatta a gestire quelle cose. Era rimasta sconvolta nel constatare le enormi somme che lui utilizzava. Può già prevedere che ora lui le dirà che le cose non stanno affatto così. Ma lei crede di sì. Quanto deve all'uomo con la barba o alle persone per cui lavora? Rabbrividisce e si stringe nell'accappatoio.

«Pronto mamma.» annuncia Jack, con una goccia di dentifricio sul mento.

Andrea spegne il telefono in modo da non vedere più la schermata della banca e si alza in piedi. «Allora è meglio che mi vesta e che ti porti a scuola.» dice sorridendogli, e lui ricambia con il sorriso di Terry, il bel sorriso di Terry, senza le bugie che ci sono dietro.

# QUATTORDICI

## GABBY

Gabby canticchia tra sé e sé mentre si dirige verso la cucina. Preparerà qualcosa per questo pomeriggio, qualcosa di sano e gustoso. Prende uno dei libri di ricette dal mobile accanto ai fornelli e inizia a sfogliarlo, quando le cade un biglietto.

*Cara mamma,*

*spero che ti piacerà cucinare e preparare tutte le ricette di questo libro, così come so che a tutti noi piacerà mangiarle.*

*Con amore,*

*Ben*

«Oh che dolce.» mormora Gabby, riponendo il biglietto nel libro. Si chiede se Flynn le scriverebbe mai un biglietto del genere, se esprimerebbe mai sentimenti così belli. Non sembra possibile in questo momento, visto il suo comportamento difficile. Sembra che la distanza tra loro cresca ogni giorno di più e proprio questa mattina, sibilando e stringendo i pugni, lui le ha detto che la odiava. Non è una cosa piacevole da sentire e anche adesso che rivede il suo volto e sente la sua terribile rabbia, si sente avvampare. Si vergogna... Sì, è proprio questo che dovrebbe provare... vergogna perché, a quanto pare, suo figlio non le vuole più bene e non la apprezza nemmeno. È lo stesso sentimento che provava lei a sedici anni nei confronti di sua madre, e che poi aveva continuato a provare per anni.

Crescendo, si era prefissata che un giorno, quando avrebbe avuto un figlio, avrebbe fatto tutto in modo diverso da come l'aveva fatto sua madre. Avrebbe detto a suo figlio che lo amava ogni singolo giorno della sua vita. Ed è proprio quello che ha fatto, eppure eccola qui, con un figlio che la odia nello stesso modo in cui lei odiava sua madre. È terribilmente ingiusto.

Mette giù il ricettario aperto su una pagina con la foto di alcuni biscotti d'avena belli sostanziosi, mentre le torna in mente l'incidente di questa mattina. Gli aveva solo chiesto di sorridere per una foto. Scuote la testa: esatto, tutto qua. Adesso non ha dubbi che se l'avesse postata su Facebook, molti suoi follower l'avrebbero sostenuta e avrebbero compreso quanto possano essere volubili gli adolescenti. Sono la generazione dei selfie eppure, nonostante le tante foto che pubblica sul suo Instagram, Flynn le ha negato una semplice foto durante la colazione di questa mattina. «Dai...» lo aveva esortato lei ma senza voler insistere troppo.

«Ti odio.» le aveva invece sibilato, con gli occhi puntati sullo schermo del telefono. I suoi sorrisi sono solo per la nuova fidanzata. Su Instagram sono apparse sempre più foto di loro due insieme e in alcune Flynn la guarda in modo così adorante che Gabby non è riuscita a contenere una vena di gelosia. Da quanto tempo Gabby non viene guardata così? Richard ritiene che il padre poliziotto della nuova ragazza di Flynn non deve aver pensato di indagare sul ragazzo con cui esce la figlia, quindi almeno questo è un aspetto positivo. Ma non può contare sul fatto che nessuno indaghi mai su suo figlio. Quanto tempo hanno a disposizione prima che qualcuno inizi a fare domande? Gabby fa un respiro profondo e lo lascia andare lentamente, calmandosi. Deve concentrarsi sulle cose che può controllare in questo momento. Deve concentrarsi sui suoi post e su suo figlio, che la sta lasciando a piccoli passi, si sta allontanando lentamente, fin quando lei non sarà più necessaria o desiderata.

Prende una penna e un blocco accanto al bollitore e annota la sua idea: *temo che mio figlio mi odi davvero*. Chiudendo gli occhi, richiama tutti i sentimenti dell'incidente per poterli descrivere in modo accurato ai suoi follower.

Ispirata, si trasferisce al tavolo della cucina dove si trova il suo elegante computer portatile nero e lo apre per accedere alla sua pagina Facebook. Respirando profondamente, scrocchia le nocche e comincia a scrivere, sapendo che è arrivato il momento di iniziare a dire la verità su alcune cose. Scrive da quasi quattro mesi e le sembra di conoscere da sempre alcune delle persone che la seguono. Ha fatto delle ricerche su molte di loro, come Monica, che vive in una bella casa in riva al mare ed è sposata con un chirurgo ortopedico. Monica ha due coppie di gemelli, ha fatto ricorso alla fecondazione in vitro per avere due volte dei bambini e, nonostante le sue due tate, è costantemente sopraffatta e cerca il sostegno emotivo delle sue amiche. E poi c'è Becky, che ha appena ereditato del denaro dal nonno e sta pensando di darne via gran parte. È molto religiosa e pensa sempre agli altri. Sfortunatamente, la figlia adolescente la tratta come uno zerbino. A Gabby piace scambiare messaggi anche con Daniella, una madre che lavora a tempo pieno, ha un importante incarico in città che la tiene fuori casa tutto il giorno, il che significa che dei suoi tre figli si occupano soprattutto il marito e una serie di tate. Daniella scrive spesso che non ha idea di chi siano diventati i suoi figli. Gabby si assicura di non giudicare mai queste donne nei suoi commenti: ciascuna di loro sta solo facendo del proprio meglio. A sua madre non era mai importato altro che di crescerla per il tempo minimo necessario a liberarsi di lei, ma con le donne che seguono la pagina di Gabby è tutto un altro paio di maniche, perché ciascuna di loro vuole avere la sensazione di fare le cose nel modo giusto, ma sono poche quelle che ci riescono davvero. Sono troppe le donne che seguono i post di Gabby per poter parlare a ognuna di loro, ma sono davvero adorabili e gentili l'una con l'altra, e a Gabby piace pensare che la sua pagina sia uno spazio sicuro per tutte. Se è davvero così, allora deve smetterla di camuffare la sua vita e di presentarne solo gli aspetti luminosi. Deve mettere a nudo la sua anima e accettare ciò che ne consegue.

Non intende dire tutta la verità, per evitare che i suoi amici di Facebook commentino che non dovrebbe postare foto di suo figlio se lui non vuole. La verità assoluta non è mai del tutto necessaria.

*Oggi il mio caro Flynn mi ha detto che mi odia. Non riesco nemmeno a ricordare per cosa stavamo discutendo, perché ultimamente discutiamo spesso. Discussioni sui compiti, sul coprifuoco e sul modo in cui mi parla. Non mi aveva mai detto quelle parole prima d'ora e nel momento in cui le ha pronunciate mi sono dimenticata di tutto il resto.*

*Devo essergli sembrata distrutta, perché si è scusato subito e quando l'ho accompagnato a scuola sembrava tutto a posto. So che queste parole non sono insolite per un bambino. Leggendo i vostri messaggi so che molti di voi hanno già sentito questa frase, ma per me è stata la prima volta e mi ha fatto male. Mi ha fatto molto male. Consiglio a me stessa di amare questo bambino anche nei suoi giorni peggiori, ma è sempre più difficile. Ha persino minacciato di scappare. Da piccolo minacciava di scappare, come fanno molti bambini quando si dice loro che devono andare a letto o mangiare le verdure, ma è diverso quando lo dice un bambino di sedici anni.*

*Potrebbe andarsene se volesse, e non credo che la polizia riuscirebbe a costringerlo a tornare a casa, anche se riuscisse a trovarlo. Presto avrà diciassette anni, sarà quasi un uomo. Un uomo che odia sua madre. Scrivo queste parole perché credo sia importante essere sinceri su questo argomento. Essere madre è difficile, a volte impossibile. Diamo, diamo, diamo e diamo e invece di ricevere una ricompensa riceviamo odio e rabbia, e questo può essere davvero difficile da accettare. Per questo ritengo che sia importante avere un gruppo di amici nel mondo reale o online a cui potersi rivolgere, e io so di averlo. Ho tutte voi su cui contare quando le cose si fanno difficili e voi potete contare su di me. Xx*

Pubblica il post senza una foto di Flynn. Sul suo Instagram non c'è nulla che possa andare bene e l'impatto sarà maggiore se non avrà la solita foto di accompagnamento. Seduta sulla sedia, aspetta qualche minuto finché non iniziano ad arrivare i like e i commenti. Si mostrano tutte molto solidali e offrono i loro consigli. Alcune sono un po' compiaciute per la sua confessione, perché ha sempre trasmesso l'impressione di avere il controllo della situazione, ma va bene così. Il suo precedente post sul taglio dei capelli di Flynn aveva suscitato alcune reazioni, ma non troppe. Molte delle sue lettrici avevano espresso la convinzione che Flynn dovesse essere libero di fare ciò che voleva con il suo corpo, ma altrettante si erano lamentate degli adolescenti con piercing, tatuaggi o capelli di colori strani. Gabby presta attenzione alle persone che iniziano i loro commenti con «Beh, io dico solo che...», che sono le moraliste, e le moraliste vogliono dare l'impressione di voler davvero essere d'aiuto quando le cose vanno male, purché si assecondi la loro superiorità. Lei aveva facilmente evitato i commenti negativi e si era intrattenuta in una lunga discussione con una donna che sospettava che il marito la tradisse. Poteva quasi sentire che i commenti negativi perdevano di significato man mano che la discussione andava avanti e che aumentavano le persone che si univano per dare i loro consigli. Non era difficile moderare una discussione su Facebook: tutto ciò che serviva era coinvolgere e far leggere i commenti ai partecipanti; era sempre stato questo l'obiettivo di Gabby.

Ha la sensazione che le cose con Flynn andranno sempre peggio se non riuscirà a trovare un modo per comunicare con suo figlio. Richard le direbbe di "lasciarlo in pace"; scriverà un post in merito. Ha l'impressione che i padri abbiano la capacità di smorzare gli effetti delle parole di un adolescente, anche se forse è solo un'abilità di Richard. Ma sarà interessante vedere come le altre madri risponderanno a un post su quanto sembra essere facile per lui. Lei accennerà al fatto che lui viaggia parecchio, in modo che le sue lettrici sappiano che, per lo più, se ne occupa da sola.

Dopo venti minuti, passati a ringraziare le sue follower per i loro commenti e ad aggiungere emoji sorridenti e affettuosi, sospira e si alza, e torna al libro di ricette. I biscotti d'avena andrebbero bene, ma forse sono meglio i cupcake. A Jack andrà bene qualsiasi cosa e anche ad Andrea, purché possa sedersi per qualche minuto.

Vuole fare le cose per bene. Ha commesso un errore a tenere Jack fuori fino a tardi e a dare per scontato che Andrea non sarebbe andata su tutte le furie. Era chiaro che si sarebbe preoccupata, ma voleva capire fino a che punto, ed è stata una gran fortuna che non abbia chiamato la polizia, perché sarebbe stato un disastro.

*Perché l'hai fatto? A che gioco stai giocando?* le aveva scritto Richard quando lei gli aveva spiegato cos'era successo.

*È un bambino così adorabile. Un bambino di tre anni è una tale delizia e ama così tanto sua madre.*

*Gabby, smettila. Devi smetterla. Finisci il tuo progetto. Concentrati su quello e su nient'altro.*

Richard aveva ragione. Aveva la tendenza ad affrettare le cose quando si avvicinava alla fine di un progetto. Dovrebbe trovare nuovi mobili per il soggiorno. A Richard piace affidarle questi piccoli compiti per tenerla occupata. Non vuole che lei si annoi e riprenda le vecchie abitudini, ma lei non lo farà più, o almeno non in modo tale da essere scoperta. Concentrarsi su Jack e Andrea è un uso molto più prezioso del suo tempo.

Decide di cucinare i cupcake e prepara l'occorrente, lasciando che i suoi pensieri si affollino mentre mescola l'impasto. Pensa a cosa postare su suo figlio. Ma riflette anche sulla scena a cui ha assistito oggi. Ogni mattina, dopo aver accompagnato Flynn a scuola, passa un po' di tempo a osservare Andrea, sperando di trovare un modo casuale per parlarle e rimettere in piedi la loro amicizia.

Questa mattina stava sicuramente succedendo qualcosa tra Terry e l'uomo in strada. Gabby ha visto la sua auto troppo spesso per considerarla una coincidenza. E ogni volta che la vede, la bocca le si secca e il cuore prende a martellare nel petto. Odia sentirsi così, odia doversi chiedere se la stanno spiando. Cosa stava chiedendo quell'uomo a Terry? Stava chiedendo di lei? Se non fosse stata Andrea a proporle di passare da lei questo pomeriggio, avrebbe suggerito lei di incontrarsi. Deve scoprire che cosa sa Andrea su quell'uomo con l'auto rossa, perché magari potrebbe aver parlato di lei. Forse quell'uomo stava mettendo in guardia Terry, ma in tal caso Andrea non avrebbe accettato di passare da lei nel pomeriggio. Richard sta ancora indagando su di lui, sta ancora cercando di capire a chi appartiene quell'auto e come potrebbe essere collegato a Gabby.

*Sono sicuro che non ha nulla a che vedere con te,* le aveva detto Richard per messaggio. Aveva sempre giudicato che lei fosse troppo cauta, ma del resto lui era al sicuro negli Stati

Uniti, a sbrigare i suoi affari, mentre lei era qui a occuparsi del loro figlio arrabbiato e a cercare di trovare un modo per andare avanti.

Si era defilata non appena aveva visto Terry uscire di casa, come faceva di solito. Non aveva alcuna voglia di parlargli, ma prima che lui potesse allontanarsi, l'auto rossa si era fermata con uno stridio e l'uomo era saltato fuori chiedendo: «Ehi, amico, posso parlarti?»

Al posto suo, si sarebbe voltata e sarebbe corsa in casa, ma Terry aveva esitato e poi aveva attraversato la strada.

Lei si trovava dietro la sua auto e non poteva sentire quello che si dicevano, ma poteva vedere l'espressione di Terry, che continuava ad annuire e lanciava occhiate verso casa sua. Non ha dubbi che sia andata così.

Quando Andrea era uscita dalla porta di ingresso, Gabby si era allontanata, per non essere sorpresa a curiosare.

Poi, una volta che Terry se n'era andato, aveva intravisto la possibilità di rimettere le cose in carreggiata con Andrea. La poverina sembrava terrorizzata. Ma di che cosa aveva paura?

Gabby smette di mescolare, si rende conto di avere freddo in cucina. La luminosa mattinata è finita e il sole è scomparso dietro un banco di spesse nuvole grigie. Quell'uomo potrebbe essere un detective privato. Non sarebbe la prima volta che uno di loro viene a cercarla.

Scuote la testa. Probabilmente quell'uomo non ha niente a che fare con lei e ha invece a che fare con Terry. Si lascia cullare brevemente dall'idea che Terry sia una specie di criminale, ma poi la scarta: lavorare in un negozio di elettrodomestici non sarebbe una buona copertura per qualcuno coinvolto in attività criminali, anche se Gabby non può saperlo con certezza. Era evidente che avevano comprato la casa con i soldi di famiglia, ma allora cosa ci faceva quell'uomo in mezzo alla loro strada?

Sospira, scacciando tutti i pensieri negativi. Oggi pomeriggio si farà dire la verità da Andrea e partirà da lì.

Una volta che l'impasto è pronto, si diverte a versarlo nei pirottini, scegliendo per ogni cupcake un rivestimento di colore diverso. È incredibile di quante cose abbia fornito casa sua... semplicemente incredibile.

Mentre aspetta che i cupcake siano pronti per essere glassati, guarda il calendario sul telefono. Mancano tre settimane. Deve fare in fretta.

# QUINDICI

## ANDREA

All'inizio, le cose con Gabby sono un po' imbarazzanti. Gabby sembra agitata, sposta la ciotola dei cereali e la tazza vuota dal tavolo della cucina e borbotta «Gli avevo detto di rimettere a posto.», mentre fa cenno ad Andrea di sedersi. La cucina è ancora in disordine dopo la colazione, con i piatti nel lavandino e le briciole sul bancone, in modo così inusuale per Gabby. Mentre chiacchierano, Andrea percepisce un'accentuata cortesia reciproca e si concentra su Jack per evitare di parlare di ciò che è successo quando Gabby lo ha portato fuori.

Ma alla fine Gabby dice: «Senti, oggi possiamo girarci intorno e poi puoi andartene, possiamo sorriderci a vicenda quando saliamo in macchina e non parlarci mai più, oppure possiamo affrontare la questione. Non avrei mai dovuto portarlo fuori e mi dispiace. Mi sono sentita così male che non sono riuscita a concentrarmi su nient'altro. Ero completamente nel torto e posso prometterti che non farò mai più una cosa del genere. Sempre che tu mi dia di nuovo la possibilità di fargli da babysitter.» Accenna una risata, la sua incertezza per la reazione di Andrea è evidente.

Gabby ha molti amici su Facebook e una vita piena, ma c'è

qualcosa nel modo in cui parla del marito e del figlio che fa pensare ad Andrea che si senta sola. Forse lei e Gabby sono più simili di quanto pensasse.

Gabby sembra aver bisogno di essere amica di Andrea tanto quanto Andrea vuole essere amica sua, e sente che questo la colpisce al cuore.

La pioggia cade dolcemente fuori dalla stanza calda dove Gabby sta accendendo il riscaldamento. Jack è sul pavimento con i dinosauri che gli piacciono tanto e nell'aria si diffonde il profumo intenso del cioccolato dei cupcake.

«Oh» dice Andrea, sopraffatta dalla sincerità di Gabby. «Avrei dovuto tenere il telefono con me e mettere la sveglia. È stata anche colpa mia.» Arrossisce quando ricorda la paura e la vergogna di essersi addormentata in quel modo.

«Allora possiamo semplicemente lasciarci tutto alle spalle?» le chiede Gabby, alzandosi per versarle dell'altro tè e disponendo su un piatto i cupcake al cioccolato ricoperti da una spessa glassa bianca.

«Wow, grazie, grazie.» dice Jack mentre Gabby gliene mette uno su un piatto di plastica blu, posandolo accanto a lui sul pavimento. Andrea sente un'ondata di nostalgia per sua madre, nella cui cucina Jack era altrettanto a suo agio, altrettanto felice. Se fosse sua madre a vivere vicino a lei, tutto sarebbe diverso.

«Sei un giovanotto molto bene educato.» dice Gabby. Si volta verso Andrea. «Cosa ne pensi?» chiede e Andrea si rende conto di non aver risposto.

«Sì, lasciamocelo alle spalle.» Sorride, godendosi un momento di soddisfazione mentre suo figlio afferra il cupcake. «Andiamo avanti e basta.» Annuisce, felice di aver archiviato l'intera faccenda.

«Oh, bene.» dice Gabby con un sorriso, mettendo l'intero piatto di cupcake davanti ad Andrea. «Temevo davvero di perdere la tua amicizia; a dire il vero, non ho molti amici.»

Andrea prende un cupcake dal piatto e gli dà un morso, affondando i denti nell'impasto dolce e umido.

«Questo è delizioso» dice Andrea, appoggiandolo sul piattino che Gabby le ha dato a parte «ma avrai un sacco di amici, guarda tutte le persone che su Facebook si rivolgono a te per un consiglio.»

Gabby prende un cupcake per sé, passa il dito sulla glassa in cima e lo mette in bocca. «Ma quelli non sono davvero amici, ti pare?» dice, con gli occhi azzurri che brillano di lacrime non versate e un'espressione avvilita mentre abbassa un po' la testa. «Voglio dire, sono da qualche parte, nel mondo, ma non è che io possa sedermi di fronte a loro e parlarci.» Si sfiora velocemente la mano su una guancia e Andrea vede che si sta liberando di una lacrima che le è sfuggita.

«Oh, Gabby» mormora Andrea, sporgendosi in avanti, «cosa c'è che non va?» Allunga la mano per toccarle un braccio.

Gabby sospira. «Hai visto... no, probabilmente no, ma hai visto il mio post su Facebook di questa mattina?»

Andrea scuote la testa. «No... in realtà non l'ho ancora aperto oggi.» dice prendendo il telefono. «Vuoi che lo legga adesso?»

Gabby annuisce lievemente.

Andrea si accorge che la sta guardando mentre apre il telefono, accede a Facebook e legge. «Oh, Gabby» dice, alzando lo sguardo quando ha finito di leggere. «Sono così... non lo sapevo, ma guarda tutti i commenti e i consigli... sono così tante le persone che vogliono aiutarti.»

Cerca di sorridere mentre le parole che ha appena letto si ripetono nella sua mente: "duro, impossibile, rabbia, odio". Non sono parole che si sarebbe mai aspettata che Gabby usasse parlando di suo figlio.

Gabby sospira e agita una mano, sedendosi. «Mi sto comportando come una sciocca. Certo, sono amiche e so che mi aiuterebbero se ne avessi bisogno, ma a volte penso di aver tenuto nascoste così tante cose che non mi crederebbero se raccontassi quanto è grave la situazione.»

Andrea non sa cosa dire e si rifugia nel silenzio di un altro morso al dolce cupcake. Il post è crudo e onesto, e non si sarebbe mai aspettata che Gabby scrivesse una cosa del genere. Non riesce a credere che quella donna, dalla vita apparentemente perfetta, tra un marito e un figlio affettuosi e tutto ciò che il denaro può comprare, sia in realtà in difficoltà, e per questo soffoca un piccolo brivido di sollievo a sapere che non è l'unica a cui la vita non sta andando secondo i piani.

È scioccata dalle parole scritte da Gabby, scioccata dal fatto che lei sia così aperta e scioccata da quanto suo figlio sia evidentemente diventato difficile. Non riesce a immaginare che Jack possa arrivare a odiarla. Al momento, è felice di stare con lei ogni minuto della giornata.

«Stai passando un periodo difficile.» è l'unica cosa che riesce a dirle, incapace di trovare un consiglio per una persona che è madre da molto più tempo di lei.

Gabby prende il suo cupcake e dà un piccolo morso, annuendo. «Sì, è così.» concorda. «L'ho postato perché la mia vita sta diventando impossibile, sai. Temevo di aver perso la tua amicizia e pensavo che probabilmente me lo meritavo, e poi Flynn era così arrabbiato con me che mi sono chiesta cosa sia successo alla mia vita. Voglio dire, sono rimasta a casa per crescerlo e ora lui non mi sopporta, e anche se tutte queste madri si rivolgono a me su Facebook per un consiglio, mi sento un'imbrogliona. Non ho la minima idea di quello che sto facendo, proprio come chiunque altra. E quando ho pubblicato il post, alcune di loro sono state piuttosto... scortesi nei confronti della mia difficoltà.»

Manda giù il piccolo boccone e rimette il cupcake sul piatto come se non potesse sopportare di mangiare ancora, pulendosi le mani per eliminare qualche briciola. «Una di loro ha scritto: "Allora non hai tutte le risposte, non è così?" Ho cancellato il commento, ma mi ha fatto stare male. So che ha ragione - non ho tutte le risposte - ma tutto ciò che ho sempre voluto fare è aiutare le altre madri. Non ho mai detto di sapere tutto.» Prende di nuovo il cupcake e lo divide in due e poi in tre. Andrea vede che non ha alcuna intenzione di mangiarlo e si sente in colpa per aver già finito il suo, ma allunga la mano per prenderne un altro senza nemmeno pensarci.

«Nessuno ha tutte le risposte.» dice a Gabby. «Nemmeno gli esperti con tante lauree alle spalle. Ogni madre cerca di capire come fare le cose nel modo giusto. Mia madre dice sempre che nel momento in cui si capisce come gestire il bambino in una certa fase, lui passa a quella successiva, e ha ragione. Non appena ho capito come far fare a Jack due sonnellini all'ora giusta, è passato a un solo sonnellino. È frustrante per tutte noi. Non riesco a immaginare quanto sia difficile gestire un adolescente. Ho già abbastanza difficoltà a immaginare come gestire due bambini insieme.»

«Sei così dolce.» dice Gabby con un sorriso e si pulisce le mani su un tovagliolo di carta blu acceso, «e ti aiuterò per quanto mi permetterai. Ora mangia l'altro cupcake. Quando arriverà la bambina, avrai a malapena un po' di tempo per te.»

Andrea obbedisce e prende un boccone. «Vorrei poterti aiutare... vorrei sapere qualcosa che possa aiutarti.»

Gabby si alza da tavola e riempie la tazza di tè. «Richard ha detto che devo lasciare che Flynn cresca senza documentare ogni giorno della sua vita, ma non riesce quasi a dirmi niente su come crescerlo. È a San Diego e non fa niente di più che mandare messaggi a Flynn ogni due giorni.»

«È tornato a San Diego?» chiede Andrea.

«Oh, sì... cioè, credo di sì. Viaggia così tanto che non so mai dove sia.» dice ridendo mentre torna al tavolo in cucina. «È facile per gli uomini, no? Voglio dire, Terry va a lavorare e ti lascia con Jack, e presto ci sarà una bambina e lui uscirà dalla porta ogni mattina e tu dovrai ancora occuparti di tutto.»

Il cupcake diventa improvvisamente pesante in bocca e Andrea deve bere un grosso sorso di tè per mandarlo giù, mentre il pensiero dell'uomo nell'auto rossa e dell'episodio di quella mattina tornano a farsi sentire.

Andrea fa un cenno di assenso. «Sì, e a volte...»

«A volte?» chiede Gabby, avvicinandosi di più perché intuisce che Andrea sta per rivelarle qualcosa.

Per un momento, Andrea è pronta a confessare le sue preoccupazioni, ma poi si tira indietro. Non sa quanto possa fidarsi di Gabby e non vuole rovinare il pomeriggio tirando fuori questo argomento. Non è ancora sicura di quello che sta succedendo e l'idea di parlare del suo matrimonio e dei problemi che lei e Terry hanno con una persona che non conosce bene non le sembra giusta. «A volte vorrei che non cucinassi così bene.» dice invece debolmente, e dà un grosso morso al cupcake.

«Oh, quello, lo può fare chiunque.» dice Gabby sedendosi, ma Andrea capisce che Gabby sa che c'era qualcos'altro che voleva dire. La sua amica non insiste e passano il resto del pomeriggio a discutere dei ricordi che Gabby ha di Flynn quando aveva la stessa età di Jack e dei progetti di Andrea di tornare a lavorare un giorno, quando i bambini saranno abbastanza grandi. Quando lei e Jack attraversano la strada per tornare a casa, Andrea è calma e grata che Gabby sia tornata nella sua vita. Si sforza di non pensare a nient'altro mentre trascorre la serata con Jack e quando si accorge che Terry si sta infilando nel letto a mezzanotte passata, si addormenta profondamente.

«Hai finito?» chiede lei, con le parole un po' biascicate dal sonno.

«Certo, certo, sì.» risponde lui e il naso di lei si storce all'odore di alcol che emana. Nel pieno del dormiveglia, è sicura che Baz non approverebbe che il personale beva mentre fa l'inventario, ma non riesce a svegliarsi abbastanza per chiederglielo, e al mattino lui se ne va prima che lei si alzi dal letto.

Quella sera prepara il piatto preferito di Terry, pollo arrosto con verdure, e gli porta anche una birra dal frigorifero per accompagnare la cena.

«Un'occasione speciale?» le chiede il marito sorridendo e lei ricambia il sorriso, sentendosi un'imbrogliona perché a ogni boccone che manda giù fa le prove per la discussione che dovrà affrontare con lui per i soldi mancanti.

Parlano dell'inventario e degli altri membri del personale, e Andrea inizia il conto alla rovescia prima che Jack si alzi da tavola. Jack rincorre gli ultimi piselli nel piatto, intimando loro di non scappare e poi, una volta finito, guarda la madre con aspettativa e le chiede: «Posso giocare con l'iPad?»

«Sì, ma soltanto mezz'ora, a partire da adesso. Mi raccomando, gioca sul letto, nel caso l'iPad ti cadesse.» Andrea si alza da tavola e prende il piatto di Jack, mettendolo nel lavello.

«Lo so, lo so.» sospira Jack, alzando gli occhi al cielo e facendo ridere entrambi i genitori. Andrea rimane in piedi accanto al lavello, sconvolta dal fatto che il suo cuore batte forte. Ha paura di affrontare il marito o, più probabilmente, ha paura di quello che lui dirà.

Quando dalla camera di Jack le arriva la musica che accompagna il suo gioco preferito, Andrea tira fuori il telefono e accede al loro conto corrente, facendo un respiro profondo e preparandosi al confronto. Terry finisce l'ultimo sorso di birra, ignaro di ciò che lei sta facendo. «Puoi spiegarmi questi importi?» gli chiede, assicurandosi di rimanere calma, di mantenere la voce uniforme mentre gli passa il telefono. Non vuole che lui se ne vada in piena notte, cosa che ha già fatto in passato quando la conversazione è diventata troppo difficile.

Lui fissa lo schermo e poi scorre verso il basso, scuote la testa, le guance si colorano leggermente, e per un attimo lei pensa che lui stia per dirle che non ha speso quei soldi; invece, lui getta il telefono sul tavolo con un colpo secco e si alza in piedi. «Non mi è più permesso prendere un caffè con un amico o pranzare?» chiede, mostrando i denti mentre inizia a togliere i piatti dal tavolo.

Andrea si siede, ha bisogno di dare riposo ai piedi, il suo corpo è appesantito dalla triste consapevolezza che Terry ha detto esattamente quello che lei immaginava stesse per dire. «Non può essere solamente questo, Terry: i conti tornano. Basta che tu mi dica la verità: stai di nuovo giocando d'azzardo?» Non lo guarda quando fa questa domanda, incapace di sopportare la risposta.

Terry sbatte i piatti nel lavello e poi ne prende altri dalla tavola, li sciacqua in fretta e li infila con forza nella lavastoviglie, facendo più rumore del necessario.

«Sono stufo di essere sorvegliato in questo modo.» sputa fuori dandole le spalle mentre sciacqua le posate, facendo tintinnare coltelli e forchette nel lavello. «Sono io che lavoro e guadagno, eppure, non mi è permesso spendere nemmeno un centesimo mentre tu stai qui seduta a fare chissà cosa tutto il giorno.» Lancia l'ultimo piatto nella lavastoviglie e sbatte lo sportello con un colpo secco, uscendo dalla cucina prima che lei abbia il tempo di dire un'altra parola. «Faccio andare Jack in bagno e lo metto a letto. Perché non ti riposi?» le chiede mentre si allontana, con parole che grondano amarezza.

Andrea rimane seduta al tavolo, ingoiando le lacrime, in silenzio, incapace di muoversi. I suoi pensieri turbinano e Gemma scalcia furiosamente, sicuramente a causa dell'adrenalina che le scorre nel corpo. Il desiderio di varcare la porta è quasi irrefrenabile, ma non può andarsene perché è incinta e ha un figlio che ha bisogno di lei.

«Mamma, vieni a darmi un bacio.» grida Jack quando Terry lo ha messo a letto e lei si alza, sicura di pesare un milione di chili, e va a dare il bacio della buonanotte al figlio.

Lei e Terry di solito guardano la televisione dopo cena, ma lei si fa la doccia e si mette a letto, cadendo subito in un sonno profondo, con la stanchezza che le ruba i sogni. A un certo punto della notte, sente Terry entrare sotto le coperte e avvicinarsi a lei.

«Mi dispiace, tesoro.» sussurra. «Taglierò il caffè e il pranzo. So che stiamo cercando di risparmiare.» Le dà un bacio sulla guancia e si volta dall'altra parte. Non ha affrontato la questione, non ha risposto alla sua domanda, ma Andrea sa che per suo marito la discussione è finita.

I giorni successivi sono all'insegna del vero inverno di Sydney: piovosi e freddi, con un vento gelido che soffia nel pomeriggio. Andrea si ritrova tutti i pomeriggi a casa di Gabby, dove si fa coccolare con dei dolcetti mentre Jack gioca.

È facile stare con Gabby, è facile dimenticare le preoccupazioni legate a Terry quando è con lei.

Passa sempre più tempo con lei, non vuole stare nella sua brutta casa e non vuole pensare a suo marito e a quello che probabilmente sta facendo.

Ogni volta che parlano, Gabby rivela un po' di più della sua vita. Suo marito Richard viaggia sempre e le suggerisce di "lasciarlo in pace" ogni volta che parlano del figlio.

«So che le madri single hanno difficoltà a crescere i loro figli da sole» le ha detto Gabby, «ma a volte penso che forse sarebbe più facile che stare con qualcuno che non ha alcun interesse a parlare del proprio figlio. È come se si escludesse finché non faccio qualcosa che non condivide, e allora mi fa la predica su tutti gli errori che sto commettendo. E naturalmente, ogni volta che torna a casa per un po', lui e Flynn si comportano come se fossi una madre nevrotica. Finisco col mettermi in discussione ogni giorno.»

Andrea può solamente offrire comprensione e ascolto mentre il suo bambino gioca tranquillo, felice di stare con la madre e di mangiare i dolcetti di Gabby. Andrea si stupisce che Gabby abbia nascosto così tanto. Ma anche se le racconta tutti i problemi che ha con Flynn, tra cui un eccessivo uso dei videogiochi e il calo dei voti, Andrea ha la sensazione che ci sia dell'altro. Sembra che Gabby passi molto tempo ad accompagnare il figlio ovunque lui voglia andare, ma da quello che dice ad Andrea, lui è ingrato per tutto quello che lei fa per lui. Flynn appare ingestibile e sembra che la madre stia faticando a fare da genitore al figlio adolescente. Ogni volta che trascorre un pomeriggio con Gabby, Andrea guarda suo figlio e ringrazia che sia ancora piccolo e che sia un vero e proprio cocco di mamma. Ascolta attentamente le cose che Gabby dice e le archivia per ricordarle quando Jack sarà più grande. Non vuole commettere gli errori che, a quanto pare, ha commesso Gabby e non sopporterebbe che Jack crescesse con così tanti privilegi e vizi.

«Forse sarebbe meglio farlo stare a casa, metterlo in punizione o qualcosa del genere?» suggerisce timidamente Andrea un pomeriggio e Gabby impallidisce.

«Oh no» dice lei, «non potrei... Voglio dire, a volte si arrabbia molto e poi...» Si interrompe.

Andrea guarda quella donna che sta diventando una buona amica per lei. «Hai... paura di Flynn?» chiede sottovoce.

Gabby sussulta nervosamente. «Certo che no, certo che no.» ripete. Ma Andrea non ne è convinta.

Concentrarsi sui problemi di Gabby le consente di non pensare alle proprie preoccupazioni, ma queste non se ne vanno. Ogni giorno si guarda intorno per cercare l'uomo nell'auto rossa, ma non lo vede. Un paio di volte intravede il lunotto di un'auto che potrebbe essere la sua, ma non ne è mai del tutto sicura. Forse Terry aveva ragione a dire che quell'uomo lavorava nel quartiere e forse adesso ha finito.

Terry ce l'ha ancora con lei per quelle insinuazioni, nonostante le sue scuse. Risponde alle sue domande e le chiede di Jack, ma non parlano d'altro. Il modo semplice che avevano di stare insieme è scomparso molti mesi fa, ma lei sentiva che avevano almeno raggiunto una sorta di pace. Ora anche quella è sparita. Ma almeno - ed è un "ma" molto grande - il denaro ha smesso di lasciare il conto a intervalli così regolari.

Forse era solo per il caffè, il pranzo e le bevute? Quando fa una transazione, lui le manda un messaggio di giustificazione... *Mi sono comprato un nuovo paio di scarpe da lavoro e devono essere di buona qualità per poter stare in piedi tutto il giorno. Spero che per te vada bene.* Cosa può rispondergli? Le manda anche un messaggio quando a pranzo prende qualcosa di più di un semplice panino.

*Oggi ho mangiato un piatto al curry perché avevo fame. È costato dodici dollari. Spero che sia una spesa accettabile, altrimenti d'ora in poi prenderò solo panini.* Una parte di lei vorrebbe dirgli che non c'è bisogno che le mandi messaggi, ma tace. Non è lei che ha perso la casa. Forse sapere che lei controlla ogni sua spesa, lo aiuterà a stare lontano da qualsiasi tipo di gioco d'azzardo.

Agli inizi di maggio, in una luminosa e fredda giornata, finalmente capisce la vera portata dei problemi di Gabby con suo figlio.

È ancora in camicia da notte, con i capelli appena trattenuti da un fermaglio e il viso gonfio di sonno, quando sente suonare il campanello. Manca solo una settimana alla data del parto e si sente sempre più esausta.

«Chi è?» chiede Jack, facendo tintinnare il cucchiaio contro la ciotola invece di mangiare i suoi cereali Weetabix.

«Non lo so. Puoi finire la colazione così ti porto a scuola?»

«Non mi vanno i Weetabix, non mi piacciono.» dice lui e Andrea reprime l'impulso a urlare di frustrazione dopo che lui ha chiesto espressamente i cereali non più di dieci minuti prima.

Sbattendo la tazza di caffè sul bancone, va ad aprire la porta e il suo passo rallenta quando si rende conto che l'uomo di cui si preoccupa potrebbe essere proprio sulla soglia. Si chiede se in futuro sarà mai in grado di aprire semplicemente una porta o di passare la sua carta di credito o di entrare in un negozio senza doversi preoccupare.

Scrollandosi di dosso questa sensazione, sbircia dallo spioncino e prova un autentico sollievo quando vede che si tratta di Gabby.

Apre la porta. «Ciao, è un po' presto per una...» Si interrompe quando vede il volto di Gabby. Gli occhi azzurri della donna sono rossi e il suo viso è privo di trucco, così Andrea può vedere tutte le rughe che di solito nasconde ad arte. Le appare evidente che ha pianto, anche prima che tiri su col naso e poi lo soffi con il fazzoletto che tiene in mano.

«C'è qualcosa che non va? Cosa c'è che non va?» chiede Andrea, in preda al panico, facendo un passo indietro per permettere a Gabby di entrare.

«Se n'è andato... Flynn se n'è andato.» dice.

«Andato dove?» domanda Andrea.

«Non lo so.» grida Gabby. «Pensavo fosse uscito con gli amici della squadra ieri sera. Mi ha detto che sarebbero andati a cena e che qualcuno gli avrebbe dato un passaggio per tornare a casa e io... mi sono addormentata, e quando mi sono svegliata questa mattina, sono andata a svegliarlo e lui non c'era. Non è tornato a casa. Non ha dormito nel suo letto.»

Gabby cammina per il piccolo salotto mentre parla, con passi veloci mentre si asciuga gli occhi. «Potrebbe essere andato ovunque.» dice. «Ovunque.»

«È terribile... E non ti ha mandato un messaggio?» chiede Andrea lisciandosi i capelli e legandoli più saldamente, incerta su cosa dire o fare per aiutare l'amica.

Gabby scuote vigorosamente la testa.

«Ma tu hai una di quelle app, giusto?» chiede Andrea, perché se mai è esistita una madre che ha un'app del genere, quella è Gabby.

«Sì» conferma Gabby, con la voce che le si strozza in gola, e tira fuori il telefono per mostrarlo ad Andrea, aprendo l'applicazione, dove Gabby risulta trovarsi nella loro via, ma Flynn è indicato come "senza rete o con il telefono spento".

Andrea si sente sciocca per aver fatto una simile domanda. «Scusami, è ovvio che l'hai controllato.»

«Cosa posso fare? Come faccio a trovarlo? Ho chiamato tutti i suoi amici e mi hanno detto di non averlo visto, e la cosa peggiore, la cosa peggiore, è che ho chiamato la scuola e mi hanno detto che non ci è andato ieri. La segretaria era appena arrivata e mi ha detto che mi avrebbero chiamata questa mattina perché non aveva una giustificazione per la sua assenza.» Gabby butta fuori le parole in fretta e Andrea capisce che è già sveglia da ore, preoccupata per il suo unico figlio.

«Dobbiamo chiamare la polizia.» dice.

«La polizia.» ripete Gabby. «Oh Dio... io... io...»

Andrea studia il volto di Gabby, registra la paura nuda e cruda che vi è apparsa. Di cosa ha paura? Sicuramente rivolgersi alla polizia sarebbe la prima cosa da fare, ma Gabby scuote la testa. «Io... io...» balbetta.

# SEDICI

## GABBY

«Io... l'ho già chiamata.» dice Gabby e si sente arrossire quando ricorda quanto sembrava annoiato il poliziotto che aveva risposto al telefono, come se non gli importasse che il suo preziosissimo figlio fosse scomparso.

«Cosa hanno detto?»

Gabby ripete le domande che le sono state poste, con la stessa voce robotica che aveva il poliziotto al telefono. «E quando l'ha visto l'ultima volta? E quanti anni ha detto che ha? L'ha mai fatto prima? L'ha contattata? Ha chiamato la scuola? Non avevo intenzione di...» Smette di parlare.

«Non avevi intenzione di fare cosa?» domanda Andrea.

«Guarda, a essere sincera» dice Gabby, «ho detto loro tutto quello che sapevo e non volevo mentire, così quando mi ha chiesto... quando mi ha chiesto se Flynn fosse mai scappato prima, ho dovuto dire la verità, ho dovuto.» Si passa le mani sul viso, per non vedere lo sguardo che sa che Andrea le sta rivolgendo.

«Lo aveva già fatto in passato?» le chiede Andrea.

Gabby annuisce disperatamente. «Sì, è così. Di solito torna dopo un giorno o due. Richard gli ha dato una carta di credito per le emergenze, e solo Richard può controllare le transazioni e non mi ha chiamato. Torna sempre e dopo un giorno o due di distanza sta molto meglio, ma ho la sensazione che sia la volta buona, che questa volta non tornerà.»

«Vieni, vieni a sederti.» dice Andrea dirigendosi verso il divano e facendo cenno a Gabby di raggiungerla. Gabby capisce perché Andrea ha bisogno di sedersi: la sua pancia è diventata enorme nell'ultima settimana di gravidanza. Ma Gabby non riesce a sedersi. Guarda il piccolo salotto e l'odore persistente di muffa le riempie il naso. Andrea non l'aveva mai invitata a casa sua e ora capisce perché.

Non potrebbe mai vivere in una casa come questa, pensa. È caotica e sicuramente non è neanche molto pulita. Se hai abbastanza soldi per comprare una casa in questa strada, dovresti averne abbastanza anche per una donna delle pulizie. Non avrebbe fatto bene Andrea a fare dei lavori di ristrutturazione provvisori? Non ha mai parlato di simili progetti, ma devono ristrutturare... per forza.

Jack entra nel soggiorno.

«Ho finito i cereali.» annuncia. «Ciao, Gabby, posso giocare a casa tua oggi?»

«Ehm» inizia lei, non sapendo bene cosa rispondere al bambino che non desidera altro che un dolcetto e un po' di tempo con i giocattoli di casa sua. Quanto è facile questa età, quanto è semplice e diretta. Se hanno fame, gli dai da mangiare; se sono stanchi, li metti a dormire; e qualsiasi cosa accada, ti amano con tutto il loro cuore. I bambini di quest'età non sono in grado di esprimere il livello di disprezzo a cui lei è stata sottoposta e, mentre guarda Jack, viene sopraffatta dal malinconico struggimento di essere la madre di un bambino piccolo e non la madre di un adolescente che preferirebbe essere ovunque tranne che in sua presenza. Anche nel suo stato di distrazione, pensa che questa sarebbe una buona idea per un post, un giorno, quando tutto questo sarà finito.

«Non oggi, tesoro. Puoi andare a lavarti i denti mentre io e

Gabby parliamo?» gli chiede Andrea, agitando la mano per farlo uscire dalla stanza. Jack esita un attimo. «Se fai in fretta, potrai giocare dieci minuti con l'iPad prima di andare a scuola.» Jack fa un fischio, salta su e giù e lascia la stanza. «Grazie a Dio c'è l'iPad.» sospira Andrea mentre Gabby sprofonda sul divano accanto a lei, prima di aggiungere: «Ma anche se Flynn l'ha già fatto in passato, devono comunque cercare di ritrovarlo.»

Gabby guarda il tappeto, gli occhi si spostano sulle chiazze grigie e notano una macchia, una piccola impronta arancione.

«Hanno detto che avrebbero controllato.» dice.

«Cosa significa?»

«Significa che inseriranno il suo nome in un database sperando che salti fuori.» dice Gabby, sollevando lo sguardo dal tappeto.

«È ridicolo.» sbuffa Andrea. «È solo un ragazzino ed è scomparso.»

Gabby alza le spalle e poi guarda il telefono, il messaggio ricevuto da Flynn, e sa che dovrà confessare tutto ad Andrea. Non vuole, ma ha bisogno del suo aiuto e a volte, se dici la verità, la pura verità, le persone si fidano di più, vogliono aiutarti di più e lei ha bisogno di tutto l'aiuto possibile. La verità è la sua arma più grande e deve usarla.

«Non è...» Esita. «La verità è che...»

«Cosa?» chiede Andrea, spostandosi in avanti e portando automaticamente la mano alla pancia, dove Gabby è sicura che la bambina stia scalciando. Gabby fa un respiro profondo. «Ha sedici anni ed è scappato, ma non è semplicemente scappato. So che non è come le altre volte perché...» Esita.

«Gabby, non capisco.» dice Andrea.

Gabby apre a malincuore il telefono e mostra ad Andrea il messaggio che Flynn le ha inviato; la guarda leggere le parole di rabbia del figlio, sapendo che Andrea la giudicherà per il modo in cui fa il genitore. «Ho ricevuto questo messaggio circa venti minuti fa.» sussurra, non volendo ma dovendo condividerlo.

*Non ce la faccio più. Stare con te è come morire. Ho dei soldi da parte e la carta di credito di papà. Andrò da papà, ovunque sia negli Stati Uniti, e poi andrò a stare da lui. Preferirei essere un senzatetto piuttosto che vivere ancora con te.*

Andrea tocca lo schermo del telefono e Gabby sa che sta leggendo i messaggi che ha inviato a Flynn.

*Non essere ridicolo. Sei troppo giovane. E la scuola? Perché mai dovresti mollarla ora? E la tua squadra di hockey e tutti i tuoi amici?*

*Per favore, rispondimi così possiamo parlare. Per favore, rispondi al telefono. Flynn, ti prego.*

*Ti scongiuro. Ti prego, non farlo. Possiamo trovare una soluzione. Ti prego, non andare.*

*Non lasciarmi.*

*Flynn, ti voglio bene e farò di tutto per migliorare la situazione.*

Flynn non ha risposto a nessuno dei suoi messaggi.

«Ma...» dice Andrea e Gabby vede che ancora non capisce, non del tutto. Odia il fatto di dover raccontare tutto alla sua amica, di doverle confessare l'orribile verità sulla sua vita. Ma si rende conto che non è l'unica ad avere dei segreti. Anche Andrea nasconde qualcosa. L'uomo che ha parlato con Terry potrebbe avere qualcosa a che fare con ciò che Andrea sta nascondendo. Forse Andrea ne capisce di segreti. Gabby si alza e inizia a camminare per il salotto. Non può fare a meno di chinarsi per raccogliere i giocattoli sparsi dappertutto e di metterli in un cestino mezzo pieno di blocchi di plastica. Ha bisogno di tenere le mani occupate. «Richard e io abbiamo divorziato.» dice mentre si china e prende in mano un camioncino rosso, facendo girare le ruote nere nel silenzio che segue questa affermazione.

«Ma hai detto che lui era...» Andrea si interrompe e appoggia entrambe le mani sulla pancia mentre Gabby la guarda. Non vuole guardarla in faccia. L'enormità della bugia è sospesa nell'aria.

Gabby ripone il camioncino nel cestino e si sposta a raccogliere una pila di macchinine Matchbox.

«Puoi smetterla di mettere a posto, per favore?» le chiede Andrea, con parole taglienti e irritate.

Gabby chiude gli occhi per un attimo e poi incrocia le braccia. «Mi dispiace.» dice. «È che ho solo bisogno di continuare a muovermi. Non riesco a stare ferma.» Ha bisogno che Andrea riesca a comprenderla senza arrabbiarsi, perché ha bisogno del suo aiuto.

Sprofonda sul divano accanto a lei e abbandona la testa tra le mani. «Non volevo dirtelo. Non voglio dirlo a nessuno. Non sopporto che abbiamo divorziato perché non ho mai chiesto il divorzio e la cosa peggiore è che quello per cui litigavamo di più è stato il modo in cui mi comportavo con Flynn. Richard mi accusava di essere iperprotettiva, ma io conoscevo il mio bambino, sapevo quanto fosse sensibile. Richard viene da una famiglia in cui si crede che i ragazzi debbano essere duri, che non debbano piangere. Non è il modo in cui l'ho cresciuto e per tutto il tempo in cui siamo stati sposati, Richard non ha fatto altro che discutere con me per questo. Alla fine se n'è andato. L'ho pregato di non farlo. L'ho messo in guardia su quanto sarebbe stato negativo per Flynn, ma a lui non è importato.»

«Quando avete divorziato?» le chiede Andrea, con la voce ridotta a poco più di un sussurro.

«Un anno fa.» dice Gabby e incrocia lo sguardo di Andrea.

«È stato l'anno peggiore della mia vita, ma almeno avevo Flynn. Ora non ho nemmeno lui».

«Come può andare da solo negli Stati Uniti? Voglio dire, è troppo giovane, no?» dice Andrea.

Gabby stringe i pugni. C'è troppo da dire, troppo da spiegare, ma deve provarci.

«Ha preso il passaporto e so che è sparito da almeno un giorno. Credo che stesse pianificando tutto questo da molto tempo.»

«Hai chiamato Richard? Anche se siete divorziati, è ancora il padre di Flynn e se Flynn sta andando negli Stati Uniti, deve raggiungerlo e tenerlo al sicuro.»

«Sì, ma...» Gabby esita, perché non vuole condividere quest'ultima informazione.

«Ma cosa, Gabby?» chiede Andrea e Gabby sospira. Non è più possibile nasconderlo.

«Non so dove sia Richard, nessuno di noi lo sa. Quando è partito per gli Stati Uniti, è scomparso. Flynn non riuscirà a trovarlo. Sarà da solo in un paese straniero e non avrà modo di rintracciare suo padre. Si parlano via messaggio, quindi forse Richard gli dirà dove andare, ma se non lo facesse? E se lui fosse andato avanti con la sua vita e non volesse rivedere suo figlio? Devo salvarlo.» dice disperata.

«Ma... ma...» balbetta Andrea, «mi hai parlato dei messaggi che hai ricevuto da lui. Mi hai detto...» Smette di parlare e Gabby si strofina gli occhi mentre le sue guance si arrossano.

Era ovvio che Andrea glielo avrebbe chiesto. Abbassa la testa, si fissa le gambe, come se non potesse sopportare di guardare l'amica, ignorando tutto mentre pensa velocemente. Riesce quasi a sentire Richard che la ammonisce: *Non dire mai troppe bugie, se poi non riesci a tenerle a mente*, e anche sua madre interviene: *Sei malata e perversa. Ti meriti tutto quello che ti capita.* Gabby fa un respiro profondo e poi si alza in piedi, dicendo ad Andrea quello che ha bisogno di sentire.

«Era una bugia, Andrea. Mi dispiace tanto, ma ero così... imbarazzata. Non lo sento da un anno, non una sola parola.» Sente il viso corrugarsi, mentre le sue spalle si incurvano per l'umiliazione. Andrea le crederà? Spera di sì. «Ho un altro telefono che uso per mandare messaggi a me stessa, e faccio finta che siano da parte sua. È patetico. Lo so che è patetico, ma mi ha aiutato a reagire, mi ha aiutato ad andare avanti. Programmo alcuni messaggi e a volte rispondo a me stessa con l'altro telefono... Io...» Guarda la porta d'ingresso, chiedendosi se può alzarsi e andarsene adesso, andarsene e fingere di non aver mai raccontato nulla ad Andrea. Sa di sembrare completamente fuori di sé, come se avesse bisogno di un serio aiuto, ma è così che ha aiutato se stessa, ed è questo che deve far capire ad Andrea.

«Preferisco immaginare che lui sia lontano e che sia ancora mio marito.» aggiunge, voltandosi a guardare Andrea. «Non fa male a nessuno e mi aiuta perché a volte guardo i messaggi che fingo di ricevere da lui e semplicemente» fa spallucce, «credo che stiamo ancora insieme».

«Ecco perché continuavi a cambiare il luogo in cui si trovava.» dice Andrea. «In realtà non lo sai.» Si allontana, come se sedersi troppo vicino potesse contaminarla con la stessa follia di cui soffre Gabby.

Gabby si avvicina e la tocca leggermente sul braccio. «So che non è reale, Andrea. Non sono pazza. È un modo per aiutarmi a sentirmi meglio ma non ti avrei dovuto mentire. Alla fine, ti avrei detto la verità, quando avrei sentito che potevo davvero fidarmi. Voglio dire... tutti quanti hanno... Tutti quanti hanno dei segreti.» Gabby si alza di nuovo e va a guardare fuori dalla finestra da cui si vede la strada: è tranquillo e il cielo grigio è carico di pioggia.

«È una vergogna.» dice, senza voltarsi a guardarla, ma soffermandosi su questa parola. «Non so se ti sei mai vergognata di qualcosa, o se hai mai sentito di dover... nascondere qualcosa, ma io non volevo che qualcuno lo sapesse. Dopo il divorzio ho smesso di parlare con tutti i nostri amici comuni perché non potevo sopportare il modo in cui mi guardavano.»

Gabby si gira, incrocia le braccia perché in salotto fa freddo e guarda Andrea. «Non so se capisci di cosa sto parlando.» aggiunge, cercando di ottenere una reazione.

Andrea incrocia il suo sguardo e capisce che la sua amica ha intuito di che cosa sta parlando.

«So cos'è la vergogna.» dice Andrea con un sussurro, e Gabby annuisce rapidamente.

Andrea è ancora sposata e ha una bambina in arrivo, ma sta nascondendo qualcosa a tutti quelli che conosce, forse anche a se stessa, e questo è il tipo di persona su cui Gabby sa di poter contare per avere aiuto. Qualcuno che capisce che i segreti possono avere i denti, che i segreti possono mordere e che è persino possibile che divorino te e la tua vita. Gabby vorrebbe battere le mani con gioia. Ha trovato la persona perfetta su cui contare e, ancora meglio, ha anche il bambino perfetto.

# DICIASSETTE

## ANDREA

Jack è silenzioso durante il tragitto verso la scuola materna, come se riuscisse a percepire l'agitazione emotiva di sua madre. Andrea è molto dispiaciuta per Gabby, ma fa fatica a superare l'enorme bugia che le ha raccontato. Ha fatto davvero di tutto per farle credere che Richard andava a San Diego e poi a New York, assicurandosi di menzionarlo in continuazione. Perché scomodarsi a mentire? Forse le era necessario affinché Gabby potesse alimentare la sua fantasia e, in qualche modo, credere ancora di essere sposata, ma qualunque sia il motivo, Andrea si sente spiazzata e non sopporta di sentirsi così.

Lascia Jack con un bacio e un saluto all'insegnante della scuola materna. Non sa cosa dire a Gabby, se incoraggiarla a lasciar perdere o se cercare di aiutarla a ritrovare suo figlio. Non direbbe mai a Gabby che ritiene che Flynn è un ragazzino viziato e che ha avuto troppi privilegi. Da quello che dice Gabby, il ragazzo è maleducato e si è abituato ad avere la madre ai suoi ordini. Non ha idea di come possa pensare di attraversare gli Stati Uniti da solo, ma si ricorda di quando aveva sedici anni e credeva di sapere tutto su tutto. Non può dirlo a Gabby perché la farebbe andare ancora più nel panico, ma forse il ragazzo si renderà conto del suo errore e tornerà strisciando a casa da sua madre.

Improvvisamente si sente esausta: è troppo incinta, troppo stanca e troppo preoccupata per la sua vita per farsi coinvolgere in tutto questo; ma se non prova almeno ad aiutarla, che razza di persona è?

È tentata di non tornare a casa, di andare a prendersi una tranquilla tazza di caffè, anche se Gabby la sta aspettando. Ma cosa può fare per aiutarla?

Girando l'angolo, guarda nello specchietto retrovisore e ha un sussulto quando vede la berlina rossa con la portiera spaiata. Il suo cuore batte forte mentre accelera, nella speranza di sfuggirle, ma l'auto la segue senza problemi. Che cosa vuole? Perché la sta seguendo? Distoglie lo sguardo dalla strada per premere il numero di Terry sul cruscotto. «Per favore, rispondi.» mormora.

Un sollievo misto a nausea la pervade quando lui risponde. «È per la bambina?» le chiede dato che è molto vicina alla data del parto.

«No» grida, «Mi sta seguendo, Terry. L'uomo nell'auto rossa. È alle mie spalle in questo momento. Che cosa vuole? Perché mi sta seguendo?»

«Calmati, calmati, okay? Devi concentrarti sulla guida. Non ti sta seguendo, hai capito? Non ha niente a che fare con noi.»

«Non con noi, con *me*.» grida lei, sentendo graffiare la gola.

«Andy, ti farai del male.» le dice con voce grave sussurrando. È evidente che si trova in negozio. «Aspetta.» Lei lo sente borbottare nel telefono mentre cerca un posto dove poter parlare.

«Quanto sei lontana da casa?» le chiede Terry, ora con la voce a volume normale.

«Sono quasi arrivata.» dice lei, con un singhiozzo che le si blocca in gola.

«Stai calma.» le dice lui. «Respira lentamente e rimani

calma. Non ti sta seguendo. È la tua immaginazione che trasforma un'auto dietro di te in qualcosa che non è.»

«So quando qualcuno mi segue, Terry.», sbotta con stizza per dover continuare a convincerlo, quando lui sa benissimo cosa sta succedendo e la sta solo prendendo in giro, ancora una volta.

«Dimmi la verità.» gli dice. «L'hai fatto di nuovo?». Non vuole usare quelle parole per non renderle reali, con le conseguenze che ne deriverebbero. «L'hai fatto? Ma almeno ci vai agli incontri del lunedì sera?»

«No» ringhia lui al telefono, con voce bassa e furiosa, «ti avevo detto che non l'avrei più fatto, e non l'ho fatto, ma ogni volta che mi accusi di averlo fatto, penso che non mi dovrei disturbare a cercare di starne alla larga se poi vengo accusato comunque. E sì, ci vado agli incontri, dove continuano a parlare di come dobbiamo circondarci di persone che ci sostengono e ci fanno guarire, ma non mi sento esattamente sostenuto quando vengo accusato di qualcosa ogni due giorni.»

Andrea guarda di nuovo lo specchietto retrovisore e poi alza lo sguardo quando il semaforo che sta attraversando diventa rosso. Frena con un urlo di terrore che riempie l'aria e si prepara all'impatto, ma non succede nulla.

«Andrea!» urla Terry. «Andrea» ripete, «stai bene? Che cosa è successo?»

Fa un respiro profondo che le si blocca in gola e si trasforma in un singhiozzo. Non vuole guardarsi alle spalle, mentre brividi di paura scorrono su e giù per il suo corpo madido di sudore. Avrebbe potuto rimanere uccisa, avrebbe potuto uccidere qualcun altro. Deve darsi una calmata. Deve tenersi al sicuro per Jack e per la bambina che ora si agita e scalcia furiosamente dentro di lei.

«Sto bene.» ansima, cercando di reprimere le lacrime.

«D'accordo, per favore, calmati.» le dice, e dal modo in cui parla traspare la sua apprensione. «Ti prego, Andy. Ti amo e non voglio perderti. Devi calmarti e fidarti di me.»

Il semaforo diventa verde e lei si allontana lentamente, con lo sguardo rivolto allo specchietto. L'auto dietro di lei è un grosso fuoristrada nero, con il cassone posteriore pieno di ponteggi. Aveva visto davvero l'auto rossa?

«Se n'è andato.» dice.

«Te l'avevo detto.» dice Terry con tono trionfante. «È un elettricista e lavora qui vicino. Non ti stava seguendo, Andy. Nessuno ti sta seguendo.»

Accostando al vialetto di casa, Andrea scuote la testa, anche se Terry non può vederla. «Non ti credo.» dice con la voce soffocata per la disperazione.

«Non so come convincerti del contrario.» le risponde. «Non gioco d'azzardo. Non lo faccio più, e se scegli di credere che lo stia facendo, allora è colpa tua. Ora devo tornare al lavoro. Terrò il telefono in tasca nel caso in cui tu abbia le doglie, ma su questo argomento ti chiedo di lasciar perdere. Te lo stai immaginando, è così e basta.»

Chiude la telefonata senza salutare e Andrea rimane in silenzio per un momento. Sta peggiorando le cose accusandolo? Dovrebbe cercare di essere più solidale? In questo momento, si sente una cattiva moglie, una cattiva madre e anche una cattiva amica, che non vuole nemmeno provare ad aiutare qualcuno che sta vivendo il trauma della fuga di un figlio.

Scende dall'auto, non desidera altro che stare un po' di tempo da sola per metabolizzare ciò che ha visto. È possibile che si stia immaginando che quell'uomo la stia inseguendo, che la conversazione tra lui e Terry fosse davvero amichevole? Secondo lei no, ma cosa può fare? Quell'uomo non l'ha minacciata e se lei va alla polizia, le diranno che è libero di andare in giro per la periferia; e se lei va alla polizia e lui ha davvero a che fare con Terry, Terry potrebbe finire in guai più seri.

Si trascina fuori dall'auto con lentezza e, prima ancora di

chiudere la portiera, Gabby è lì, con gli occhi arrossati, un fazzoletto di carta in mano, i capelli, normalmente ordinati, raccolti
all'indietro con delle ciocche vaganti.

«Devo chiederti un favore.» le dice. «Un favore molto
grosso.»

# DICIOTTO
## GABBY


Andrea appare stanca, logorata dalla gravidanza, e Gabby sa che è arrabbiata perché lei le ha mentito sul suo matrimonio, ma non avrebbe mai pensato di dover dire la verità. Il divorzio è così umiliante. Il volto di sua madre e la sua disapprovazione dominano i suoi pensieri ogni volta che riflette sulla sua triste condizione. Forse può spiegare questo ad Andrea, se è ancora arrabbiata. Sicuramente lo capirebbe. Continua a mentire su ciò che sta accadendo con Richard, ma è una bugia che deve continuare a raccontare.

«Cosa?» chiede Andrea, con un'espressione torva.

Gabby percepisce un cambiamento nella giovane donna e questo non è positivo. «Vieni a prendere una tazza di tè.» dice. «Vieni al riparo dal freddo e ti spiegherò. Ti prego, non odiarmi, Andrea. So di averti mentito, ma è stato... Non riesco a trattenermi. Detesto il fatto di essere divorziata, ma niente di tutto questo ha importanza ora. L'unica cosa che conta è trovare Flynn. Non ho idea di dove sia andato, a parte che è negli Stati Uniti e che devo andare a cercarlo, ma non...»

«Non?» chiede Andrea mentre il vento si alza, scompigliandole i capelli castano scuro che le finiscono sul viso e facendo rabbrividire Gabby, che indossa un maglione sottile.

«Ti prego, entra. Ti prego.» implora. Andrea annuisce con riluttanza e segue Gabby in casa sua, dove il riscaldamento è acceso e il profumo di biscotti riempie l'aria. «Cucino quando sono agitata.» dice Gabby. «Ho cucinato per tutta la notte mentre cercavo di capire cosa fare.»

Non le sfugge lo sguardo di disprezzo che Andrea le rivolge. «Pensavo che ti fossi addormentata e che ti fossi accorta che se n'era andato solo questa mattina.» commenta lei, con un tono piatto.

«Beh...» dice Gabby. «Mi sono alzata molto presto, alle cinque, quindi credo che sia come se fossi stata... Voglio dire, la mattina è così buio e... Senti, sono esausta, Andrea. La metà del tempo non so nemmeno quello che dico. Sono così spaventata e preoccupata per lui. Pensa di essere un adulto e di essere pronto per il mondo, ma non è così. Non lo è affatto.» Si affanna a riempire il bollitore che era già quasi pieno e a preparare una fetta di torta al cioccolato, anche se è presto per mangiare qualcosa di così elaborato.

Non era così che doveva andare.

Andrea sprofonda in una sedia della cucina e sospira. «Che favore ti serve, Gabby?»

Gabby le mette davanti la torta e, per la prima volta da quando hanno iniziato a passare del tempo insieme, Andrea non assaggia subito il dolce. Invece, aspetta in silenzio che Gabby parli, con le braccia conserte e appoggiate sulla pancia.

C'è stato un cambiamento fondamentale nel loro rapporto. Quando si sono incontrate per la prima volta, Andrea era in soggezione nei suoi confronti e Gabby lo sapeva. Ma ora la guarda con sospetto. Avrebbe dovuto dire la verità su Richard fin dall'inizio?

«Devo andare negli Stati Uniti per trovare mio figlio.» dice Gabby, sedendosi e prendendo una forchetta per dare un morso alla sua fetta di torta. La glassa è densa e ricca e le si attacca alla gola, così deve deglutire due volte.

«Sì, capisco.» dice Andrea, con voce più gentile ora che il figlio scomparso di Gabby è al centro dell'attenzione.

«Ma non ho i soldi per farlo.»

Gabby posa la forchetta, posa lo sguardo sulla tovaglia dorata del tavolo e nota una piccola macchia di qualcosa... forse caffè. Stringe le mani a pugno, resistendo all'impulso di alzarsi e prendere un panno umido per pulirla.

Quando alza lo sguardo, gli occhi marroni di Andrea sono spalancati per l'incredulità. «Io non...» comincia.

Gabby si protende in avanti, ha bisogno che Andrea la ascolti. «Richard mi ha lasciato senza niente. Cioè, non proprio niente, ma molto poco. Avevo abbastanza per l'affitto di un anno e l'anno è quasi finito. Mi ha detto di trovarmi un lavoro. Mette dei soldi su un conto che nostro figlio può usare e Flynn ha la sua carta di credito, ma non parla mai con nessuno di noi due... voglio dire, non al telefono. Lui e Flynn si scrivono qualche volta, credo, ma Flynn non me ne parla più ormai da tempo. Solo lui può accedere al conto. Conoscevo la password per entrare nel suo conto corrente, ma l'ha cambiata qualche mese fa. Flynn è convinto che Richard gli voglia bene perché gli manda dei soldi, ma io so che Richard vuole bene solo a se stesso. Mio figlio sta per...»

Gabby sente che la voce le si blocca e deglutisce, allontana lo sguardo da Andrea e guarda il piccolo giardino sul retro di casa sua, sul retro della casa che non le appartiene.

«Gabby, non capisco niente di tutta questa storia.» dice Andrea, scuotendo la testa, con un'aria del tutto confusa.

«Stavo per...» inizia a dire Gabby, sentendosi avvampare. È troppo vecchia per vivere una vita così precaria. «Avrei dovuto trovare un lavoro, ma Flynn era così infelice quando il padre se n'è andato, e finché ho avuto accesso ai soldi che Richard aveva messo a disposizione per Flynn, siamo stati bene, ma poi Flynn è diventato difficile e ora non ho più niente. Speravo di trasformare i miei consigli per le altre mamme in un blog o in un sito web e di guadagnare in questo modo, ma ormai è troppo tardi. Non ho niente e devo andare negli Stati Uniti, quindi il favore che mi serve è il denaro, Andrea. I biglietti costano molto e ho bisogno di soldi per sopravvivere e per andare in giro a cercarlo. Avrò bisogno di aiuto per trovarlo, un detective privato o qualcosa del genere, non saprei. So soltanto che non ho soldi e non ho modo di trovare mio figlio, che è scappato per trovare un padre che non vuole vederlo.»

Gabby non riesce a trattenere le lacrime che scivolano via. È tutto tremendo, così tremendo. Si alza di scatto dalla sedia e prende un fazzoletto da una scatola sul bancone della cucina, si soffia il naso e si siede di nuovo, mandando giù il groppo in gola mentre cerca di fermare le lacrime.

«Quanto?» chiede Andrea, «Quanto ti serve?»

Gabby la guarda negli occhi. «Mi servono circa diecimila dollari. Ma te li restituirò, te lo prometto, appena avrò trovato mio figlio, lo convincerò a darmi accesso ai suoi soldi e te li restituirò.»

Dalla bocca di Andrea esce una strana risata che sciocca Gabby. «Cosa ti fa pensare che io abbia tutti quei soldi?» le chiede con evidente incredulità.

«Tu... la casa... Voglio dire, so che è in cattive condizioni, ma so per quanto l'hai comprata: milioni.» dice Gabby, con un senso di terrore strisciante da farle venire il formicolio alla pelle.

Andrea scuote la testa e si alza dalla sedia. «Non è casa mia, Gabby. Appartiene a un amico di mio padre e lui ci fa vivere lì in cambio di un affitto simbolico, che in realtà sta pagando mio padre, in modo da rimetterci in piedi. Io non ho soldi.»

«Non... non capisco.» dice Gabby, perché anche se non riesce a elaborare la cosa, sa che Andrea sta dicendo la verità. Dire a qualcuno che ci si trova in una situazione del genere è umiliante. Le guance di Andrea si tingono di rosa per l'imbarazzo e una cosa che Gabby sa fare molto bene è leggere le persone. Andrea sta sicuramente dicendo la verità. Si maledice per essere stata così stupida da non averlo scoperto prima. Avrebbe dovuto fare due più due. «Cosa intendi con "rimetterci in piedi"?»

«Terry gioca d'azzardo... vorrei dire "giocava d'azzardo", al passato, ma... non lo so.» dice Andrea scuotendo leggermente la testa e guardando la torta intatta sul piatto di fronte a lei. Gabby può sentire, può vedere, quanto le faccia male dire quelle parole. Ricorda l'uomo nell'auto rossa e il modo in cui aveva parlato a Terry. Cercava Terry e non lei. Il sollievo si mescola alla frustrazione. Nessuno la cerca, ma Andrea non ha soldi da darle. È un peccato. Diecimila dollari sarebbero stati solo l'inizio di ciò che le avrebbe chiesto.

«Dice che ha smesso» riprende Andrea, guardando fuori dalla finestra della cucina, «ma non riesco a credergli.»

«Cosa farò?» dice Gabby, guardando il tavolo della cucina, mentre con la mano strofina la macchia di caffè. Le dispiace per Andrea, ma le sue preoccupazioni sono più importanti in questo momento.

«Non lo so» dice Andrea, «non lo so davvero.»

Gabby sente lo stomaco agitarsi e si mette una mano sulla bocca. «Sto per sentirmi male.» dice, e si precipita fuori dalla cucina, correndo verso il bagno, dove chiude la porta e cerca di respirare profondamente.

*Stupida ragazzina*, sente sua madre dirle. *Stupida, stupida ragazzina. Non si è mai preparati al peggio e il peggio arriva sempre. Arriva sempre.*

Che cosa farà da adesso in poi? Come farà a trovare i soldi ora? Si arrovella su un'idea dopo l'altra. Troverà una soluzione. Ci riesce sempre.

# DICIANNOVE

## ANDREA

Seduta nella cucina di Gabby, Andrea guarda la pioggia leggera che cade fuori dalla finestra e non sa se andarsene o meno. Nella sua pancia, Gemma si agita e scalcia. Non riesce a credere di aver detto quelle parole ad alta voce a qualcun altro oltre ai suoi genitori e sua sorella, e che la reazione di Gabby sia stata così esigua alla verità sulla sua vita. Ha sempre immaginato che se qualcuno avesse saputo quello che era successo, lei e Terry sarebbero stati ugualmente emarginati e compatiti. È stato abbastanza facile addurre a giustificazione la stanchezza dovuta al trasloco e, a causa della gravidanza, evitare di frequentare le coppie con cui lei e Terry erano soliti uscire. Ha lasciato che pensassero che si stavano trasferendo in un quartiere migliore e in una casa più grande perché le cose stavano andando bene per loro, invece di dire la verità. Forse avrebbe dovuto semplicemente dire la verità. Forse la gente sarebbe stata più tollerante nei confronti dello sbaglio di Terry di quanto lei pensasse. Tutti hanno dei segreti. Gabby ha taciuto così tanti segreti e adesso ne soffre molto. Andrea pensa per un attimo di chiamare i suoi genitori e chiedere a loro i soldi per Gabby, ma suo padre non sarebbe mai d'accordo. Si tratta di una somma enorme e, anche se Andrea li avesse, non li presterebbe a una persona che conosce da così poco tempo. Con quella somma potrebbe pagare almeno sei mesi di affitto, perciò, se li avesse, li impiegherebbe per questo.

Gabby torna dal bagno e Andrea intuisce dalla leggera patina di sudore sul suo viso che probabilmente ha vomitato, e così le chiede «Stai bene?»

«Mi riprenderò.» risponde Gabby, prendendo il bollitore e preparandosi una tazza di tè alla menta. Andrea la osserva in silenzio mentre si siede e beve un sorso, poi sospira. «Mi dispiace. Non avrei dovuto chiederti dei soldi. Non so nemmeno dove si trovi. Ma come mi è venuto in mente di volare per tutti gli Stati Uniti alla sua ricerca?»

«Sei disperata.» spiega Andrea. «È comprensibile.»

«Sei così fortunata con Jack, così fortunata ad essere ancora nella fase del bambino. Vorrei essere ancora a quell'epoca.»

Andrea annuisce, provando un momento di gratitudine per il fatto che il suo bambino è al sicuro alla scuola materna e che le correrà incontro pieno di gioia quando andrà a prenderlo. Gabby le ha mentito su molte cose, ma anche Andrea sta mentendo a chi fa parte della sua vita. Non è migliore di Gabby, ma Gabby ne sta subendo le terribili conseguenze e lei vuole aiutarla. Lo vuole davvero.

«Se la polizia non può essere di grande aiuto, forse un appello su Internet ti aiuterà a trovarlo.» dice, aprendo il telefono e digitando "aiuto per bambini scomparsi". «Guarda... Ci sono molti siti web dove si possono pubblicare foto di bambini e persone scomparse. Forse qualcuno vedrà la foto di Flynn e potrà dirti dove si trova e almeno saprai dove andare.»

«Mi odierebbe se la sua foto comparisse su un sito del genere.» dice Gabby, scuotendo la testa, «Mi odierebbe irrimediabilmente.» Le sue spalle si incurvano mentre si affloscia sotto il peso del disprezzo di suo figlio, con gli occhi lucidi di lacrime non versate.

«Ma se questo significasse che lo troveresti? Sarebbe sicuramente...»

«No» dice Gabby. «No, devo trovare un altro modo. Non hai idea di cosa significhi. È il mio unico figlio e io non ho fatto altro nella mia vita che accudirlo, e adesso è scappato da me e questo significa che ho fallito nell'unica cosa in cui avrei dovuto essere brava. Jack pensa che tu sia perfetta e Flynn la pensava allo stesso modo, ma ora tutto quello che faccio è sbagliato; ho fatto soltanto errori. Non posso farne degli altri.» Le lacrime di Gabby cadono senza che lei le fermi, colando sul mento e spezzano il cuore di Andrea. In silenzio porge a Gabby un fazzoletto pulito da una confezione sul tavolo e la guarda mentre si asciuga il viso.

«Vorrei poter...» inizia a dire, alla disperata ricerca di qualcosa di confortante.

«Mi dispiace, Andrea» dice Gabby, interrompendola, «ma credo di aver bisogno di un po' di tempo per riordinare le idee.» Si alza e Andrea sa che questo è il suo invito a lasciarla sola.

Gabby l'accompagna alla porta di ingresso e, poco prima di uscire, Andrea si sporge in avanti e l'abbraccia d'impulso. «Farò tutto il possibile per aiutarti. Fammi sapere. Vorrei avere i soldi da darti. Lo vorrei davvero.»

Gabby le restituisce un debole sorriso. «Lo so, e grazie di essermi amica. So che ti ho nascosto molte cose, ma d'altronde... credo che sia stato così per entrambe.»

Andrea annuisce e lascia Gabby, attraversando la strada con la mente in fermento.

A casa guarda i post che Gabby ha scritto su Flynn, prestando particolare attenzione alle foto.

Se le fosse successa una cosa del genere, Andrea non avrebbe esitato a ricorrere a tutta la rete per rintracciare suo figlio. Vorrebbe che tutto il mondo lo cercasse.

Gabby è stata così gentile con lei e anche se le sue bugie l'hanno fatta arrabbiare, nascondere la verità su quanto sia incasinata la propria vita è quasi diventato uno sport al giorno d'oggi. Instagram e Facebook sono pieni di persone che fingono di essere perfette e di vivere una vita perfetta.

Si dirige verso la cucina e comincia a sistemare i piatti nella lavastoviglie. Se avesse i soldi, li darebbe a Gabby?

Andrea smette di rimettere a posto e sprofonda su una sedia della cucina, desiderando il suo letto e il beato ristoro di un sonnellino. La casa è così in disordine nonostante le pulizie fatte di recente. Jack può mettere a soqquadro una stanza in pochi minuti e in questi giorni lei lascia in disordine invece di riordinare immediatamente. È diventata una pessima casalinga. E secondo Terry, è anche una cattiva moglie e tutto questa tensione fa male alla bambina, quindi spunta anche la casella "cattiva madre". Non vorrebbe dover aggiungere anche "cattiva amica". Deve esserci qualcosa che può fare per aiutare Gabby, qualcosa che possa fare la differenza. Chiude gli occhi e immagina Gabby che la ringrazia per averla aiutata a riportare a casa suo figlio. Sarebbe così bello avere la sensazione di aver fatto qualcosa di buono. È terribile sentire qualcuno affermare di aver commesso solo errori. Nessuna madre è perfetta e qualsiasi cosa Gabby abbia fatto, che suo figlio ritiene sbagliata, non si merita di perderlo per sempre. Deve esserci un modo per trovarlo, così che possano provare a ricucire il loro rapporto.

Il suo telefono sul tavolo di fronte a lei si illumina all'arrivo di un'e-mail dalla scuola materna riguardo a una giornata dedicata ai costumi. Quando lo schermo si illumina vede la foto di Jack e all'improvviso ha un lampo di ispirazione, un'idea su come aiutare Flynn.

Gabby dice che suo figlio la odierà se la sua foto apparirà sui siti web dedicati alle persone scomparse, ma non potrebbe odiare Gabby se non fosse Gabby a farlo.

Se funziona, Gabby le sarà grata e anche se Flynn non tornerà a casa e chiamerà per lamentarsi con la madre per aver messo la sua foto sul sito, almeno Gabby saprà che è al sicuro. E

Gabby può sempre dare la colpa a lei per averlo fatto. Sorride di fronte alla genialità dell'idea, poi prende una foto di Flynn di una settimana fa e comincia a mettere la sua immagine su quanti più siti possibile, assicurandosi di dichiarare che si trova da qualche parte negli Stati Uniti e di riferirsi a lei, ma incoraggiando chiunque lo vedesse a contattare la polizia.

Forse qualcuno, da qualche parte, saprà qualcosa e almeno lei avrà contribuito in qualche modo.

Tra poche ore dovrà andare a prendere Jack a scuola, così si prepara del formaggio tostato con pomodori a fette. Fino all'inizio della gravidanza non le erano mai piaciuti i pomodori, ma ora li adora.

Dopo aver mangiato, si sdraia sul divano per qualche minuto, assicurandosi di mettere due sveglie per non tardare ad andare a prendere Jack. La berlina rossa entra nei suoi sogni e anche nel sonno si chiede se Terry le stia dicendo la verità.

Svegliandosi poco prima di una delle due sveglie, viene colta da una contrazione che le toglie il respiro. Aspetta qualche minuto, respira lentamente e presta attenzione al suo corpo, ma il dolore è già passato e si alza con gratitudine. Non vuole che la bambina arrivi prima di aver avuto il tempo di organizzarsi. Sarà meglio che entri in travaglio quando Terry è a casa, in modo che lui possa far venire sua cugina Patricia a fare da babysitter a Jack. Patty ha sempre voluto bene a Jack e si è offerta di essere presente all'arrivo della bambina quando ha saputo che Andrea era di nuovo incinta.

Accusa molto la sua solitudine, la famiglia e gli amici che vivono così lontano. «Rimani dove sei finché non avrò organizzato l'arrivo della cugina Patty.» dice alla bambina mentre si alza e si avvia verso l'auto per andare a prendere Jack. Il viaggio è tranquillo, la berlina rossa non è in vista.

«Oggi è stato il giorno perfetto, perfetto.» grida Jack quando la vede, correndo verso di lei e raggiungendola per farsi prendere in braccio. Lei sa che probabilmente non dovrebbe sollevarlo, ma lo fa lo stesso. Intanto lui le racconta di aver costruito un castello nella sabbiera e di aver trovato il suo nome nascosto in tre cose oggi, cosa che la sua maestra fa quando li prepara a imparare a leggere.

«Ho mangiato il mio panino e la mia frutta, ma poi mi sono caduti per terra dei cracker e Miss Lange ha detto che non potevo più mangiarli, quindi, voglio dei cracker quando arriviamo a casa.» annuncia Jack mentre lei si mette alla guida.

«Va bene.» concorda lei. «Avrai i cracker.» Una contrazione le attanaglia la pancia, stringe forte, e lei ansima.

«Cosa c'è che non va, mamma?» chiede Jack.

«Niente, tesoro, niente.» dice mentre cerca di respirare tra le fitte del dolore. Non ora, non ancora. Mi serve più tempo.

Quando accosta al vialetto di casa, il dolore è di nuovo sparito e lei guarda il telefono. Quanto tempo è passato dall'ultimo episodio? Scende dall'auto, si chiede se abbia sentito davvero qualcosa, ma mentre prende lo zaino di Jack un'altra fitta la coglie all'improvviso, e quasi cade in ginocchio mentre si lascia sfuggire un gemito.

«Mamma?» chiama Jack, con la sua vocina preoccupata che le arriva forte all'orecchio.

«Andrea.» sente, e Gabby appare al suo fianco, aiutandola a rimettersi in piedi. «Stai bene? Sono le doglie?»

«Non lo so.» Andrea respira lentamente mentre il dolore si attenua. «Non lo so. È presto, ma potrebbe essere... Potrebbe essere. Devo mandare un messaggio a Terry, così può chiamare sua cugina.»

«Intanto lascia che ti aiuti, dammi le chiavi così posso aprire la porta d'ingresso. Forza, Jack, entriamo in casa. Dai, fa freddo qui fuori.» Andrea le porge le chiavi che tiene strette in mano. Non c'è più la Gabby devastata di questa mattina, la sua voce è sicura e padrona della situazione. Andrea le lascia aprire la porta di casa sua e poi sprofonda sul divano mentre la sente parlare con Jack: gli dice di lavarsi le mani e gli prepara la merenda. La sua cucina è ancora in disordine dalla colazione, ma non può lasciarsi turbare da questo, ora. Chiama Terry ma le risponde la segreteria telefonica, così lo chiama ancora e ancora e ancora. Perché non risponde?

Presa dalla disperazione, chiama il negozio.

«Wilson Electronics, parla Baz. Come posso aiutarvi?» risponde il responsabile.

«Oh» dice lei, sentendosi arrossire. Si sente sempre un po' agitata quando parla con Baz, come se potesse inavvertitamente lasciarsi sfuggire le malefatte di Terry e farlo licenziare. «Ciao, Baz, scusa se ti disturbo. Stavo solo cercando Terry... volevo...»

«Terry non è venuto oggi.» dice Baz, con un tono che passa in un secondo da manager amichevole a capo severo. «Si è dato malato. Non è malato? Ha detto che ha un brutto raffreddore.»

«Io... io...» balbetta Andrea e, non sapendo cosa fare, riattacca il telefono.

Gabby passa dalla cucina al soggiorno. «Jack sta giocando con l'iPad. Spero che non sia un problema. Ho pensato che avessi bisogno di qualche minuto per chiamare tutti.»

«Non riesco a contattare Terry.» dice Andrea, con mille pensieri che le passano per la testa. Dov'è? Cosa sta facendo? Come ha potuto farle questo adesso? Sapeva che mancava poco all'inizio del travaglio ormai.

Allora controlla l'app, ma Terry ha disattivato la sua posizione. Questa mattina, quando hanno parlato, le ha mentito su dove si trovava. Ha mentito e ha ignorato le sue preoccupazioni sull'uomo nella berlina rossa. Non riesce nemmeno a pensare a come affrontare la situazione. All'improvviso si sente bruciare e si tira la maglia, per far passare un po' d'aria sulla pelle.

«Dimmi cosa vuoi che faccia.» dice Gabby, e Andrea si morde il labbro, cercando di riordinare le idee.

«Devo andare in ospedale nel caso si tratti di travaglio, ma ho anche bisogno di qualcuno che stia con Jack mentre cerco di contattare Patricia.»

«Posso stare io con lui e posso chiamarti un Uber o accompagnarti, qualunque cosa ti serva.» le assicura Gabby.

Andrea è così grata della presenza di Gabby che vorrebbe piangere, ma non può crollare adesso. «Io chiamo un Uber.» dice, alzandosi lentamente, «Tu resta con Jack e racconta a Terry quello che è successo quando torna a casa.» Riflette per un momento. «Se torna a casa.» aggiunge piano. Tutto ciò che temeva sta accadendo, i suoi peggiori incubi diventano realtà. Non c'è nessuno ad aiutarla e suo marito sta sprecando i pochi soldi che hanno invece di starle vicino per farla sentire come se la situazione fosse sotto controllo.

«Oh, Andrea, tesoro, mi dispiace così tanto, ma non preoccuparti. Andrà tutto bene. Tu vai dove devi andare e io mi occuperò di tutto.»

Andrea sa che l'unico modo per non crollare in una cascata di lacrime è continuare a muoversi, così chiama un Uber e va in camera da letto a prendere la borsa per l'ospedale, fermandosi solo per dare un bacio a Jack mentre esce e per dirgli di fare il bravo e di ubbidire a qualsiasi cosa Gabby gli dica di fare. Riflette un attimo su ciò che Gabby sta affrontando in questo momento, sulla perdita che sta cercando di affrontare, ma non può mettere in pericolo la sua bambina. Le torna in mente l'ultima volta che ha lasciato Jack con Gabby, ma questa volta non andrà nello stesso modo. Si conoscono meglio e Andrea avrà il telefono a portata di mano; d'altronde non ha nessuna alternativa: suo marito non risponde alle sue chiamate.

Nell'Uber chiama Patricia, che non risponde, quindi le manda un messaggio, supponendo che Patricia sia a lavoro nella casa di riposo dove è la responsabile delle attività. Per tutto il tragitto verso l'ospedale chiama più volte il telefono di Terry. Il viaggio verso l'ospedale dura venti minuti e solo una volta arrivata all'interno dell'edificio si rende conto di non aver avuto nemmeno un accenno di dolore. Si è concentrata così tanto sui messaggi da inviare e sul tentativo di rintracciare Terry che non si è accorta dell'assenza di dolore. Era in travaglio oppure no? Ha sentito dire che a volte lo stress estremo può impedire al travaglio di progredire. E lei è molto stressata in questo momento.

Vorrebbe semplicemente girare i tacchi e tornare a casa, ma quando entra nella sala d'attesa del pronto soccorso, un'infermiera le viene incontro. «Posso aiutarla? Come mai è qui?», chiede, osservando la pancia di Andrea.

«Non sono sicura... Penso di avere le doglie, ma non ne sono sicura.»

«È meglio scoprirlo.» dice l'infermiera, e Andrea sente svanire la possibilità di tornare a casa.

Il pronto soccorso è in continuo andirivieni, a seconda delle ore del giorno. Vede un sacco di madri con bambini in età scolare sedute in attesa sulle sedie di plastica grigia. Andrea viene sottoposta immediatamente a procedura di triage; viene accompagnata in una piccola stanza dove c'è una sedia e una macchina per la pressione sanguigna e un'infermiera gentile dalla voce confortante con i capelli raccolti in uno chignon ordinato.

«Prima controlliamo la pressione arteriosa.» dice l'infermiera e Andrea può immaginare quanto sarà alta, mentre il suo cuore accelera al pensiero di tutte le possibilità per sapere dove si trova suo marito e cosa sta facendo.

# VENTI
## GABBY

Si sente meglio quando Andrea è al sicuro nell'Uber diretto all'ospedale. Tutti i pensieri su Flynn e su quello che lei dovrà fare per ritrovare suo figlio scompaiono per qualche minuto. Ma quando Andrea se ne va e lei rimane con Jack, che ridacchia di gioia ogni volta che riesce a indovinare la prima lettera di una semplice parola nel gioco sul suo iPad, il pensiero del figlio la consuma di nuovo.

Andrea non ha soldi e non può aiutarla in alcun modo. Ha valutato male la situazione. Ma la sua pagina Facebook è ancora attiva. Non è una persona che affronta la vita solo con un piano A. Ha già un'infinità di altre idee che stanno nascendo.

Seduta sul divano di Andrea che odora di muffa, apre il telefono e carica un messaggio già pronto, che ha scritto e riscritto questa mattina fino a quando non è stata sicura che avesse il tono giusto e che le avrebbe fatto ottenere l'aiuto di cui aveva bisogno.

*Questo sarà probabilmente il mio ultimo post su questa pagina. So che solo di recente ho raccontato di avere diffi-*

coltà con mio figlio, ma la verità è che le cose non sono
state facili per molto tempo.

Gli adolescenti possono essere complicati da gestire.
Sono in balia dei loro ormoni e del loro bisogno di indi-
pendenza, ma la verità è che non sono ancora pronti. Si
spingono oltre i limiti e ti fanno pressione su tutto e per
la maggior parte dei genitori è facile capire che c'è una
luce alla fine del tunnel. A un certo punto la fase difficile
termina, come ho letto e come certamente avrete letto e
riletto più volte anche voi. Ma per me non c'è luce. Non
c'è fine a questa situazione perché mio figlio, il mio
bellissimo figlio, mi ha lasciata. È scappato per andare da
suo padre, pur sapendo che suo padre non è interessato a
lui. Ho tenuto nascosto il nostro divorzio perché me ne
vergognavo tanto, ma per quanto brutto sia stato, non è
nulla in confronto a questo dolore, il dolore di perdere
mio figlio. Ha lasciato l'Australia per andare negli Stati
Uniti e io non ho idea di dove sia andato o di come fare
per riportarlo indietro.

L'unica cosa di cui sono sicura è che se riuscirò a
raggiungere gli Stati Uniti, se riuscirò a prendere un
aereo e ad arrivarci, avrò la possibilità di trovarlo e di
pregarlo di tornare a casa. Ma non ho i soldi per questo
viaggio. Tutto quello che ho l'ho dato a mio figlio, e non
ho i soldi nemmeno per un semplice biglietto aereo.
Quindi, anche se ho giurato che non avrei mai fatto una
cosa del genere, chiedo il vostro aiuto. Ho creato una
pagina su GoFundMe. So che questo è un periodo di
ristrettezze economiche per tutti. So che tutti abbiamo i
nostri problemi, ma anche pochi dollari mi aiuteranno: vi
sarò eternamente grata per qualsiasi cosa possiate dare.

Gabby esita un attimo prima di aggiungere il link alla
pagina che aveva creato a malincuore questa mattina dopo aver

parlato con Andrea. Dove altro avrebbe potuto trovare i soldi? Ci sono migliaia di persone che la seguono. Se tutte donassero anche solo dieci dollari, lei potrebbe prendere un volo e avere un po' di denaro per finanziare la sua ricerca. Sicuramente ci sarà qualcuno disposto a donare anche soltanto una piccola somma. Basterebbe il prezzo di una tazza di caffè per aiutarla. Ci pensa su e poi aggiunge questo pensiero al post. Quando si riduce il denaro al semplice prezzo di un caffè, la maggior parte delle persone si sente in imbarazzo a non fare una donazione.

Fa un respiro profondo e carica il post, sapendo che le critiche arriveranno numerose e veloci, ma sapendo anche che non mancheranno le persone disposte ad aiutarla, perché ci sono sempre persone disposte a dare una mano. Le ci sono volute ore per convincersi a farlo. Ma non c'è altra scelta. Ha bisogno di soldi e deve trovare Flynn. Immagina suo figlio che vaga in un aeroporto senza sapere dove andare e cosa fare, con le lacrime agli occhi, mentre cerca di mascherare il suo stato di confusione, e il suo cuore si spezza per lui. Se solo si fosse fermata quando lui le aveva chiesto di farlo. Pubblicherà un altro post se non riuscirà a raccogliere abbastanza donazioni sulla pagina GoFundMe di questo primo messaggio.

Il primo commento viene da una donna di Melbourne. *Mi dispiace molto per quello che ti è successo. Posso darti solo dieci dollari, ma spero che ti aiutino a risolvere la situazione.*

Gabby clicca su "cuore" per far sapere alla donna quanto le è grata, e poi arriva un altro commento, e un altro e un altro ancora. Gli importi sono tutti piccoli, nient'altro che spiccioli, ma lei ha migliaia di follower e ogni piccolo contributo le sarà utile. Torna sulla pagina GoFundMe e osserva l'importo che aumenta e raggiunge già i trecento dollari.

Compaiono anche i guerrieri da tastiera che la provocano.

*Non dovresti chiedere aiuto agli altri per sistemare i tuoi casini.*

*Hai sempre detto a tutti cosa fare! Come ti azzardi a dare consigli quando la tua stessa vita è un tale casino?*

*Sei falsa, come madre e come persona.*

L'ultimo commento la fa trasalire, ma poi guarda di nuovo la pagina delle offerte e la cifra continua a salire. Alcune parole di rabbia sono un piccolo prezzo da pagare. Ha fissato la cifra di cui ha bisogno a cinquemila dollari, quanto basta come punto di partenza.

«Ho finito il gioco, e adesso?» chiede Jack, e Gabby sorride al bambino mentre dentro di lei sboccia un'idea così perfetta che le viene da ridere per l'assoluta genialità di cui è capace. «Andiamo a casa mia così potrai giocare con i dinosauri.» dice e Jack la accompagna felicemente dall'altra parte della strada, dove viene presto distratto dai dinosauri mentre crea un mondo in cui farli scorrazzare.

Seduta al tavolo della cucina, lo guarda e intanto fa quello che deve fare, finché il suo piano non prende forma. Mezz'ora più tardi è pronta. «È ora di fare i bagagli.» dice a Jack.

«Ma cosa posso fare adesso?» chiede lui mentre raccoglie con riluttanza i dinosauri.

«Ora io e te vivremo insieme una meravigliosa avventura.» annuncia. Il sorriso di Jack è l'unico segno di cui ha bisogno per capire che è la cosa giusta da fare.

È sempre stata questa la sua intenzione? Probabilmente sì. Ha lavorato per questo da quando ha incontrato Andrea, senza nemmeno rendersene conto.

Richard si arrabbierà con lei, questa volta nella vita reale, ma a lei non importa. Questa cosa è diversa da qualsiasi altra che abbia mai fatto prima. Tuttavia, sente il bisogno di fare un gesto drastico, un gesto radicale. *Tu, tu, tu, tu, ruota sempre tutto intorno a te! Sei una ragazzina egoista e malvagia.* Una fitta di dolore le attraversa la schiena nel punto in cui il bastone aveva colpito e le aveva fratturato una costola. Era stata riportata a casa da una poliziotta.

Sua madre aveva aperto la porta, con il volto già tracciato da linee sinistre, consapevole che sua figlia aveva combinato, ancora una volta, qualcosa che l'avrebbe fatta vergognare: aveva cercato di rubare un'auto. Una mossa sciocca, visto che ci capiva poco e nulla di come si guidava, ma stava cercando un modo per andarsene. Naturalmente, era stata sorpresa proprio mentre rompeva il finestrino del passeggero posteriore con un mattone. Le viene da sorridere con indulgenza al ricordo della ridicola adolescente che era, ma anche che era consumata da un terribile, disperato bisogno di fuggire.

Sua madre l'aveva spedita in camera sua ed era rimasta a parlare con la poliziotta, stabilendo che si sarebbe assicurata che si presentasse in tribunale per le accuse che le erano state mosse. Poi la donna che l'aveva messa al mondo era entrata nella sua stanza, l'aveva trascinata fuori e gettata a terra; poi aveva scatenato la sua furia. Per Gabby era stato più facile rimanere sdraiata finché non fu tutto finito.

All'epoca aveva quindici anni e aveva aspettato che sua madre si addormentasse per sgattaiolare fuori dal piccolo appartamento, all'aria aperta, che fortunatamente era calda nella notte estiva. Sentiva dolore in tutto il corpo e respirare troppo profondamente le sembrava impossibile. Aveva portato con sé solo uno zaino e la consapevolezza che non doveva più tornare a casa. Avrebbe dovuto camminare fino a raggiungere un altro stato. Non era stato facile, ma Richard era corso in suo aiuto.

C'è una persona su cui ha sempre potuto contare: Richard. Il suo amore per lei non cambierà mai e non morirà mai. Anche se si arrabbierà, le farà la predica sull'errore che è determinata a commettere, alla fine la perdonerà. Lo fa sempre.

Flynn è scappato, ma ha sedici anni ed è quasi un adulto. Jack ha solo tre anni, è dolce e adorabile. Verrà benissimo in fotografia.

# VENTUNO

## ANDREA

Oggi

Due ore dopo, Andrea sta tornando a casa, con il telefono stretto in mano mentre cerca continuamente di contattare Terry. All'ospedale erano stati tutti gentili, preoccupati e pazienti, dalla prima infermiera che aveva preso tutti i suoi dati e le aveva controllato la vertiginosa pressione sanguigna, alla specializzanda in ostetricia che era arrivata appena possibile e l'aveva visitata. Fortunatamente, mentre era sdraiata sul lettino e si esercitava a calmare la mente, la pressione sanguigna era scesa abbastanza da convincere tutti a rimandarla a casa.

Era andata su Facebook per cercare di distrarsi; vedere il post di Gabby su suo figlio e la richiesta di aiuto sincera e aperta della sua amica le aveva spezzato il cuore. Nonostante tutto quello che Gabby stava passando, continuava ad aiutare Andrea prendendosi cura di Jack. Così, pur sapendo di avere poco denaro a disposizione, Andrea aveva cliccato sul link e aveva donato dieci dollari, così almeno aveva la sensazione di aver contribuito.

Grazie al cielo la bambina stava bene. Aveva avuto contrazioni di Braxton Hicks e la pressione sanguigna era scesa abbastanza rapidamente da permettere al personale medico di dirle che poteva andarsene, ma che avrebbe dovuto chiamare il suo medico per fissare un appuntamento l'indomani.

«Non potete ricoverarmi. Non ho nessuno che si prenda cura di mio figlio.» aveva spiegato, e la devastante verità di quelle parole le aveva fatto desiderare di sentirsi male. Terry non rispondeva al telefono e non era al lavoro.

«Le è capitato niente di simile con il primo bambino?» le aveva chiesto la giovane specializzanda dagli occhi scuri.

«Ho avuto un falso allarme, ma mancavano ancora cinque settimane, quindi ero davvero preoccupata che potesse esserci un problema. Non sapevo cosa aspettarmi. Ora manca solo una settimana, quindi ho pensato che fosse arrivato il momento.»

«Sì, l'avrei pensato anch'io, ma non è ancora dilatata e la bambina non è ancora in posizione. Può succedere molto rapidamente, ma credo che le manchino ancora alcuni giorni. Non è una scienza esatta, ma se va a casa e si mette comoda, probabilmente è meglio. Prima di lasciarla andare via, farò alcuni esami per assicurarmi che sia tutto a posto. C'è qualcuno che vuole che contattiamo per lei?»

Sdraiata sul lettino duro e che emanava un forte odore di ospedale, Andrea aveva fissato il soffitto scuotendo la testa, cercando di non piangere.

«Bene, allora non dovrebbe volerci ancora molto.» aveva detto la dottoressa, toccandole delicatamente la mano come se capisse un po' della sua paura e della sua preoccupazione; non aveva idea di tutto ciò che Andrea stava affrontando, di quanto fosse terrorizzata.

Andrea si era sottoposta in silenzio alle analisi del sangue e delle urine, concentrata sul marito scomparso e sul controllo della rabbia per non far salire di nuovo la pressione. Aveva ringraziato Dio per la presenza di Gabby e aveva mandato un messaggio a Patricia per farle sapere che si era trattato di un falso allarme. Patricia aveva risposto con un pollice in su e un messaggio:

*Non vedo l'ora di passare del tempo con il piccoletto. Se non dovessi rispondere nell'immediato, questo è il numero della reception della casa di riposo. Possono sempre contattarmi. Xx*

La gentilezza del messaggio rendeva più difficile per Andrea non piangere. Non avrebbe dovuto essere lei a contattare Patricia.

Sono passate le sei quando finalmente è sulla strada di casa e manda un messaggio a Gabby per avvisarla, ma non riceve risposta. Spera che Gabby abbia dato la cena a Jack. Il pensiero di dover fare una cosa qualsiasi, a parte scivolare nel letto, è opprimente. Terry non ha ancora risposto al telefono.

«Ce la fa a scendere da sola?» le chiede l'autista dell'Uber mentre si ferma davanti alla sua casa immersa nella penombra.

«Sì, ce la faccio, grazie.» risponde, prendendo la borsa e raggiungendo il vialetto d'ingresso il più velocemente possibile. Vuole entrare in casa, al riparo dal freddo e lontano dall'espressione apprensiva dell'autista.

Sembrano tutti in pensiero per lei, tranne l'uomo che dovrebbe esserlo più di tutti. Suo marito non si vede da nessuna parte.

Accende le luci mentre attraversa la casa e ripone la borsa nell'armadio della camera da letto, in attesa di uscire di nuovo quando partorirà davvero. L'ha tenuta pronta per settimane, per ogni evenienza. Gabby non ha ancora risposto.

Andrea vorrebbe farsi una doccia e bere qualcosa di caldo, ma non sarebbe corretto nei confronti di Gabby lasciarle Jack ancora a lungo.

Rimane immobile per un momento, chiude gli occhi e respira profondamente. *Posso farcela. Ce la farò. Prenderò Jack e poi chiamerò i miei genitori per farli venire a Sydney domani, in modo che siano qui per la nascita. Affronterò la situazione e andrà tutto bene.*

Va in soggiorno, accende il riscaldamento per alzare la temperatura della casa e poi apre la porta d'ingresso, accende la luce esterna, con il telefono ancora in mano. Il vento autunnale la schiaffeggia, quasi quasi prenderebbe il cappotto, ma poi decide di non farlo.

Si trova in piedi davanti alla porta di casa, con le chiavi in mano, quando l'auto, la berlina rossa con una portiera spaiata, sfreccia in strada stridendo fino ad arrestarsi davanti a casa sua, riempiendo l'aria con il rumore e l'odore della gomma bruciata. Il lampione sfarfalla come se fosse danneggiato e lei stringe le chiavi che tiene in mano, con il cuore che batte all'impazzata.

Il vento sferza la casa, spargendo foglie marroni e fradice, mentre l'auto si ferma con il motore al minimo davanti a casa sua, ruggendo minacciosamente nel buio. Andrea sente il cuore che le rimbomba in gola, rendendole impossibile la deglutizione.

Una portiera posteriore si apre e lei, congelata e con i muscoli tesi, strizza gli occhi, cercando di guardare all'interno.

Terry sbuca dal sedile posteriore e il suo corpo cade sulla strada in maniera scomposta. Con la portiera ancora aperta, l'auto si lancia nella notte, lasciando dietro di sé l'odore di pneumatico consumato e suo marito accasciato a terra.

Non riesce a muoversi, non riesce nemmeno a pensare a cosa fare, mentre la bambina dentro di lei scalcia freneticamente.

Terry non si muove e le parole "è morto" le affollano la mente. Si dirige verso di lui, tenendo le chiavi così strette in mano che le tagliano la pelle. Quando lo raggiunge, lui geme, si distende e la guarda: ha entrambi gli occhi gonfi e tumefatti, si vedono lividi nerastri nel bagliore giallo del lampione.

Si guarda intorno, sollevata dal fatto che non ci sia nessun altro in strada, sollevata dal fatto che siano soli, mentre si sforza di trovare qualcosa da dire, qualcosa da fare.

I loro sguardi si incontrano e lui si alza, lentamente, zoppicando con sofferenza, va verso di lei. Lei fa un passo indietro.

«Ho fatto un casino.» dice lui, con la voce roca. «Ho fatto un gran casino.»

Tutti i suoi timori, tutte le sue paure, danzano intorno a lei nel vento. Eccolo qui, il peggiore degli scenari. Non solo quell'uomo nel garage, non solo la casa da vendere, non solo una dipendenza di cui non era a conoscenza; c'era anche di peggio. Perché adesso non hanno niente da vendere e non hanno modo di arrangiarsi, e anche se lui lo sapeva, anche se ne rendeva conto... lo aveva fatto di nuovo.

Ogni mattina ha baciato suo figlio e lascito la sua famiglia in una casa che è loro solo perché qualcun altro la paga, ha preso i soldi guadagnati e se li è giocati, in un perverso circolo vizioso, come un cane che si morde la coda. Per tutte queste settimane ha guadagnato delle commissioni, probabilmente non le ha detto delle vendite importanti, e invece di mettere da parte i soldi per l'affitto futuro, li ha sperperati.

Ha prelevato piccole somme dal loro conto più e più volte, sperando che lei non se ne accorgesse e poi le ha urlato contro quando lei lo ha capito. E poi, quando non ha avuto più nulla per alimentare il suo vizio, si è rivolto a quel tipo di persone che ti picchiano e ti spezzano le dita. Ha accettato prestiti che non può restituire, ben sapendo cosa gli faranno, per vivere l'eccitazione di una vittoria in una partita di football. Ora la sua vita è in pericolo, e per estensione anche quella di lei. Di lei e di Jack. Un pensiero orribile in una frazione di secondo le viene in mente: *Vorrei che ti avessero ammazzato.*

Lui china il capo, appesantito dalla vergogna. Lei non lo conforta, non intende cercare di comprendere le sue ragioni.

«Jack è con Gabby.» gli dice. «Sono andata... Jack è con Gabby. Devo andare a prenderlo.»

Attraversa di corsa la strada, lasciando il marito in piedi in giardino. A casa di Gabby tutte le luci sono accese e quando si avvicina si accorge che la porta d'ingresso è aperta.

«Gabby?» chiama entrando. «Sono Andrea... Gabby?» Dalla porta aperta entra il vento che raffredda l'aria. La casa di Gabby ha un aspetto sottilmente diverso, anche se Andrea non riesce a dire in che modo. È tutto uguale e allo stesso tempo non lo è.

Continua a perlustrare la casa silenziosa e riprende fiato quando arriva all'entrata del soggiorno.

Piccole cose le saltano all'occhio, come il paesaggio appeso al muro, la porta del bagno aperta e un piatto spaccato a terra, la poltrona spostata dal suo posto. Tutte le fotografie con la cornice d'argento sono sparite, non ne è rimasta nessuna. Si muove per il soggiorno. Sul pavimento vicino al divano c'è una pila di cornici d'argento, con i vetri incrinati o rotti, tutte vuote, frammenti di vetro sono sparsi sul tappeto blu.

A parte il disordine, la casa sembra una tela bianca, come se non ci vivesse nessuno, ci sono solo i mobili.

Andrea ha una stretta al petto e il cuore accelera mentre si dirige verso la cucina, dove il caos regna ovunque. Tutte le ante degli armadietti sono aperte come se qualcuno avesse cercato qualcosa. Nel lavello c'è una tazza rotta e il bicchiere di plastica blu che Gabby usa sempre per dare da bere a Jack. Andrea guarda più da vicino, convinta di vedere una macchia di sangue rosso sulla tazza. Una sedia della cucina giace su un fianco e la tovaglia dorata è appallottolata in un mucchio sul pavimento. Il suo piede si inclina mentre calpesta qualcosa di piccolo, e guardando per terra vede un dinosauro, e poi ne vede un altro e un altro ancora; sono sparsi dappertutto. Che cosa è successo qui?

«Gabby» continua a chiamare mentre si dirige verso le scale, «Gabby!» grida in preda al terrore, con il cuore che le batte forte mentre sale in fretta le scale rivestite di moquette blu. «Gabby... Jack, Jack, Jack!»

La casa è vuota. Nella camera padronale gli armadi sono

stati tutti spalancati, ma i vestiti sono ancora in ordine. Avvicinandosi, Andrea cerca di vedere se riconosce qualche vestito di Gabby, ma non trova niente di familiare. Ci sono anche abiti che sembrano appartenere a un uomo, ma non è possibile. Richard non ha mai vissuto qui.

Si dirige rapidamente verso la seconda e la terza camera da letto, una delle quali appartiene ovviamente a Flynn, ma non c'è nessuno. Non può credere che stia succedendo di nuovo. Le si contorce lo stomaco e si precipita verso il bagno, spalancando le porte perché non è sicura di quale sia; prima apre la porta di un armadio per la biancheria e poi quella di uno studio al piano superiore e alla fine raggiunge il bagno, dove cade in ginocchio e vomita fino a non avere più nulla nello stomaco. Dov'è suo figlio? Dov'è?

In piedi, lentamente, con le gambe tremanti e il viso coperto di sudore, Andrea si avvicina al lavandino e si sciacqua la bocca. Riflessa nel mobile a specchio vede una donna completamente smarrita, con i capelli sciolti e le labbra violacee. È intorpidita dalla paura e non riesce a muoversi.

Senza pensarci, apre lo sportello: non contiene niente di particolarmente diverso dal suo armadietto dei medicinali, ma sul ripiano superiore c'è una piccola confezione di pillole, la prende, e guarda l'etichetta.


*BEN JAMESON: PRENDERNE DUE AL GIORNO FINO AL TERMINE.*


Nella scatola c'è rimasta solo una pillola nella sua confezione. Ben, chiunque sia, ha evidentemente saltato l'ultima pillola e non ha buttato via la confezione. Ma chi è Ben? Se Gabby ha preso in affitto questa casa, come lei ha preso in affitto la sua, perché i proprietari avrebbero lasciato alcune cose?

«Andy» sente Terry che la chiama dal piano di sotto. Si avvia fuori dal bagno, prendendo le scale con cautela, mentre tutto dentro di lei si agita. Tra lei e lui, fanno a gara a chi è ridotto peggio.

«Ho letto, ho ricevuto... tutti i tuoi messaggi. Non capisco: dov'è Jack?»

«Dobbiamo chiamare la polizia.» dice Andrea. «Credo che Gabby l'abbia portato via e io non...» inizia a piangere ma si morde il labbro per fermare le lacrime, «non so chi sia veramente o cosa stia succedendo. Dove sei stato, Terry? Tutto il giorno... dove sei stato?» Alla fine, si arrende con se stessa, si accascia sul gradino più basso, appoggia la testa su una mano e lancia un profondo grido gutturale. È esausta e debole e non ha idea di come trovare suo figlio. Terry le sfiora una spalla con una mano, mentre lei piange, e le ripete: «Mi dispiace tanto, mi dispiace tanto. Gli ho assicurato che avrei recuperato i soldi e loro hanno detto che avrebbero lasciato te e Jack in pace se mi fossi procurato i loro soldi, ma io...»

Dopo qualche minuto, Andrea stringe i pugni e si alza in piedi, sospirando. «Dobbiamo chiamare la polizia. O lo ha preso Gabby oppure lo hanno preso gli uomini a cui devi quei soldi. Dobbiamo trovarlo. Abbiamo bisogno della polizia.»

«Mi uccideranno, Andy. Se dico a qualcuno che oggi sono stato sequestrato, mi uccideranno.» I suoi occhi azzurri si spalancano per il terrore.

Un'ondata di furore si scatena dentro di lei. Alza le mani e schiaffeggia il marito sul viso, e poi gli prende a schiaffi il petto e il braccio e ogni altro lembo di pelle che riesce a colpire, con la paura e l'adrenalina che la spingono a fare qualcosa che non ha mai immaginato di fare. «Non m'importa, non m'importa, non m'importa.» urla. «Il mio bambino, il mio bambino è sparito per colpa tua!»

«Ti prego, Andy, ti prego. Mi dispiace, mi dispiace.» dice lui, coprendosi il viso con le mani, e lei si ferma per prendere fiato, sentendo la bambina dentro di lei spingere furiosamente come se cercasse di scappare. Che tipo sarà questa bambina? Che tipo di persona nascerà da tutto lo stress, la paura e la tristezza che Andy le ha trasmesso?

Fa un passo indietro, lontano da Terry, e stringe i denti. Le sue parole fuoriescono in un sibilo strozzato. «Non mi interessa.» ripete. «Non mi interessa.» In questo momento, lo desidera morto. Lei scambierebbe la sua vita con quella di Jack in un secondo, ma sa che Terry non sarebbe disposto a fare la stessa cosa. Se così fosse, non avrebbe mai fatto quello che ha fatto, non avrebbe mai messo la sua famiglia in pericolo in questo modo.

Lascia Terry in mezzo all'ingresso, attraversa la strada, entra in casa sua, trova il telefono nella borsa e compone immediatamente il numero per contattare i servizi di emergenza.

«Mio figlio è stato rapito.» dice all'uomo che risponde al telefono. «Ha solo tre anni ed è stato rapito.»

E poi rimane in piedi, in mezzo alla casa, con la porta d'ingresso aperta, a guardare Terry che torna zoppicando dall'altra parte della strada con il telefono premuto contro l'orecchio, sicuramente nel tentativo di scoprire se quelli a cui deve dei soldi hanno preso suo figlio. L'aria serale è gelida. Nuvole dense coprono le stelle e solo il leggero bagliore dei lampioni avvolti nella penombra permette di vedere qualcosa.

Andrea risponde a una domanda dopo l'altra fino a quando l'uomo le dice: «Arriveranno presto.» e lei può riattaccare e lasciarsi cadere sul divano e aspettare. Ha la nausea ed è esausta, sconfitta da tutti gli eventi che hanno stravolto la sua vita, non soltanto oggi ma negli ultimi nove mesi, vorrebbe chiudere gli occhi e non svegliarsi più.

Cosa farà se Jack non tornerà mai a casa? Se il suo bambino dagli occhi azzurri non siederà mai più al tavolo della colazione, cantando la canzone che ha inventato quella mattina sui dinosauri? Che cosa succederà?

## VENTIDUE

GABBY

In tasca ha il foglio su cui ha stampato l'e-mail con tutte le informazioni che ha chiesto sulla berlina rossa. L'aveva ricevuta proprio nel momento in cui stava prendendo la sua decisione su Jack, proprio nel momento in cui aveva capito esattamente cosa avrebbe fatto: l'aveva preso come un segno dall'universo e aveva capito che stava facendo la cosa giusta.

L'aveva stampata e l'aveva riletta a lungo, mentre Jack giocava con i dinosauri e lei si sedeva al tavolo della cucina per l'ultima volta. Dopo che il bambino aveva accettato un'avventura, battendo le mani con gioia, erano tornati insieme dall'altra parte della strada a casa di Andrea. Insieme, lei e Jack avevano scelto abbastanza vestiti da riempire il suo zaino Hot Wheels e lui aveva anche preso la sua tigre di peluche dal letto perché Gabby aveva detto: «Le tigri amano le avventure.» Una volta tornati a casa sua, gli aveva dato da mangiare uno spuntino sano per non fargli sentire la fame. Non aveva idea di quanto tempo Andrea sarebbe rimasta in ospedale. Se avesse partorito, sarebbero passati secoli, ma se si fosse trattato di un falso allarme, sarebbe potuta tornare da un momento all'altro.

*Sto aspettando di vedere il medico. Potrebbe essere un falso allarme*, aveva scritto Andrea. *Grazie mille di essere rimasta con lui. Terry dovrebbe tornare a casa presto e probabilmente non resterò qui ancora per molto.*

*Non ti stressare, per favore. È con me a casa mia e tutto è a posto. Non ti deluderò. Assicurati solo che la bambina stia bene,* le aveva risposto, sapendo di doversi muovere in fretta.

Terry poteva tornare in qualsiasi momento, e intanto le ore passavano dal tardo pomeriggio alla prima serata. Era allora che Gabby aveva chiamato il taxi e aveva preparato la piccola valigia che portava con sé ogni volta che si spostava.

La berlina rossa è di proprietà di un criminale di professione che, al soldo di persone molto pericolose, si occupa di recupero crediti. Se avesse saputo queste informazioni questa mattina, non avrebbe mai chiesto soldi ad Andrea, ma non era sicura di chi fosse l'uomo nell'auto rossa, per questo ha deciso di chiedere aiuto a Richard. Per il resto, è abbastanza soddisfatta di come sono andate le cose. Mentire ad Andrea sul fatto di non essere in contatto con Richard era stato necessario: l'ha fatta apparire più patetica, più bisognosa di aiuto, ma tra poche ore non sarà più necessario raccontare bugie.

A bordo del taxi, Jack sta allegramente frugando nella piccola busta dei dinosauri che lei gli ha permesso di scegliere da mettere in valigia, promettendogli: «Torneremo a prendere gli altri più tardi.»

Il tassista era stato gentile a rimanere con Jack mentre lei tornava in casa "per prendere alcune cose", anche se, in realtà, doveva assicurarsi di lasciare tutto in disordine. Lascia che si chiedano cosa sia successo. Lascia che credano che abbia a che fare con i soldi che Terry deve restituire. Era perfetto, così perfetto che si era ritrovata a sorridere, incapace di contenere la sua gioia. L'universo voleva che Jack fosse suo. Perché, altrimenti, sarebbe andato tutto così meravigliosamente per il verso giusto? È l'unica spiegazione. Sorrideva mentre distruggeva le cornici e tirava fuori rapidamente le foto di Flynn.

È sempre una soddisfazione lasciare tutto a soqquadro. Chiunque affitti la propria casa su Airbnb dovrebbe immaginare che ci saranno ospiti che lasceranno l'appartamento in uno stato disastroso. Non aveva mai lasciato un pasticcio del genere prima d'ora, ma doveva essere convincente con la versione dell'irruzione in casa sua di quei criminali. Sarà il primo posto dove gli agenti guarderanno quando verranno chiamati, perché sicuramente Andrea chiamerà la polizia.

«Ma dov'è che andiamo?» chiede Jack, con la fronte aggrottata.

«All'aeroporto.» risponde Gabby. «Andiamo nel Queensland dove c'è il sole e fa caldo. Voleremo sulla Gold Coast dove ci sono molti alberghi e tante spiagge.» Le piace l'idea della Gold Coast, un luogo in cui può facilmente sparire tra tutti i turisti. Sarà difficile che li trovino da quelle parti. La spiaggia è costeggiata da file di alberghi e condomini, e la gente entra ed esce in continuazione. Riesce già a immaginare quanto sarebbe difficile per la polizia trovare una donna con un bambino piccolo, visto che il posto pullula di giovani famiglie in vacanza per tutto l'anno. Ci era stata solo una volta per qualche giorno, quando era arrivata in Australia, ma era troppo affollata, troppo rumorosa e in ogni ristorante in cui entrava c'era un bambino che faceva i capricci o un tavolo pieno di adolescenti leggermente ubriachi. Ora è il posto perfetto per sparire.

«E la mamma?» chiede Jack, facendo camminare un dinosauro lungo la maniglia della portiera. Fuori, il cielo si fa più scuro mentre il vento sferza gli alberi accanto a loro. Gabby azzarda un'occhiata al tassista, che la sta fissando nello specchietto retrovisore. Vorrebbe davvero che Jack stesse zitto, ma lui ha diritto a una risposta a questa domanda, così gli risponde forte e chiaro, assicurandosi che l'uomo silenzioso alla guida dell'auto senta la sua risposta.

«Beh, lo sai che la mamma sta per avere una nuova sorellina da regalarti?»

«Mmhmm.» annuisce Jack mentre fa combattere due dinosauri tra loro.

«La cosa emozionante è che la bambina sta per nascere, la mamma è andata in ospedale e il papà è con lei, e a loro ho detto che mi sarei presa cura di te per qualche giorno, finché non sarebbero potuti tornare a casa. Ho pensato che a te e ai dinosauri sarebbe piaciuto fare un bel viaggio per vedere le spiagge del Queensland.»

«Ma la mamma ha detto che quando aveva la bambina, sarebbe arrivata la cugina Patty e che avrebbe disegnato con me e sarebbe rimasta con me. Patty è la più brava di tutta la famiglia a disegnare.» dice con certezza.

«La cugina Patty deve lavorare.» si affretta a dire Gabby. Non aveva pensato che Jack fosse a conoscenza degli accordi per l'arrivo della bambina.

Corre il rischio di dare un'altra occhiata allo specchietto e sente la pelle pizzicare per il modo in cui l'uomo la sta fissando. Nell'abitacolo c'è un forte odore di pino emanato dal deodorante per ambienti appeso allo specchietto retrovisore e Gabby storce il naso. Non sopporta questo odore. Le ricorda il bagno che doveva usare ogni giorno quando era piccola e abitava con sua madre. Il disinfettante al profumo di pino veniva spruzzato ovunque e tutto ciò a cui riesce a pensare quando sente quell'odore terribilmente familiare sono le notti passate per strada quando era scappata, mentre cercava un modo per tirare a campare.

All'epoca aveva dovuto servirsi di bagni sporchi, finché Richard non l'aveva raggiunta. Non crede che sarebbe sopravvissuta senza Richard, ma ora è in grado di sopravvivere senza di lui. Preferirebbe di no, ma lo farà se sarà necessario.

*Non sono più quella ragazza. Ora sono io l'adulta, sono io che comando e ho tutto sotto controllo*, ricorda a se stessa. Vorrebbe che il taxi andasse più veloce, perché vuole arrivare all'aeroporto e salire su un aereo prima ancora che Andrea o Terry tornino a casa.

«Posso avere un frullato?» chiede Jack. «Come l'ultima volta.» E lei vuole festeggiare perché l'uomo le toglie gli occhi di dosso e li riporta sulla strada, avendo evidentemente concluso che lei è una persona di fiducia della famiglia.

«Certo che puoi, tesoro.» dice lei con indulgenza.

Si concede un momento per pensare ad Andrea, ma lei è incinta e nel giro di pochi giorni, se non addirittura di poche ore, avrà anche una bambina. Jack starà meglio con lei. Ha bisogno di stare un po' da sola con lui per capire come far funzionare la cosa. E una volta arrivati nel Queensland, potrebbe tingergli i capelli in modo che sembri diverso. Un bambino scomparso suscita un po' di partecipazione, ma non abbastanza. Un bambino malato, invece, porta sicuramente a molte, molte donazioni. Non farebbe mai del male a Jack, è ovvio che non lo farebbe, ma la gente su Internet è veramente stupida: tutti con il cuore in mano alla ricerca di modi per aiutare gli altri. Gabby non ha mai voluto aiutare nessuno, se non se stessa.

*Sei una ragazza egoista e odiosa*, sente sua madre dirle, ma era sua madre quella odiosa. È stata sua madre a farla sentire una persona insignificante. È così triste che abbia ricevuto più amore dalle persone su Internet che da sua madre. Non sarà una madre del genere per Jack. Lo farà sentire importante e amato, e anche se nei suoi post su Facebook distorcerà un po' la verità sui suoi bisogni, lui si sentirà comunque amato ogni singolo giorno.

«Virgin terminal?» chiede il tassista. Gabby ha già prenotato i biglietti per lei e Jack. È contenta di aver portato una valigia e lo zaino di Jack. Viaggiare con un bambino piccolo senza quelle cose sarebbe sembrato sospetto.

«Sì, grazie.» risponde e lui si ferma al terminal dell'aeroporto. Lei e Jack scendono dal taxi e lei aspetta pazientemente che l'uomo prenda la sua valigia nel bagagliaio. Lo paga in contanti, assicurandosi di lasciargli solo una piccola mancia. I tassisti si ricordano di chi lascia grandi mance e lei non vuole che quest'uomo si ricordi di lei. Al momento della prenotazione ha usato un nome falso, per il quale ha una patente di guida. Janet Jones vola con suo figlio Jack, perché non cambierebbe mai il nome del bambino. Janet Jones e Jack Jones: non potrebbero essere più ordinari. Lei indossa il suo grande cappotto con il colletto alzato, in questo modo ritiene di aver fatto il possibile per evitare di essere scoperta.

«Andiamo, giovanotto.» lo esorta lei, tendendo una mano a Jack. «Iniziamo la nostra avventura.»

«Evviva.» esclama Jack, stringendo la sua busta con i dinosauri e con lo zainetto sulle spalle. È così tranquillo, così dolce, così diverso da un sedicenne lunatico, che Gabby non può controllare un brivido di pura felicità che la attraversa. Flynn può stare con suo padre. Gabby sta ricominciando da capo e questa volta ha intenzione di fare le cose per bene.

All'aeroporto, dopo aver fatto il check-in e aver ottenuto le carte d'imbarco, concede a Jack un hamburger con patatine fritte, assicurandosi che ne mangi abbastanza per evitare che gli venga fame dopo. Gli compra anche una barretta di cioccolato, ma gli dice che può mangiarla solo in aereo perché non vuole che si metta a fare capricci per un eccesso di zuccheri prima di prendere il volo. Mentre si dirige verso il gate d'imbarco, sente squillare il telefono in tasca.

*Ehi, non ho più avuto tue notizie... tutto bene?* Il messaggio le fa saltare il cuore in gola perché non ha ancora raccontato i suoi progetti e non intende farlo, ma Richard odia quando lei non lo tiene al corrente, come gli piace dire. Le ci vuole solo un minuto per scrivere un messaggio e inviarlo. Una volta che l'avrà letto, capirà sicuramente che si tratta di una buona mossa per entrambi. È un nuovo inizio e una nuova vita. Lui sarà felice per lei, per entrambi, ne è sicura.

Non deve aspettare a lungo il messaggio di risposta di

Richard, ma quando arriva, non è affatto quello che si aspettava, per niente.

*OH MIO DIO, CHE COSA HAI FATTO?*

Gabby schiocca la lingua e cancella il messaggio. Non ha bisogno che lui la rimproveri. È lei la madre, non lui, e sa cosa sta facendo.

Attraverso le finestre dell'area di ristorazione dell'aeroporto può vedere che si è già fatto buio, anche se è ancora presto. È sicura che nel Queensland la luce sarà diversa. L'aria sarà più calda, il cielo più azzurro e lei sarà madre di un bambino piccolo.

Viene annunciato il loro volo e Gabby impugna le carte d'imbarco, eccitata come una scolaretta alla sua prima gita fuori porta. Tutta la sua vita sta per cambiare nel modo più meraviglioso.

«Andiamo, Jack, è l'ora dell'aereo.» dice lei, tendendogli la mano, e lui si alza e infila la sua piccola mano nella sua. «Eccoci qua».

«Eccoci.» grida lui felice.

# VENTITRÉ

## ANDREA

Incapace di stare ferma, Andrea si alza e comincia a camminare avanti e indietro per il soggiorno, mentre Terry rimane in piedi accanto al divano, con le mani infilate nelle tasche. «Non riesco a crederci.» mormora più e più volte, cercando di elaborare quello che è successo.

Sono passati solo pochi minuti da quando ha chiamato la polizia, ma sembrano già ore, e Andrea sente che a ogni secondo che passa suo figlio si allontana sempre di più da lei.

«Ti prego, non dire niente di quello che mi è successo oggi.» la implora Terry. Andrea si ferma e scuote la testa.

«E se Gabby e Jack fossero stati rapiti da quelli a cui devi dei soldi?» dice, cercando di contenere la rabbia che sta montando.

«Non è questo che è successo.» dice Terry, incrociando le braccia. «È esattamente quello che gli ho chiesto, ma mi hanno detto che mi avrebbero dato altri due giorni... prima di...» Si ferma.

«Prima di cosa?» grida lei, agitando un pugno contro di lui. «Prendere tuo figlio? Uccidere tua moglie? Prima di fare cosa, Terry? Come hai potuto fare una cosa del genere? Che razza di persona mette in pericolo la propria famiglia in questo modo? Chi sei tu per fare questo a me, a noi?» Vorrebbe mettergli le mani intorno al collo e stringere finché la vita non abbandona i suoi occhi. L'odio che prova per lui è oscuro e contorto e sente che si sta impossessando del suo corpo.

«No, questo non lo farebbero mai. Non rapirebbero un bambino. Me l'hanno detto e credo di potermi fidare...»

«NON AZZARDARTI A DIRMI CHE PUOI FIDARTI DI LORO!» ruggisce e Terry indietreggia verso il muro come se fosse stato spinto in un angolo dalla forza della sua furia.

Non c'è tempo per altri discorsi, la polizia entra nel loro vialetto, senza sirena ma con i lampeggianti che proiettano bagliori blu e rossi in modo inquietante sul giardino buio e attraverso la finestra. Con un'altra smorfia furente verso Terry, Andrea apre la porta d'ingresso.

Vede una donna e due agenti in uniforme che scendono dall'auto e si dirigono verso di lei.

«Detective Abigail Eddison.» dice la donna, tendendo una mano ad Andrea mentre Terry si ritira nel soggiorno. È una donna alta e magra, con profondi occhi azzurri e un naso aquilino, i capelli grigi legati all'indietro in un rigido chignon. «Perché non ci dice cos'è successo?» chiede ad Andrea una volta entrati in casa e dopo aver lanciato una rapida occhiata a Terry.

«Pensavo...» inizia a dire Andrea e poi racconta del falso allarme e della corsa in ospedale, mentre la poliziotta annuisce e prende appunti su un piccolo taccuino.

«E lei dov'era, signore?» chiede la detective una volta che Andrea ha finito di raccontare.

«Non qui» risponde Andrea con amarezza, «e non rispondeva al telefono.» La detective sposta lo sguardo da lei a Terry e poi prende un altro appunto.

«Bene, se poteste restare qui mentre diamo una rapida occhiata dall'altra parte della strada.» dice la detective. «Liv, vai a dare un'occhiata a questa casa mentre noi andiamo di là, grazie.» ordina alla collega.

«Non è in casa nostra.» dice Terry.

«È solo la procedura.» risponde l'agente di nome Liv. «Se potete rimanere seduti, non ci metterò molto.» Sorride, un rapido movimento della bocca che non contiene nulla di genuino. Non c'è niente da sorridere.

Mentre la polizia perquisisce la loro casa e quella di Gabby, Andrea si ritrova a guardare l'ora sul suo cellulare. *Un minuto, due minuti, tre minuti, quanto possono allontanarsi in tre minuti?*

Finalmente gli agenti tornano in salotto e Andrea fa un respiro profondo mentre la detective inizia a fare domande.

«Da quanto tempo conoscete la vostra vicina?» chiede.

«Solo da poche settimane.» risponde Andrea, sentendo crescere dentro di sé un fastidioso e persistente senso di colpa che finisce per attenuare la rabbia nei confronti di Terry. Come ha potuto lasciare Jack con Gabby? «Non è una persona cattiva. Penso... penso che sia stata rapita insieme a Jack.»

«Rapita da chi?» chiede la detective. Andrea si rivolge a Terry e dice: «Perché non glielo spieghi, Terry, e magari fai vedere alla detective le altre contusioni che di sicuro hai riportato?» La detective ha ovviamente già notato i suoi occhi pesti, quindi, probabilmente ha intuito che c'era qualcosa sotto.

Il volto di Terry si tinge di bianco e verde mentre stringe i pugni e fa un respiro profondo. Andrea rimane ad ascoltare mentre lui confessa tutto, senza nascondere alcun dettaglio, si augura. Il volto della detective rimane impassibile, mentre annuisce di tanto in tanto e prende qualche appunto.

Andrea vorrebbe provare un po' di compassione per Terry mentre si affanna nella sua esposizione, ma si concentra solo sul fatto che sta dicendo la verità.

La detective non reagisce alle spiegazioni di Terry sulle scommesse sulle partite di football, se non con un sopracciglio leggermente inarcato, e Andrea osserva la scena sentendosi lievemente confortata dal calmo contegno della detective, che evidentemente deve aver già assistito a situazioni di questo genere e questo significa che sa cosa bisogna fare, che sa come trovare il figlio di Andrea. L'unica cosa che conta ora infatti è ritrovare Jack e riportarlo a casa sano e salvo.

«Ma l'ho detto a mia moglie.» dice Terry. «Le ho detto che queste persone non sono il tipo che rapisce i bambini. Sono stato con loro tutto il giorno... Mi hanno fermato prima ancora che arrivassi al lavoro e mi hanno fatto chiamare Baz. Mi hanno tenuto...» sospira. «Mi hanno detto che ho due giorni di tempo per recuperare i soldi che gli devo e io ho detto che li avrei presi in prestito da mio suocero. Lui ha i soldi e io ho promesso che glieli avrei chiesti.» Andrea si immagina Terry seduto in un edificio abbandonato, con i suoi rapitori che lo pestano e lui che promette di recuperare i soldi. Vorrebbe provare dispiacere per lui, per quello che ha passato oggi, ma non riesce a trovare un briciolo di compassione per quel marito sconsiderato.

«E se non ti credessero?» chiede cupamente. Si mette a sedere sulla sedia a dondolo che ha lasciato in soggiorno in attesa che finiscano di montare il lettino nella stanza che useranno per Gemma. Adora quella sedia, fatta di legno color miele con un morbido cuscino imbottito blu e giallo che sua madre ha cucito per lei e che le ha spedito per mettercelo sopra. È lì che ha allattato Jack quando era piccolo, guardando la notte che si trasformava in alba, e ha immaginato molte ore di sonno, ma felici, su quella sedia, insieme a Gemma. Anche mentre si mette a sedere, si sente attraversare dalle prime contrazioni, ma non sono travolgenti e non può avere questa bambina finché suo figlio non sarà a casa. È una cosa che non può nemmeno contemplare. Probabilmente sono ancora contrazioni di Braxton Hicks, è il modo in cui il suo corpo le dice di tenersi pronta. In un certo senso, abbraccia il dolore che la attraversa, perché ha bisogno di provare qualcosa di diverso dalla paura, dal senso di colpa e persino dalla vergogna mentre la detective continua a parlare con Terry. Forse si sta chiedendo come abbia potuto sposare uno come lui, o come sia potuta rimanere sposata con un uomo come lui. Si passa le mani sulla pancia e le parole della canzone "Hush Little Baby" le scorrono in testa, per calmare se stessa e la sua creatura e si ricorda che durante il travaglio alla nascita di Jack Terry le era stato accanto. Le aveva tenuto la mano da quando erano cominciate le contrazioni e le aveva accarezzato i capelli dicendole a bassa voce e senza mai smettere: «Ti amo... Puoi farcela... Sei fantastica... Sei incredibile.» Si era aggrappata a quelle parole, traendo forza dalla sua fiducia in lei quando era arrivato il momento di spingere.

Terry la guarda e nei suoi occhi azzurri può vedere una profonda sofferenza a cui vorrebbe poter trovare risposta, vorrebbe poter provare qualcosa per lui a parte questa rabbia feroce e piena d'odio. Ma suo figlio è sparito, il suo bambino, e lei non sa come farà a vivere senza di lui.

«E non pensa che sia stata Gabby, la sua vicina di casa, a portare via vostro figlio, come suggerisce suo marito?» le chiede ora la detective.

Andrea scuote la testa. «Ha visto la casa.» dice. «Perché Gabby avrebbe dovuto fare una cosa del genere a casa sua... Voglio dire, non è casa sua, ma è dove vive, quindi perché avrebbe dovuto mettere tutto in disordine?»

La detective annuisce. «Sì... è una cosa a cui dobbiamo pensare. Ho lanciato un'allerta Amber per Jack, quindi tutto il paese lo sta cercando.»

Andrea annuisce, con le lacrime che le cadono sul petto. Non riesce a credere di vivere questo incubo surreale.

Bussano alla porta e uno degli agenti dice: «Probabilmente è la Scientifica. Li porto nella casa di fronte per iniziare.» mentre si dirige verso la porta per aprirla. Ma alla porta non c'è un altro poliziotto. Si tratta invece di un uomo con capelli brizzolati e occhi nocciola, alto e di corporatura robusta. È vestito con un costoso completo grigio scuro e una camicia grigio chiaro, accompagnati da una cravatta gialla che dà un tocco di colore alla serata cupa. Sembra un avvocato o un banchiere, uno che lavora in centro.

«Chiedo scusa.» dice. «Sto cercando Andrea Gately.»

«Sì» dice la detective, alzandosi dalla sedia della cucina su cui è seduta, «e lei sarebbe?»

«Mi chiamo Richard Burrell.» dice l'uomo.

«Cosa posso fare per lei, Mr. Burrell?» chiede la detective.

Andrea sente il suo corpo irrigidirsi e per un attimo non sa perché, ma poi ricorda l'unica foto che Gabby le ha mostrato sul suo telefono, la foto un uomo. «Questo è mio marito.» aveva detto prima di scorrere velocemente per passare a un'altra foto di suo figlio. Andrea aveva visto la foto solo di sfuggita, ma ora lo riconosce. Si alza lentamente e si dirige verso di lui. «Richard, lei è Richard.» dice.

«Sì» conferma lui, «e lei...»

«Lei è l'ex marito di Gabby» lo interrompe Andrea «ma io pensavo che fosse negli Stati Uniti.»

«Evidentemente no.» dice l'uomo, passandosi le mani tra i capelli e scompigliando l'acconciatura ordinata. «Voglio dire, non sono negli Stati Uniti, ma non sono nemmeno il suo ex marito.» Ha un forte accento americano e sembra stanco.

Le parole si depositano nell'aria e Andrea le sente, ma non è sicura di averle udite correttamente. Com'è possibile? Si copre entrambe le orecchie con le mani e fa pressione per un momento, certa che il problema sia l'udito. «Come?» chiede.

«Non sono il suo ex marito.» ripete Richard lentamente, come se pensasse che lei abbia difficoltà a capirlo, e lei sente che deve essere così, perché come potrebbe essere altrimenti?

«Ma ha detto che eravate divorziati. Ha detto che Flynn era scappato per cercare di raggiungerla.» dice lei, con voce stridula e disperata. Come è possibile che ci sia un'altra bugia?

«È... è complicato.» continua l'uomo e si passa di nuovo le

mani tra i capelli, con evidente disagio. Scuote la testa e poi si aggiusta la cravatta già dritta. «Posso entrare, così le spiego? Ho moltissime cose da chiarire.»

«Sì, amico, entra, entra, siediti.» dice Terry, indicandogli il divano; ha la fronte aggrottata per lo sforzo di capire, e un'aria così simile a quella di suo figlio che ad Andrea piange di nuovo il cuore nel vederlo in quello stato.

L'uomo entra e uno degli agenti chiude la porta dietro di lui. Si siede sul divano, appoggiando le mani sulle ginocchia, con un profondo rossore che gli si diffonde sul viso. Andrea cerca di respirare lentamente mentre il terrore si impossessa del suo corpo. Si alza in piedi quando un'altra fitta la travolge, stringe i pugni per non emettere alcun suono. Si sposta dietro la sedia a dondolo e ne afferra saldamente lo schienale, piazzandosi bene per sopportare il dolore.

«Forse vorrà spiegarci cosa c'è di così complicato, Mr. Burrell.» dice la detective, con voce bassa e tono scettico.

«Sono suo fratello.» dice l'uomo, con la voce un po' affannata per quello che deve dire. «Sono suo fratello e Flynn non esiste. Non esiste.»

# VENTIQUATTRO

## GABBY

Si sente meglio quando finalmente salgono sull'aereo, prendono posto e Jack riceve tutte le attenzioni dell'assistente di volo che gli porta un album da colorare pieno di immagini di animali australiani, dei pastelli e gli promette di portargli un dolcetto quando l'aereo sarà decollato.

Gabby pensa alla prima volta che ha visto Sydney dal finestrino di un aereo. È stato appena otto mesi fa. Aveva ammirato l'Opera House mentre l'aereo atterrava e le era sembrato di essere finalmente in un posto in cui sarebbe potuta rimanere per sempre.

Aveva cambiato diverse sistemazioni prima di trovare una dove poter restare per sei mesi, e alla fine aveva preso possesso della casa portando con sé Flynn, l'adorabile Flynn con i suoi trofei di hockey e il suo largo sorriso. Amava davvero Flynn. Appena aveva visto il suo profilo Instagram aveva capito che era perfetto. Aveva immaginato che prendere l'accento australiano sarebbe stato un duro lavoro, ma si era adattata rapidamente e ora non riesce a immaginare di non parlare in questo modo.

Ha spento il telefono, non vuole sentire nessuno. Ha solo bisogno di raggiungere il Queensland e poi potrà elaborare un piano e chiamare Richard. Lui capirà, una volta che avranno parlato e lei gli avrà spiegato tutto per bene.

Grazie a Jack, potrà creare una pagina Facebook internazionale. Non avrà importanza a cosa punteranno i post perché Jack sarà suo. Non dovrà nemmeno più stare così attenta quando entra ed esce dal luogo in cui vive. Era stato molto stressante controllare continuamente che non ci fosse nessuno in strada ogni volta che usciva e tornava con l'auto vuota quando avrebbe dovuto avere Flynn con sé. Non aveva mai desiderato un bambino quando era più giovane, perché aveva bisogno di prendersi cura di se stessa e di imparare a vivere in un mondo che, secondo sua madre, l'avrebbe respinta e disprezzata. Ma crescendo aveva sentito che le mancava qualcosa. Richard vuole che lei voli al di sotto dei radar, che si comporti bene e faccia quello che lui le dice, ma lei ora vuole qualcosa di diverso. Flynn è stato un errore e non intende farne un altro. Se Richard non riesce a essere d'accordo con lei, allora forse è arrivato il momento di mettersi in proprio, di dirigere il proprio show. Lo ama profondamente, ma qualcosa dentro di lei è cambiato. Si avvicina a Jack e gli accarezza la guancia e lui le sorride. «Colorerò un canguro.» le dice.

«Ma certo, tesoro.» gli risponde e lui torna alla sua figura mentre lei guarda fuori dal finestrino. Dagli altoparlanti si sentono le istruzioni di sicurezza e l'aereo comincia a prendere velocità. Presto saranno in volo, diretti verso un nuovo inizio, e lei non potrebbe essere più felice.

*Hai preso qualcosa che non ti appartiene. Di nuovo, l'hai fatto di nuovo,* sente la voce di sua madre e le sue guance avvampano quando le torna in mente il ricordo di quando per la prima volta fu trascinata per i capelli in un negozio. Aveva solo otto anni e tutto ciò che voleva era un piccolo cioccolatino. Era stato così facile prenderlo e infilarlo con disinvoltura nella manica, e per l'emozione si era messa a ridacchiare mentre usciva dal negozio. Ma sua madre l'aveva sorpresa prima ancora che riuscisse a mangiarne un pezzettino, l'aveva costretta a restituire il cioccolatino dicendo al proprietario del negozio che si vergognava di sua figlia. Sua madre credeva che trascinarla di nuovo al negozio le avrebbe insegnato a non trafugare mai più niente, ma tutto ciò che aveva insegnato a Gabby era che doveva pianificare meglio, essere più consapevole e nascondere tutto ciò che prendeva alla donna che l'aveva cresciuta.

Gabby si scrolla di dosso questo ricordo. Nessuno la costringerà a restituire questo regalo. Questo bambino sarà suo per sempre e lei sarà il tipo di madre che ha sempre desiderato, di cui ha sempre avuto bisogno, ma che non ha avuto la fortuna di avere.

«Alla mamma piaceranno queste figure.» dice Jack.

«Certo.» mormora Gabby, mentre l'aereo si solleva da terra e si libra nel cielo scuro. «Sì, mi piaceranno.»

I suoi pensieri non sono altro che un'accozzaglia confusa. Non riesce a credere alle parole che ha pronunciato Richard. *Flynn non esiste. Flynn non esiste. Sono suo fratello.* Niente di tutto ciò ha senso. Come può essere possibile una cosa del genere? Ha visto la stanza di Flynn, ha visto tante foto di lui e Gabby ha scritto di lui ogni giorno. Il ragazzo esiste, per forza. Com'è possibile? Richard sta mentendo per proteggere Gabby? È pazzo... o peggio?

«Può spiegarcelo di nuovo, per favore?» chiede la detective.

«Posso farlo, ma prima credo che dovreste sapere che ha appena usato la carta di credito per comprare due biglietti per il Queensland. Per la Gold Coast. Ha comprato i biglietti per un volo della Virgin Atlantic Airways, ma non so a che ora parta. Immagino al più presto. Per favore, siate gentili con lei. Non sta bene e non ha idea di quello che sta facendo.» Andrea lo guarda incredula. Sembra così triste, così sconvolto per Gabby.

«Chiamo e avverto l'aeroporto.» dice uno degli agenti e si allontana, attaccandosi al telefono senza perdere tempo.

«Non capisco.» dice Andrea, che si sente stringere lo stomaco e le ginocchia troppo deboli per reggerla.

Terry si precipita subito al suo fianco. «Siediti.» le dice, riportandola sulla sedia a dondolo. «Siediti.» Lei si accascia sulla sedia e le sue mani si dirigono automaticamente sulla pancia, verso la bambina che è qui e che deve essere protetta dallo stress per poter nascere in salute.

«Scrive di lui tutti i giorni.» dice Andrea a Richard, che la sta osservando, pallido in volto per la preoccupazione. «Io ho...» sta per dire che l'ha conosciuto, ma poi si rende conto che in realtà non l'ha mai incontrato. Non ha mai visto quel ragazzo. È sempre a scuola, con gli amici o agli allenamenti di hockey. È sempre da qualche altra parte, ma le sembra di averlo conosciuto perché Gabby ne parlava tanto, perché Gabby le aveva confessato i problemi che aveva con suo figlio, perché le sue foto sono ovunque in casa. *Erano* ovunque. Gabby riceveva continuamente i suoi messaggi. Andrea ha come l'impressione di averlo incontrato una volta o l'altra... ma non è così. «Oh Dio» esclama, deglutendo per non dover correre in bagno a vomitare.

Il suo telefono, appoggiato accanto a lei su un tavolino rotondo, comincia a squillare. Lo prende ma non riconosce il numero. «Cosa devo fare?» chiede, ma prima ancora che la detective possa rispondere, la chiamata si chiude. Andrea soffoca un singhiozzo. *E se magari era Gabby che voleva riportare indietro Jack, o qualcuno che li aveva visti? Chi può mentire sul fatto di avere un figlio?* Andrea non riesce a fermare le domande che le vorticano nella testa, le domande, il senso di colpa e la vergogna.

Guarda suo marito, che dice: «Te l'avevo detto che non era legato a me.» Pronuncia queste parole a bassa voce, come se nemmeno lui volesse sentirsi giustificare le proprie azioni.

«Se tu fossi stato qui.» sussurra lei, con la voce strozzata dalla rabbia. «Se tu avessi risposto al telefono...» Si interrompe e lui abbassa lo sguardo sulla moquette grigia da quattro soldi che non assomiglia per niente alla morbida moquette verde chiaro della loro vecchia casa. Quando lui la guarda di nuovo, lei capisce che sta per scusarsi, ma non riesce a sopportare un altro «Scusa.», quindi scuote la testa.

Uno doppio segnale acustico indica un messaggio e lei afferra il telefono.

«Lo metta in vivavoce.» le dice la detective, e Andrea apre il telefono e fa partire il messaggio.

«Pronto, pronto... Senta, presumo che questo sia il numero di Andrea Gately che è elencata come contatto sul sito web dei bambini scomparsi nel mondo. So che il suo post diceva di contattare solo la polizia in caso ci fossero informazioni, ma io ho trovato il suo numero di telefono sul profilo Facebook. Non ho idea del perché abbia messo il numero di telefono sulla sua pagina Facebook, ma non è per questo motivo che la sto chiamando. So che lei è in Australia e io sono negli Stati Uniti, quindi, non so bene quale sia il fuso orario, ma non mi interessa. La chiamo per farle sapere che ho passato il suo numero e i suoi dati di contatto alla polizia di qui e mi hanno assicurato che indagheranno immediatamente. Andrea Gately, perché sta usando una foto di mio figlio su un sito web di bambini scomparsi? Perché la sta usando e dove l'ha presa?»

La stanza rimane stordita dal silenzio. Richard scuote tristemente la testa. «Io...» inizia, poi sembra vacillare e abbandona la testa tra le mani. «Mi dispiace tanto, mi dispiace tanto, mi dispiace tanto.» dice, e le parole suonano sempre più disperate via via che le ripete.

«Posso portarti dell'acqua?» chiede Terry e Andrea guarda il marito, a cui ha urlato e gridato in faccia. Jack non è stato preso dagli uomini a cui deve dei soldi, ma la verità è che, se lei fosse riuscita a tenerselo vicino, ora Jack sarebbe qui al sicuro. Se a Terry fosse importato di tutto ciò che lei aveva perso a causa delle sue scommesse, di tutto ciò che Jack aveva perso e di tutto ciò che la loro piccola famiglia poteva ancora perdere, sarebbe stato al lavoro e non avrebbe mai nemmeno preso in considerazione l'idea di puntare dei soldi nel gioco d'azzardo.

Ma non gli era importato, perché Terry si preoccupava solo di se stesso. Quando Jack le verrà restituito – e intanto si ripete di pensare al *quando* e non al *se*, benché ogni sua fibra sia tormentata dal timore che le sia stato portato via per sempre da una pazza di cui si è dovuta fidare – non ha idea di come potrà resistere il loro matrimonio, di come potranno continuare a stare insieme e crescere i loro figli.

«Sì, grazie.» dice Richard e Terry si volta per guardarla.

Lei abbassa gli occhi, non vuole incrociare il suo sguardo, non vuole neanche vederlo.

«Non è che sia una persona cattiva.» riprende Richard, rivolto ad Andrea. «Non lo è per niente. È solo che... per tutta la vita ha sofferto di allucinazioni e si è davvero convinta dell'esistenza di Flynn. Ha visto una sua foto su un account Instagram ed è stato come se si fosse innamorata di lui, non per attrazione, ma come un profondo amore materno, e niente di quello che potessi fare avrebbe potuto convincerla a rinunciare a lui.»

«Ma ha rinunciato a lui.» ribatte Andrea. «Lo ha abbandonato perché ha trovato un altro figlio che prenda il suo posto.»

Sente un intorpidimento diffuso, è sovraccarica di emozioni. Che cosa ha fatto? Cosa ha permesso che accadesse? Non era stato un estraneo in un furgone bianco a portarle via il figlio per strada. Era stata lei a consegnarglielo e poi se n'era andata. «Ha trovato un altro figlio.» mormora. Un orrore pesante la avvolge.

«È di questo che ho paura.» dice Richard mentre Terry gli porge il bicchiere d'acqua; lo tracanna come se stesse morendo di sete.

VENTISEI

GABBY

Quando si trovano sopra le nuvole, sente il respiro rallentare.
«Non è divertente?» chiede a Jack.

«Ah-ha» risponde lui, con le manine occupate a colorare
una porzione di cielo con un grande pastello blu. «Dove nascerà
la sorellina?» chiede poi. «Siamo andati con la mamma all'ospedale per vedere il suo dottore e mi ha detto che ora sono molto
grande. Ma non siamo andati in aereo. La mamma ha detto che
nasce in ospedale.»

L'altra donna seduta accanto a Jack alza lo sguardo dal libro
che sta leggendo e guarda da Jack a Gabby e poi di nuovo a
Gabby. Si sposta un po' sul sedile, poi tira fuori il cellulare e
Gabby la vede mandare un messaggio.

«È un buon libro?» le domanda Gabby.

«Oh, molto.» dice la donna con un sorriso imbarazzato. È
anziana, probabilmente è già nonna, ha i capelli grigi a caschetto
e il viso segnato da profonde rughe. Gabby non si è mai vista
come una nonna, ma forse ora può cominciare a immaginarselo
per il futuro. Sarebbe una nonna meravigliosa, sempre pronta a
cucinare per i suoi nipoti, sempre disposta a tenerli con sé.

«Di che cosa parla?» le chiede. Vuole farla parlare, renderla partecipe e non permetterle di riflettere su ciò che Gabby sta facendo sull'aereo con Jack.

«Parla di... interferire quando si assiste a qualcosa che si ritiene sbagliato.» dice la donna incrociando lo sguardo di Gabby con i suoi occhi verde chiaro.

«Hmm» fa lei. «Ho sempre constatato che ficcare il naso dove non si deve ti mette in un sacco di guai.» La voce di Gabby è dolce ma contiene giusto un accenno di minaccia, che la vicina di posto potrebbe cogliere o meno, ma Gabby non è disposta a vedere i suoi piani mandati a monte quando è a un passo dall'ottenere ciò che vuole.

La donna sorride. «Sei fortunato a viaggiare in aereo con tua nonna, giovanotto...» dice a Jack.

«Lei non è mia...» inizia Jack.

«Hai dimenticato la tua barretta di cioccolato.» dice Gabby, a voce un po' alta, tirando fuori il dolcetto dalla borsa e porgendolo a Jack, che lo prende avidamente e comincia a strappare l'involucro, addentando poi la barretta con gusto.

«Piano, tesoro.» dice Gabby, cercando di avere pazienza. Si sta sporcando di cioccolato dappertutto.

«Mannaggia.» dice la donna. «Una nonna non è mai abbastanza preparata.» Tira fuori dalla borsa un pacchetto di salviette e ne porge una a Gabby, che arrossisce e annuisce. «Grazie.» dice.

«Dove ha detto che si trova sua madre?» chiede la donna, avvicinandosi leggermente a Gabby.

«Non l'ho detto.» taglia corto Gabby mentre si concentra a pulire le mani di Jack.

«La mamma avrà la mia sorellina e io andrò in vacanza con...»

«Con Gammy.» dice Gabby a voce alta. «In vacanza con Gammy per qualche giorno. È così che mi chiama.» dice alla donna, augurandosi che questa conversazione finisca. È troppo giovane per essere una nonna, ma ormai Jack ha già accennato a sua madre. E spera che Gabby e Gammy suonino abbastanza simili alle orecchie di quella donna.

«Una mia nonna vive nel Queensland e l'altra a Perth.» dice Jack con sicurezza, e Gabby stringe i pugni per non mollargli uno schiaffo.

«Oh, davvero?» dice la donna, ormai incuriosita.

«Credo che dovremmo andare in bagno.» dice Gabby, alzandosi bruscamente. Gabby impiega qualche minuto per uscire poiché la donna, che è seduta sul sedile lato corridoio, deve spostare le sue cose e poi si alza lentamente, ma alla fine lei e Jack riescono a uscire e si avviano per dirigersi verso la toilette.

Dopo che lui ha usato il bagno, mentre lo aiuta a lavarsi le mani, gli dice: «Jack, per favore, smetti di parlare con quella signora. È un'estranea e alcuni estranei non sono gentili.»

«Ma tu ci parli con lei.» ribatte Jack convinto della sua logica.

«È un'altra cosa.» sbotta lei. «Ora non parlarci più o non ci saranno dolcetti durante la nostra vacanza.»

Tornati ai loro posti, ripetono tutta la trafila finché non si sono rimessi a sedere e la donna dice a Jack: «Così va meglio, vero?»

Jack guarda Gabby, poi guarda la donna e mima di chiudersi la bocca. Poi abbassa lo sguardo sul suo foglio e torna a colorare.

«È un po' stanco, come me del resto.» dice Gabby in tono deciso e la donna finalmente capisce l'antifona e torna al suo libro.

Gabby guarda il cielo scuro e senza nuvole fuori dal finestrino. È bello essere al di sopra della pioggia, sapere che, anche se provengono da cieli grigi, sono diretti verso un futuro di cieli azzurri e giornate piene di sole.

Mancano solo altri quaranta minuti di volo e poi, appena usciti dall'aeroporto, saranno liberi di tornare a casa. Richard chiuderà sicuramente il suo conto in banca se non sarà contento di quello che lei ha fatto. Non sarebbe la prima volta, ma lui non è a conoscenza della carta di credito che lei ha richiesto e ottenuto a sua insaputa. Avrebbe dovuto usare quella per prenotare i biglietti, ma ha preso la prima che ha trovato nella borsa, visto che aveva bisogno di prendere il primo aereo da Sydney. Incrocia le braccia e sospira tra sé e sé. Ora Richard e la polizia saranno in grado di trovarli. La polizia traccia le transazioni della carta di credito quando cerca qualcuno. Intrappolata nel suo sedile, vorrebbe prendere a pugni qualcosa mentre dentro di sé sente montare la rabbia per la sua stupidità. Perché non ha usato la carta di credito che Richard non conosce? «Che stupida...» sussurra nell'aria, guadagnandosi un'occhiata da parte della donna.

Reclinando la testa all'indietro, chiude gli occhi e respira profondamente per calmarsi. Quando la polizia saprà che è arrivata sulla Gold Coast, lei e Jack saranno già scomparsi nel labirinto di alberghi lungo la spiaggia. E nel giro di un paio di giorni troverà un posto in cui potranno sistemarsi per un po', magari a Brisbane. Potrebbe noleggiare un'auto per arrivarci. Nessuno li troverà. Mai.

La carta che ha richiesto ha un limite abbastanza alto, così può pensare a se stessa e a Jack e poi... Si volta di nuovo a guardare fuori dal finestrino, dove tutto è nero. Non sa cosa succederà a quel punto. Spera che Richard si adegui al suo punto di vista e raggiunga lei e Jack nel Queensland. Il suo lavoro gli consente di spostarsi, può benissimo lavorare dove vuole. Sarà di grande aiuto per crescere Jack. Un bambino ha bisogno di una presenza maschile nella sua vita.

Ma c'è la possibilità che lui non accetti il suo modo di pensare. Potrebbe costringerla a riportare Jack indietro. Questo pensiero le provoca un piccolo brivido. Giusto? Lui vuole solo che lei sia felice e serena, quindi le lascerà certamente tenere il bambino se è questo che lei vuole.

*Non si può avere tutto ciò che si vuole, Gabrielle*, dice la voce di sua madre. Forse sarà più difficile di quanto pensasse. È vero che non ha avuto il tempo di pianificare a dovere, ma è sicura di voler tenere Jack, di crescerlo, ed è tutto ciò di cui ha bisogno in questo momento. Non lo riporterà indietro.

«Gentili passeggeri, stiamo per iniziare la discesa all'aeroporto di Gold Coast.» dice l'assistente di volo e Gabby afferra la mano di Jack.

«Possiamo andare in spiaggia domani.» gli dice.

«Evvai, non vedo l'ora.» esclama lui.

«Anch'io non vedo l'ora.» dice Gabby.

# VENTISETTE

## ANDREA

Richard tracanna un altro bicchiere d'acqua, dando ad Andrea l'impressione che stia cercando di guadagnare tempo. Vorrebbe provare pietà per quest'uomo, ma il suo bambino è con Gabby, che non sta bene; con Gabby, che è in stato confusionale; con Gabby, a cui è stato permesso di continuare a vivere a piede libero, dove può fare del male agli altri.

«Non capisco.» dice lei. «Come può permetterle di fare cose del genere? Come può permetterle di fingere di essere la madre di un ragazzino che appartiene a qualcun altro? Dovrebbe andare in un posto dove possa ricevere aiuto, dove non rappresenti un pericolo per le persone che la circondano.»

Sente che si sta arrabbiando di nuovo e più si arrabbia, più le contrazioni la fanno soffrire. Dovrebbe trovarsi in ospedale in questo momento, ma non può andare da nessuna parte finché non riavrà suo figlio. Maledice la casa in cui si trova, il quartiere in cui hanno dovuto trasferirsi e il marito che ce l'ha portata, in una situazione in cui probabilmente perderà la cosa più importante della sua vita.

Tutto quello che sta succedendo si ricollega alla prima volta che ha scommesso su una partita di football e ha vinto, e non ha saputo accontentarsi. Tutto questo è colpa sua. Lo guarda e si chiede quanto sarebbe difficile crescere due figli da sola. I suoi genitori la aiuterebbero, ma sarebbe comunque lei a fare tutto e dovrebbe trovarsi un lavoro. Avverte addosso una stanchezza pesantissima, e arriva una nuova contrazione. Ha solo bisogno di riavere suo figlio; dopo che avrà partorito e sarà riuscita a ragionare prenderà una decisione.

Richard scuote la testa. «È stata così per tutta la vita. Mia madre, nostra madre era... Non era una buona madre e credo che alcuni bambini nascano più sensibili. Gabby è nata con il bisogno di gentilezza, che non ha mai ricevuto da nostra madre. Non abbiamo mai conosciuto nostro padre e siamo cresciuti entrambi con una grande vergogna per la nostra esistenza. Lui se n'è andato poco dopo la nascita di Gabby e mia madre sembrava incolpare più lei che me. Pensava che se ne fosse andato perché non voleva una figlia. Io credo che lui non volesse essere sposato con dei figli, ma non c'è dubbio che mia madre se la prese con Gabby, sia emotivamente che fisicamente.» Scuote la testa mentre parla di sua madre e Andrea capisce che i ricordi si affollano nella sua mente, perché non potrebbe essere altrimenti. «Gabby conosce il dolore provocato da un adulto nella propria vita e so che non farà del male al vostro bambino.» si affretta ad aggiungere rivolto ad Andrea. «Potete stare tranquilli che non gli farà alcun male.»

«Come fa a dirlo? Come fa a esserne sicuro?» chiede Andrea, incapace di trattenere le lacrime.

«Beh» dice, protendendosi in avanti e infilando la mano nella tasca posteriore, «non sono solo suo fratello. Sono anche uno psichiatra qualificato. Mi sono specializzato negli Stati Uniti, ma ho deciso di trasferirmi qui dopo il divorzio. Ho portato Gabby con me perché sapevo che non ce l'avrebbe fatta da sola.» Tira fuori il portafoglio e poi due biglietti da visita, ne porge uno alla detective e uno ad Andrea, con la mano che gli trema leggermente.

Andrea tiene in mano lo spesso biglietto color crema e legge le lettere nere in rilievo:

RICHARD BURRELL, DOTTORE IN MEDICINA (LAUREA HONORIS CAUSA), PSICOLOGO E PSICOTERAPEUTA CERTIFICATO AL ROYAL AUSTRALIAN AND NEW ZEALAND COLLEGE OF PSYCHIATRISTS.

Fa scorrere le dita su tutte quelle lettere, sperando che significhino che ciò che Richard ha detto sia la verità, che Gabby non farà del male a suo figlio.

«Perché l'ha preso?» chiede, cercando ancora di capire. Forse se capisce può credere che non farà del male al suo bambino, che almeno finché rimane con lei sarà al sicuro.

«Beh...» dice lui intrecciando le dita, «credo che ciò che desidera di più al mondo sia essere madre, ma non ha mai trovato nessuno con cui realizzare questo sogno. Non riesce ad affrontare la vita di tutti i giorni e quindi si inventa una vita familiare di fantasia. Si trasferisce spesso, ma si tiene sempre in contatto con me, così sono al corrente di tutto quello che combina. Sapevo che aveva preso in affitto la casa di fronte alla vostra e sapevo anche che pubblicava immagini di un ragazzo che chiamava Flynn. All'inizio l'ho invitata a smettere, ho cercato di farla ragionare, di farle capire che quello che stava facendo era sbagliato. Ma scrivere di Flynn la rendeva così felice e la manteneva calma e partecipe nei confronti delle persone senza...» Si interrompe perché non può dire che lei non ha mai fatto del male a nessuno, e Andrea sa che è quello che stava per dire. «Le ho permesso di continuare a farlo, anche se non avrei dovuto. È stato difficile per me convincerla che le voglio bene e che voglio aiutarla dal momento che ci sono così tante persone con cui parla su Facebook che credono alle sue fantasie. Per lei diventa completamente reale. Questo dovete capirlo. Se scrive che è accaduto qualcosa con Flynn, è perché l'ha sentito succedere, l'ha visto nella sua mente. Quando era più giovane, era il suo modo di sfuggire a nostra madre, per sopravvivere al modo in cui ci trattava. Era più felice nella fantasia che nella realtà. Anche se ho cercato di farle capire, come faccio ogni volta, che adesso doveva smettere, la verità è che non stava facendo del male a nessuno e speravo che col tempo le sarebbe passata. Non aveva mai fatto niente del genere.»

«Da quanto tempo lo fa?» chiede la detective.

Andrea vede bene che la detective non ha pazienza per i problemi di Gabby. È rimasta in piedi ad ascoltare Richard e ora inizia a camminare avanti e indietro per il piccolo salotto. «Si rende conto che si tratta di frode, vero?»

Richard si strofina la testa. «Flynn non è il primo "bambino" di cui dice di essere la madre.» spiega sventolando una mano in aria. «Ha avuto una figlia che chiamava Amelia e un figlio di nome Michael. Hanno sempre età diverse. Si trasferisce in un posto nuovo e si inventa una vita intorno al bambino. Trova le loro foto su Instagram, poi si unisce ai gruppi delle madri e apre una nuova pagina Facebook. Per lo più è una cosa innocua. È sempre stata innocua, ma alla fine succede qualcosa, qualcuno si accorge che sta mentendo e lei immediatamente chiude tutto, si trasferisce e ricomincia da capo.»

«Ma lei come puoi permetterlo?» chiede Andrea, a voce alta. «È mostruoso.»

Richard si alza e le si avvicina. «Ci sono così tante persone che mentono su Facebook e Instagram, Andrea. L'intero mondo dei social media è una maschera. Nulla è reale, e fino a quando scrive di qualche bambino fantomatico, sta bene: è calma e felice, non ruba e non si mette nei guai. Non aveva mai fatto niente di simile prima d'ora. Dovete credermi.» dice lui, torcendosi le mani. «Non le avrei mai permesso di continuare se avessi saputo che aveva in mente qualcosa del genere. Mi ha parlato di lei e del suo bambino, ma pensavo che passaste solo qualche ora insieme, altrimenti sarei intervenuto subito. Di solito succede che qualcuno su un gruppo di Facebook le faccia una domanda a cui non sa rispondere o le chieda spiegazioni per qualcosa e lei chiude tutto e viene a stare da me per un po'. Non aveva mai parlato con i suoi vicini prima d'ora. L'ultima volta, quando se n'era andata e la stavo aiutando a traslocare, la sua vicina di casa mi aveva detto: "Non sapevo che ci vivesse qualcuno." Di solito non interagisce mai con nessuno, se non su Facebook.» La disperazione nella sua voce nasce dal bisogno che lei gli creda.

«Non credo che gli psichiatri incoraggiano i loro pazienti a indugiare nel mondo delle fantasie.» commenta la detective, scrivendo sul suo taccuino mentre parla.

«Sì, beh...» dice Richard, con espressione neutra ma con un filo di rabbia nella voce, «la mia laurea comporta che sia io a decidere il trattamento appropriato per i miei pazienti, indipendentemente dal fatto che io sia imparentato con loro o meno.»

«Dovrebbe essere rinchiusa.» sbotta Terry, mettendosi dietro ad Andrea e appoggiandole le mani sulle spalle ma lei se lo scrolla di dosso.

Cosa c'è in lei che ha fatto decidere a Gabby di parlarle, di approfittarsi di lei? Era la stessa cosa che aveva spinto Terry a giocarsi tutti i loro soldi e a pensare di poterla fare franca? Aveva forse una specie di segno sulla fronte che non riusciva a vedere e che invitava tutti quanti a trattarla come una stupida indifesa?

«Può darsi» dice Richard, sospirando e annuendo, «ma se rinchiudessimo tutti coloro che sui social media fingono di essere ciò che non sono, le carceri sarebbero stracolme. Quando mi ha scritto che sarebbe andata nel Queensland, sulla Gold Coast, con vostro figlio, e mi ha mandato una foto di lei con il vostro bambino, ho capito che non era una sua fantasia e dovevo venire qui a parlarvi per scoprire se era vero. Ho continuato a sperare che fosse soltanto qualcosa che diceva di voler fare, ma non appena ho visto le auto della polizia, ho capito che era successo davvero.» Affonda la testa tra le mani. «Mi dispiace tanto.» conclude.

«Me la mostri.» urla Andrea.

«Potrei...» inizia la detective, ma Andrea si protende in avanti e tende la mano. Richard sblocca il suo telefono e mostra ad Andrea una foto di Gabby e Jack. Vede che Jack tiene in mano il suo zainetto Hot Wheels e ha un largo sorriso stampato in faccia. Il cuore le batte all'impazzata, le mani le sembrano di burro mentre guarda la foto e riconosce il divano bianco di Gabby sullo sfondo.

«Mi faccia vedere.» dice la detective e Richard le porge il telefono. «È stata scattata alle 17:30, quindi solo poche ore fa. Sembra la casa di fronte, ma non c'è traccia del disordine che c'è ora. Avrebbe deliberatamente messo a soqquadro tutto l'appartamento?» chiede a Richard.

Richard spalanca le braccia. «Non ha mai fatto niente del genere prima d'ora.» dice, e Andrea vorrebbe strappargli dalla bocca questa stupida frase di circostanza.

«Perché l'avrebbe fatto?» chiede la detective.

«Credo che sia cambiato qualcosa. Si è affezionata a questo bambino e qualcosa è cambiato. Non so perché abbia distrutto la casa. Forse voleva che voi pensaste che fosse stato rapito da qualcun altro o che fossero stati rapiti entrambi.»

Andrea rivolge uno sguardo a Terry, che è in piedi dietro di lei, e poi si gira.

«E ha avuto altri contatti con lei?» chiede la detective, tenendo ancora in mano il telefono di Richard.

«Sì, ci siamo sentiti.» conferma Richard, abbassando la testa.

«C'è il blocco schermo. Può sbloccarlo e mostrarmi le conversazioni tra voi due?»

Richard guarda la detective, con il volto privo di emozioni. «Preferirei che non arrivassimo a questo punto. Non sono solo suo fratello, sono anche il suo medico. Sono informazioni riservate.»

«Non in questo momento.» scandisce la detective, con gli occhi ridotti a due fessure. «Un bambino è stato rapito e lei ha il dovere di aiutarci in ogni modo possibile. Conosco bene le regole che riguardano gli psichiatri e i loro pazienti, dottor Burrell. Se qualcuno è in pericolo, lei deve aiutare la polizia.» Si avvicina a Richard, porgendogli il telefono. «Lo sblocchi.» dice.

Richard si alza e prende il telefono, le sue mani tremano un po' mentre digita il codice di accesso. «Ecco qua.» dice, con la voce ridotta a poco più di un sussurro, «Può vedere quando mi ha detto cosa aveva fatto. Ero sconvolto e stavo cercando di farla tornare indietro. Ma ora ha smesso di rispondere.»

La detective prende il telefono e si allontana da Richard, a testa bassa, mentre scorre la conversazione.

«Questa risale a un paio di giorni fa» osserva, «vorrei vedere le conversazioni più recenti, da sette a quattordici giorni.»

Richard scrolla le spalle. «Il vecchio telefono mi è caduto, questo è nuovo. Non ho ancora trasferito tutti i dati perché ho bisogno di qualcuno che mi aiuti a farlo.»

Andrea percepisce una sensazione di allerta in tutto il suo corpo. *Sarà la verità? Che cosa potrebbe nascondere Richard? Sapeva del piano di sua sorella fin dall'inizio? Potrebbe addirittura averla incoraggiata a rapire Jack?*

«È la verità.» aggiunge Richard come se le avesse letto nel pensiero, e infatti sostiene il suo sguardo finché lei non distoglie il suo. Sta impazzendo? Si direbbe di sì.

La detective apre la bocca sul punto di dire qualcosa e poi la richiude e rimane a fissare intensamente Richard. «D'accordo.» dice poi con decisione e gli restituisce il telefono.

Riprende posto sulla sedia della cucina e sfoglia tutti gli appunti che si è scritta. «Giusto per essere chiari, dottor Burrell, lei dice che sua sorella non ha mai sviluppato un attaccamento verso un altro bambino prima d'ora?»

«No, mai.» dice lui scuotendo la testa e infilando il telefono nella tasca della giacca. «È triste e vuole sentire che la gente la ammira, ma lo fa solo sui social media. Affitta su Airbnb un appartamento in un altro quartiere e poi vive questa fantasia per qualche settimana, o per qualche mese, e poi ricomincia da capo.»

«È evidente, però, che le cose sono cambiate drasticamente.» osserva la detective.

«Sì, è evidente.» concorda lui. «Mi dispiace molto.» ripete. Con lo sguardo implora Andrea di capire, ma lei non riesce a trovare nulla da dirgli. Tutte le interazioni con Gabby le scorrono nella mente e si sforza di capire qual è stato il momento esatto in cui avrebbe dovuto rendersi conto che era tutto una menzogna.

«Mi ha chiesto dei soldi per andare negli Stati Uniti e trovare Flynn.» Mentre pronuncia queste parole, Andrea vede il volto di Richard perdere colore.

«Anche questo è insolito.» osserva lui. «Le passo dei soldi per vivere, abbastanza per evitare che debba lavorare. Non ho idea di cosa sarebbe successo se le avesse dato del denaro.»

«Sì, beh» dice Andrea con amarezza, aprendo le braccia a indicare il soggiorno trasandato. «Non abbiamo soldi. Mio marito è appassionato di scommesse.»

Richard guarda Terry, che ha la buona creanza di abbassare la testa. «Forse potrei...» inizia a dire e lascia la stanza.

«Ha creato anche una pagina GoFundMe.» aggiunge Andrea, afferrando il telefono. «Le faccio vedere. Ho anche...» Esita, umiliata dalla sua stessa stupidità. «Ho anche fatto una donazione.» Scrolla le spalle e apre il telefono per mostrarlo a Richard.

«Oh mio Dio» esclama Richard fissando la pagina, «è evidente che c'è stata un'escalation. Non si preoccupi, una volta che tutto questo sarà finito e il suo bambino sarà a casa, risolverò la questione e le restituirò tutti i soldi che Gabby ha ricevuto. Ho fatto un grosso errore a non fermarla prima. Sono mortificato, più di quanto riesca a esprimere. È colpa mia. È tutta colpa mia.»

La sua espressione e il modo in cui si strofina gli occhi per evitare che le lacrime gli scappino via, fanno cadere un piccolo pezzo del muro di rabbia di Andrea. I rapporti con i fratelli possono essere complicati. Andrea sa di avere il sostegno assoluto di Brianna e che farebbero di tutto per aiutarsi a vicenda, ma hanno anche dei genitori meravigliosi che le hanno cresciute con affetto. Non può immaginare cosa significhi avere una madre terribile e malvagia e doversi aggrappare a un fratello per avere un sostegno. Le persone perdonano le eccentricità di coloro che amano e forse Richard pensava che Gabby non stesse facendo nulla di male. Lascia che la logica dei suoi pensieri la investa solo per un attimo prima che la paura, il panico e la rabbia si ripresentino. Vorrebbe essere il tipo di persona che riesce a preoccuparsi degli altri prima di pensare al proprio dolore, ma il suo bambino, il suo piccolo, è scomparso e adesso nessun altro conta. Deve riportarlo a casa, riaverlo tra le sue braccia. Dovrebbe chiamare sua madre e sua sorella, ma non riesce a pensare a come iniziare il discorso per spiegare come mai ha dovuto lasciare il suo bambino con una sconosciuta, quando invece i suoi genitori sarebbero saliti sul primo aereo per Sydney se glielo avesse chiesto. Hanno già i biglietti per raggiungerli la settimana successiva alla data prevista per il parto, per restare ad aiutarla per almeno un mese, ma sarebbero venuti prima se lei lo avesse chiesto. Sa che lo avrebbero fatto e suo figlio sarebbe qui ora, a giocare con la nonna e il nonno, mentre lei avrebbe lasciato fare al suo corpo ciò che doveva fare per mettere al mondo la seconda figlia. Aveva pensato di mandar loro un messaggio dall'ospedale per invitarli a venire prima, ma si era lasciata distrarre da tutti gli esami e dai colloqui con i medici.

«Potrei usare il bagno e vorrei chiamare i miei genitori.» dice Andrea, alzandosi dalla sedia.

Il telefono della detective squilla e Andrea rimane immobile mentre risponde velocemente. «Sì» dice annuendo. «Sì, sì. Va bene, fammi sapere.» Si alza e guarda il telefono. «C'è un volo della Virgin che sta per atterrare sulla Gold Coast. Abbiamo mandato una squadra sul posto.» annuncia.

«E se non avesse preso quel volo?» chiede Andrea. «Allora aspettiamo il prossimo.» risponde la detective.

Andrea sente una forte contrazione. Stringe i pugni, non vuole dirlo a nessuno. Non può avere questa bambina adesso. Non può avere questa bambina finché non avrà la certezza che Jack è al sicuro. Si dirige velocemente verso il bagno, perché vuole tornare ed essere accanto alla detective se le diranno che hanno trovato suo figlio. Il cuore le batte all'impazzata e la testa le scoppia mentre respira durante un'altra contrazione che la coglie in bagno. Sono troppo ravvicinate perché possa aspettare. Dovrà andare presto in ospedale.

Tornata in salotto, si rimette sulla sedia a dondolo, con le mani sulla pancia.

Il telefono della detective squilla di nuovo e Terry va a sedersi vicino a lei. Le prende una mano e lei non la ritrae, stringendo forte. «Non hai idea...» inizia lui, ma lei scuote la testa. Non è il momento di scusarsi. Ora lui deve solo accontentarsi che lei gli tenga la mano mentre cerca di fare dei respiri lenti, mentre immagina il viso del suo bambino desiderando che torni a casa.

# VENTOTTO

## GABBY

Jack le tiene la mano mentre atterrano, affascinato dal rumore delle ruote che si abbassano.

«Mi piace quando fanno il rumore tipo *grrr*.» dice.

Lei ha il telefono in modalità aereo, ma gli scatta infinite foto mentre inizia già a scrivere nella sua testa i post che pubblicherà. Forse questa volta userà solo Instagram, visto che sembra che lo usino molto madri più giovani. *Il primo volo con il mio bambino. Tempo di vacanze con il mio angelo. Momenti di svago tra madre e figlio*, prova nella sua testa. È una madre single, che cresce il figlio da sola dopo un brutto divorzio. Farà sapere alla gente quanto sia difficile la situazione. Tutti amano sentir parlare della vita incasinata di qualcun altro e lei li farà divertire e tutti la ameranno e ascolteranno i suoi consigli per crescere un figlio da sola, e stringerà un sacco di nuove amicizie.

Non vuole togliere il telefono dalla modalità aereo, ma lo fa, sapendo che Richard avrà cercato di contattarla diverse volte. Avrebbe potuto tenerglielo nascosto, ma ama Richard più di chiunque altro al mondo e ha bisogno che lui sia d'accordo con la sua idea.

«Ti divertirai con Gammy, vero?» dice la vicina di posto a Jack e Gabby fa una smorfia. È troppo giovane per essere sua nonna, è più che evidente. Descriverà il racconto di una gravidanza a trentanove anni, cosa non del tutto rara al giorno d'oggi, di una seconda possibilità che le è stata data per vivere una vita veramente degna di essere vissuta. *Bugiarda, bugiarda, Dio odia i bugiardi. Brucerai all'inferno per i tuoi modi ingannevoli*, sente che le urla sua madre, e scaccia la sua voce dalla sua testa. Ora sarà lei la madre, una vera madre, e non penserà mai più a quella perfida vecchia.

Il suo telefono prende a suonare senza sosta via via che i messaggi di Richard arrivano.

*Sei impazzita? Non farlo, ti prego.*

*Chiamami. Chiamami subito. Ti prego, chiamami.*

*Gabby, stai commettendo uno sbaglio. Cosa stai facendo? Ti distruggerai la vita. Distruggerai le nostre vite. Hai rapito un bambino. Andrò alla polizia. Chiamami subito. Non m'importa di quello che stai cercando di fare. È uno sbaglio e dovrò dirlo ai suoi genitori. Ci vado subito.*

Gabby sussulta leggendo l'ultimo messaggio.

«Brutte notizie?» chiede la donna seduta accanto a Jack, evidentemente curiosa.

«No.» risponde lei, scuotendo la testa e iniziando ad alzarsi mentre l'assistente di volo apre i portelloni. Ha la sensazione che le manchi l'aria. Se Richard va da Andrea e dalla polizia, verranno a cercarla e sapranno tutto di lei, tutto ciò che lei si sforza di nascondere. Deve sbrigarsi, deve portare Jack fuori dall'aeroporto e allontanarsi. Sicuramente Richard dirà loro dove sta andando. Non dovranno nemmeno rintracciare la carta di credito.

Avrebbe dovuto usare una carta di credito diversa. Non avrebbe mai dovuto raccontare a Richard quello che aveva intenzione di fare. Il panico le esplode nel petto, irrigidendo i muscoli intorno al cuore che batte all'impazzata.

«Dobbiamo andare.» dice lei, agguantando la mano di Jack.

«Aspetti un secondo. Mi alzo.» dice la donna, che le blocca la fuga. «Sono venuta a vedere i miei nipoti. Non li vedo da un anno intero.» Si china e inizia a rovistare sotto il sedile. Gabby vorrebbe urlare per la frustrazione.

«Per favore, devo scendere.» dice, con la voce resa alta dalla disperazione.

«Ci metto un attimo.» dice la donna, muovendo la testa da una parte all'altra alla ricerca di qualcosa. «Credo di aver fatto cadere la custodia degli occhiali.»

Gabby si abbassa su Jack e lo solleva sopra la donna, facendolo passare nel corridoio, sotto lo sguardo di molti altri passeggeri, poi sale con i piedi sul sedile e scavalca la donna chinata, ringraziando per essersi messa i pantaloni.

«Siamo in ritardo.» dice a una ragazzina che ridacchia e che non ha nient'altro di cui preoccuparsi se non dello zainetto che porta con sé. Percorre il corridoio, tirando Jack e ripetendo a ogni passo: «Scusate, siamo in ritardo.». La gente si scosta, ma ci sono sospiri e grugniti di disapprovazione. «Maleducata.» sente dire da qualcuno, e «Ehi» protesta un uomo mentre lo spinge da parte.

«Mi è caduto il pastello giallo.» dice Jack.

«Te ne comprerò un altro.» esclama e finalmente raggiungono il portellone. La graziosa assistente di volo annuisce e sorride mentre li accompagna fuori e giù per la scaletta che porta sulla pista, dove l'aria notturna conserva ancora un tocco di calore del giorno e un persistente odore di crema solare.

Tira Jack verso il terminal, ma lui è lento e alla fine è costretta a prenderlo in braccio e camminare velocemente, mettendolo a terra solo una volta arrivati.

«Voglio la mia mamma.» dice lui, arrabbiato per la fretta, e Gabby stringe i denti. Non può permettergli di fare i capricci proprio ora, non ora.

Il suo telefono suona in continuazione perché Richard continua a cercare di contattarla e lei resiste all'impulso di gettarlo nel più vicino cestino dei rifiuti. A lui non andrebbe bene e lei non vuole che lui si arrabbi ancora di più, inoltre sarebbe un incubo comprare un nuovo telefono e configurarlo e, soprattutto, Richard ha la gestione dei soldi. La sua carta di credito non durerà molto e presto esaurirà il credito disponibile. I bambini comportano costi elevati.

«Ti porto subito da lei.» dice a Jack. «Ci andiamo adesso.»

Per fortuna la scusa funziona e lui si sbriga un po' di più, felice di poter stare presto con sua madre. Le viene una leggera fitta al cuore. Sta facendo la cosa giusta portando via il bambino ad Andrea? Scuote la testa e passa accanto a viaggiatori lenti che trascinano grandi valigie e si fermano ogni pochi minuti per cambiare di mano i bagagli che stanno trasportando. Andrea avrà presto un nuovo figlio e Jack finirà come altri bambini su qualche sito web di persone scomparse, scomparsi ma non dimenticati, e lei avrà un bel bambino e una nuova vita, e Richard ne sarà felice. Lo sarà.

Quando si avvicina alle porte, si rende conto che deve prendere la sua valigia, ma decide di lasciarla. Tutte le sue cose importanti sono nella borsa che porta a tracolla. Richard sarà felice che lei si faccia un nuovo guardaroba.

Trascina Jack all'interno dell'aeroporto, muovendo la testa da destra a sinistra. Non possono essere scoperti, non possono essere fermati.

Finalmente riesce a vedere le porte di vetro che li condurranno all'esterno, dove i taxi li aspettano per portarli dove vogliono. Sorride e accelera il passo.

«Coraggio, Jack. La mamma sta aspettando.» dice allegramente, come se fosse tutto un gioco, il suo cuore non stesse accelerando e non fosse zuppa di sudore dalla testa ai piedi.

È quasi libera, quasi libera di essere la madre che ha sempre voluto essere. Sarà meraviglioso. Non vede l'ora.

«Ho bisogno che continui a mandarle messaggi, dottor Burrell.» dice la detective e Richard annuisce, prende il telefono e inizia subito a scrivere a Gabby.

«Cosa succederà se non riusciranno a trovarla?» chiede Andrea, odiandosi per aver permesso a quelle parole di inquinare l'aria.

«Non pensiamoci adesso.» dice Terry alzandosi dal divano prima che la detective possa rispondere. «Qualcuno vuole del tè, del caffè o altro?» chiede, come se si trattasse di una specie di riunione tra amici.

«Esatto, non pensiamoci.» dice lei, con l'amarezza che le sale in gola. «Sei molto bravo in questo, vero, Terry? A non pensare alla tua famiglia. Perché, se avessi pensato a noi anche solo una volta al giorno, anche solo per un momento, non avresti mai fatto quello che hai fatto. Sei costato a questa famiglia tutto ciò che possedeva e ora potresti costarmi mio figlio.» Anche lei si alza in piedi, con la furia che la fa accaldare mentre parla. Quando un'altra contrazione la colpisce, stringe i pugni, conficcandosi le unghie corte nei palmi delle mani per non gridare.

«Andrea, ti prego.» dice Terry, alzando le mani per tranquillizzarla, perché la finisca con questa invettiva.

Ma non può essere fermata, perché l'adrenalina e la paura si mescolano alla rabbia. «Tu ci hai fatto questo, mi hai allontanata dai miei amici, così ho dovuto fidarmi di quella donna, e ora siamo...» Il dolore che le attanaglia il ventre è così forte che non riesce più a parlare. «Ooh!» geme chinandosi, piegando le ginocchia e stringendo le mani dove sente i muscoli che si irrigidiscono. Non può più far finta che non stia succedendo.

«Ehi, ehi, Andy, stai bene? Che succede?» chiede Terry, avvicinandosi a lei e mettendosi in ginocchio di fronte a lei.

«È in travaglio?» chiede la detective, con il telefono già all'orecchio per chiamare un'ambulanza, ma Andrea non può andare da nessuna parte finché non saprà che suo figlio è al sicuro. Non partorirà finché Jack non sarà qui a salutare sua sorella.

Scuote la testa, ansimando mentre le contrazioni allentano la presa sul suo corpo. «Solo contrazioni di Braxton Hicks.» rantola, ma sa di mentire e dallo sguardo della detective capisce che anche lei sa che sta mentendo.

La detective avrà dei figli? Probabilmente sì. Ha qualche anno più di lei, quindi potrebbero essere già grandi, adulti, e magari vivono già la loro vita perché la loro madre è stata abbastanza accorta da non affidarli a un estraneo.

«Chiamo comunque un'ambulanza.» dice la detective.

«Non andrò da nessuna parte finché non saprò che mio figlio è al sicuro.» grida Andrea. «Non potete costringermi. Non potete costringermi. Sto bene, sto bene, ho solo bisogno di sapere che è al sicuro!»

«Va bene, va bene, per favore si calmi, la prego, li faccio venire qui in caso di necessità. Non la costringerò ad andare da nessuna parte.»

Andrea trattiene un singhiozzo di sollievo, sapendo che, se lascia questa casa, sarà madre di una figlia unica. Deve rimanere qui. Non è una scelta logica, ma nel suo cuore non c'è più spazio per la logica.

Il travaglio con Jack è durato dodici ore, ma sa che i secondi figli a volte nascono più velocemente. Dovrebbe andare in ospedale, dove ci sono medici e infermieri nel caso in cui qualcosa vada storto, ma non riesce a liberarsi dalla sensazione che, se lascia la sua casa senza sapere che suo figlio è al sicuro, non lo rivedrà mai più. «Devo restare qui... devo aspettare.» mormora.

Terry le tocca un braccio e lei lo guarda mentre lui inclina un po' la testa di lato. Anche lui sa che non è vero che sta bene, perché non sta bene, ma ha bisogno che lui lo tenga per sé per adesso.

«Appena sapremo che Jack è al sicuro, andremo all'ospedale.» afferma Terry con tono deciso e, per un attimo, ad Andrea sembra di rivedere l'uomo che ha sposato, l'uomo sicuro e pragmatico che le aveva detto: «Possiamo affrontare tutto, purché stiamo insieme.»

Lui estrae il telefono dalla tasca e guarda lo schermo. «Inizierò a cronometrarle.» dice, e lei non discute, grata che lui faccia qualcosa per lei.

Torna a sedersi sulla sedia a dondolo, trova conforto fisico nel lieve movimento, e si appoggia allo schienale, reclinando la testa e fissando il soffitto, pieno di crepe. Come sono arrivati qui? Come sono arrivate qui due persone che non hanno mai desiderato niente di più dell'altro e della loro piccola famiglia?

«D'accordo.» dice lei, contando con gli occhi le crepe in modo da avere qualcos'altro su cui concentrarsi. «D'accordo.»

Con i piedi muove la sedia a dondolo e con le mani si culla la pancia mentre la detective parla al telefono e Terry esce dalla stanza per preparare il tè, il telefono pronto in mano. Andrea conta fino a cinquanta crepe e continua ad andare avanti, concentrandosi sul suo respiro, concentrandosi sul fatto di essere in questa stanza in questo momento finché non saprà dove si trova il suo bambino.

# TRENTA

## GABBY

Davanti a lei, le porte a vetro automatiche si aprono e si chiudono, come un faro verso il quale si sta dirigendo. L'aeroporto è pieno di persone, che si muovono tutte nella stessa direzione, alcune trascinando enormi valigie, altre con un'unica piccola borsa.

Una donna in tailleur si dirige con passo deciso verso le porte e con voce squillante parla con qualcuno al telefono: «Prendo un taxi. Sarò lì tra venti minuti. Iniziate la cena senza di me.» Gabby si chiede come ci si senta ad avere una tale sicurezza, quando la propria vita ha un tale significato, e poi si rende conto che lo saprà presto. Sarà una madre e non c'è lavoro più importante di questo.

Le porte si aprono e si chiudono e lei accelera, ma Jack resta indietro, guardando la gente, i negozi, fermandosi ogni volta che sente l'annuncio di un volo. L'odore di cibo fritto che proviene dalle bancarelle le ricorda che è affamata, ma dovrà aspettare a mangiare finché non arriveranno in albergo. Vuole qualcosa di sano per sé e Jack. Deve iniziare a vivere nel modo in cui intende proseguire, e dare a suo figlio da mangiare cibo sano è il modo migliore.

«Andiamo, Jack.» dice, tirandolo un po'.

«Ma guarda, quel bambino sta piangendo. Perché sta piangendo?» chiede lui.

«Non lo so.» risponde lei, sforzandosi di non sembrare irritata. Sono così vicini alla fine. Lei gli tira più forte la mano e lui accelera, mentre davanti a lei le porte si aprono e si chiudono. Sono abbastanza vicini da sentire i fumi della benzina che si diffondono nell'aria calda.

Ce l'ha fatta, ce l'ha fatta davvero. Nessuno li troverà ora. Può prendere un taxi fino a un hotel per la notte e poi lasciare la Gold Coast per andare altrove domani. Questa località turistica ha troppi alberghi perché qualcuno possa trovarli e, in ogni caso, userà la sua nuova carta di credito, che corrisponde alla sua patente di guida falsa. Janet Jones è il nome di una donna normale che nessuno deve ricordare.

Le porte si aprono mentre lei si appresta ad attraversarle.

ANDREA

«Sto aspettando la conferma che si trovassero sul volo appena atterrato.» avverte la detective. «Qualcuno ha riferito di aver visto una donna con un bambino, ma l'ha descritta con i capelli scuri e presumo che Gabby non abbia cambiato colore di capelli in così poco tempo.»

«Potrebbe essersi messa una parrucca.» osserva Andrea, perché ormai tutto è possibile.

Richard si alza e comincia a camminare. «È vero, potrebbe averlo fatto. Ha delle parrucche. So che ne ha. Mio Dio, che casino, che casino colossale. A cosa pensava, a cosa pensava?» mormora, rivolto più a se stesso che agli altri.

Andrea si aggrappa ai braccioli della sedia a dondolo, respira piano attraverso un'altra contrazione, chiedendosi se un giorno sarà in grado di raccontare questa storia a Gemma e a Jack. O potrà raccontarla solo a Gemma?

Terry è in piedi accanto a lei, con gli occhi puntati sul telefono. «Dobbiamo andare in ospedale.» dice. «È pericoloso, Andy.»

«No» sussurra lei, «no.»

«C'è un'ambulanza che sta aspettando fuori. Posso far

venire un paramedico a controllarla, per favore?» chiede la detective.

«Non ancora.» urla Andrea. «Non ancora.» La porteranno via da casa, dall'ultimo posto in cui ha visto suo figlio e lei non glielo permetterà. Andrea sente che i suoi occhi versano lacrime, calde sulle guance e salate in bocca. Il suo bambino non è a casa e se lei si allontana non lo rivedrà mai più.

# TRENTADUE
## GABBY

Sono passate le 20:00 e forse anche l'ora di andare a letto per Jack è passata da un pezzo. Sa che le restano pochi minuti prima che lui cominci ad avere fame e a essere stanco, tutto insieme, e che lei debba affrontare un'altra crisi. Attraversa la porta a vetri e si guarda intorno per cercare l'inizio della fila per i taxi.

«Da questa parte, Jack.» dice, avanzando, con lo sguardo alla ricerca di un taxi disponibile. Qualcuno fischia e un uomo dietro di lei ride ma Gabby guarda davanti a sé.

I suoi piedi si bloccano quando vede la donna che cammina verso di lei. Una poliziotta. I capelli rossi della donna sono raccolti in uno chignon, e contrastano con la sua uniforme blu sotto le luci bianche che illuminano il marciapiedi. Gabby ha la bocca secca. La poliziotta sta guardando il suo cellulare. Gabby fa un passo e la donna alza lo sguardo quando la vede muoversi. Sbatte le palpebre vedendola. La sua bocca si apre. Stringendo più forte la mano di Jack, Gabby lo guarda, ma lui non si accorge di niente, la sua attenzione è rivolta a tutto ciò che vede, la sua testa si muove da una parte all'altra.

Poi Gabby vede un altro poliziotto, un uomo dalle spalle

larghe che tendono il tessuto della camicia azzurra. «Ehi» chiama la poliziotta. Gabby si ferma e si volta a guardare dietro di sé e poi di nuovo davanti. Può tornare indietro, dentro l'aeroporto, e cercare di sparire, di nascondersi da qualche parte. Si vede rannicchiata in un bagno insieme a Jack. Ma non funzionerebbe. Non potrebbe funzionare, perché lui non resterebbe in silenzio. L'hanno vista, lo sanno, lo sanno tutti. Per un attimo è incerta su cosa fare, sente i piedi di piombo mentre loro si dirigono verso di lei.

Poi un altro poliziotto appare dall'interno dell'edificio alla sua destra, scivolando attraverso le porte di vetro, e lei vede che sta parlando al telefono. Lui alza lo sguardo e la vede e lei guarda alla sua sinistra, ma ce n'è un altro, un uomo più anziano. Si gira e c'è un'altra donna, con la mano al fianco, appoggiata sulla pistola, e l'altra mano che tiene il telefono all'orecchio. «Sì, sì.» dice.

Improvvisamente compaiono dappertutto, almeno dieci o più.

La stanno guardando tutti, la stanno fissando tutti, e lei trattiene il respiro. Come hanno fatto a trovarla?

E adesso uno sciame blu si dirige verso di lei, viene a prenderla, per pungerla. Le ginocchia si fanno di burro e per un attimo si sente accasciare prima di riuscire a raddrizzarsi.

Non c'è nessun posto dove andare, nessun posto dove nascondersi.

«Ma che succede?» chiede Jack. «Non andiamo a trovare la mamma?»

«No...» dice lei a bassa voce, con le spalle pesanti di sconfitta. «No.»

«Mi scusi, signora» dice un poliziotto, «possiamo parlarle?»

Gabby annuisce tristemente e nella sua mente le immagini di Jack svaniscono, i post che avrebbe scritto, le storie che avrebbe raccontato, la vita che avrebbe finalmente vissuto.

Tutto si affievolisce e scompare finché non rimane più niente.

«Ciao, Jack.» dice qualcun altro, un uomo che sembra molto giovane, potrebbe dimostrare circa sedici anni se non fosse per l'uniforme. Si accovaccia e Gabby percepisce il leggero profumo del suo dopobarba al legno di sandalo. «Sono l'agente Blake e sono venuto a riportarti dalla tua mamma.»

«La mamma sta per partorire. Stiamo andando a trovarla. Ho preso un aereo con Gabby.» dice Jack al poliziotto, ignaro di ciò che sta accadendo, conservando intatta la sua innocenza. «Mi porta a vedere la mamma e la sorellina in ospedale. L'ultima volta non abbiamo preso l'aereo quando siamo andati in ospedale.»

«La mamma non ha ancora partorito, Jack.» dice l'uomo e Gabby lo guarda. Ha i capelli castani come Flynn e un bel sorriso come Flynn. Ma questo giovane uomo non è Flynn e il bambino accanto a lei non è suo figlio Jack. Per un momento, solo per un momento, aveva sperato che potesse essere così. Ha perso tutto. Ha perso il suo passato perché salterà fuori che Flynn non è mai stato reale, e adesso le stanno portando via questo bambino e ha perso il suo futuro. Tutto è andato perduto. Le sue ragioni di esistere sono sparite. Richard aveva ragione. Non avrebbe mai dovuto concedersi questo momento di follia. Avrebbe dovuto continuare a fare quello che ha sempre fatto. Ma ha voluto per un attimo sentirsi una vera madre, sapere cosa significa avere un figlio nella propria vita che dipendesse da lei. Voleva che i suoi post fossero veri per una volta, con solo una piccola modifica per suscitare simpatia e interesse. La sera, quando spegneva il computer, non voleva rimanere sola con i suoi pensieri e i messaggi di Richard. Voleva che ci fosse qualcuno, un bambino che le volesse bene a prescindere, un bambino che apprezzasse quanto era brava come madre e quanto era diversa da sua madre.

Lo desiderava, ma non è il tipo di persona che può avere

una cosa del genere, e Richard dovrà lavorare molto duramente per salvarla da questa situazione. Spera che sia preparato.

Da dietro, qualcuno le mette una mano su una spalla. «Gabby Burrell...», esordisce una voce, e Gabby si lascia trasportare dalle parole. La testa le crolla e non riesce a trattenere le lacrime.

# TRENTATRÉ

## ANDREA

La paramedico, una giovane donna con i capelli scuri raccolti in una treccia, si accovaccia accanto a lei, controllandole il polso. Andrea non la guarda, non riesce a sostenere lo sguardo di nessuno, perché se lo facesse verrebbe trascinata via. La donna ha uno stetoscopio che usa per ascoltare il battito cardiaco di Gemma ogni pochi minuti. Andrea conta le crepe.

*Centododici, centotredici...* Se continua a contare, se continua a spostare gli occhi sul soffitto, allora il suo corpo rimane calmo e immobile, e lei ha bisogno di rimanere calma e immobile finché suo figlio non sarà al sicuro. Terry è seduto accanto a lei, apre e chiude la chiusura dell'orologio e il rumore dello scatto è più confortante che fastidioso. Si ricorda che lo faceva anche al loro matrimonio, prima di alzarsi per fare il discorso. Lo fa quando è nervoso, quando è insicuro. Continua a controllare il telefono, per tenere conto delle contrazioni con estrema attenzione.

I poliziotti sono appostati davanti alla porta come se Jack potesse entrare da un momento all'altro e la detective cammina avanti e indietro per il piccolo ingresso, tra il soggiorno e le camere da letto, con gli occhi incollati al telefono.

Nessuno parla.

Lo squillo del telefono della detective perfora l'aria e Andrea si volta a guardarla mentre passa il dito sullo schermo e se lo accosta all'orecchio.

«Sì» abbaia e poi rimane in ascolto, facendo un cenno con la testa. «Sei sicuro? Dov'è successo?» chiede, e il cuore di Andrea si blocca tra un battito e un altro.

Alzando gli occhi, la detective incrocia il suo sguardo e le fa un cenno con la testa, accompagnato da un pollice in su per farle capire che lo hanno trovato. *Lo hanno trovato*. Un sorriso si allarga sul viso della detective che si rilassa ora che sa che il bambino è al sicuro.

Un grido viene dal profondo di Andrea, forte e roco, si china in avanti e geme: «Oh Dio, ti ringrazio, ti ringrazio, ti ringrazio.» I singhiozzi le scuotono il corpo, il sollievo le scorre nelle vene e la bambina che vuole nascere le toglie il respiro con un'altra forte contrazione.

«Sono troppo ravvicinate.» dice la paramedico.

«Shh, shh» le fa Terry e la abbraccia e lei lo guarda per poi accorgersi che anche lui sta piangendo. Sente una diga rompersi dentro di sé, tutto si riversa fuori, e per qualche minuto piange con suo marito per quello che è successo alle loro vite e per la fortuna che li ha aiutati a ritrovare il loro bambino.

La detective si avvicina ad Andrea. «Se può farlo, deve parlargli. Gli dica di seguire gli agenti della polizia, in modo che non abbia paura.» Andrea annuisce e tira su col naso, fa un respiro profondo che le scuote tutto il corpo. La detective le passa il telefono e lei cerca di controllare la voce e le lacrime che minacciano di sommergerla mentre dice: «Ehi, Jack. Ehi, tesoro. Sono io. Sono la mamma.»

La paramedico si alza e fa un gesto al suo collega in piedi sulla porta, che spinge la barella dentro la stanza.

«Ce la fa a salire?» chiede la donna.

«Posso fare qualsiasi cosa» dice Andrea tra le lacrime mentre ascolta la voce di suo figlio, «qualsiasi cosa.»

# TRENTAQUATTRO
## GABBY

Avverte la presenza di un altro poliziotto che le si avvicina. Sono così tanti che sembrano essere spuntati dal terreno, proprio di fronte a lei. Da dove vengono tutti questi agenti?

La gente che esce dall'aeroporto la guarda a bocca spalancata, si ferma qualche istante a osservare lo spettacolo. Davanti a lei, i taxi escono dalla fila, prendono turisti, uomini d'affari o persone che tornano a casa, e rombano via. Chi sale a bordo, si trova al sicuro dal vento freddo che si è alzato all'improvviso, dal cielo scuro e dai sogni che vengono spazzati via proprio qui, in questo momento, mentre la notte si fa sempre più fonda.

Il poliziotto porge a Jack un telefono. «La mamma vuole parlarti, Jack.» gli dice, e Gabby sente la voce di Andrea, sente le lacrime dietro le sue parole. Questa volta ha davvero sbagliato.

«Ciao, mamma.» dice Jack, con la voce piena di eccitazione per l'avventura vissuta. «Io e Gabby abbiamo volato sull'aereo in alto nel cielo» dice alzando il braccio per indicare l'altezza, «e ho mangiato delle patatine e un cioccolatino con dentro il caramello come piace a te e ora veniamo a trovarti.»

Le parole si accavallano le une sulle altre mentre Jack cerca di raccontarle tutto, ma poi lei parla di nuovo e lui si acquieta ascoltando sua madre, sua madre e non Gabby, che non sarà mai una madre.

«Ehm, sì... va bene, ma perché non posso stare con Gabby?» Andrea gli avrà detto di andare con la polizia, chiaramente. «La nonna? Davvero?» chiede, e Gabby ricorda che Andrea le ha detto che i suoi genitori vivono nel Queensland. «Okay, e il nonno mi porta in spiaggia e mi compra un gelato al cioccolato? Evviva!» urla pieno di felicità.

Restituisce il telefono all'agente e guarda Gabby. «Indovina! Indovina!» esclama. «La nonna sta venendo a prendermi e domani mi porterà in spiaggia a casa sua e andremo a fare surf con la tavola da surf che mi ha comprato il nonno e potrò fare una vacanza da solo con la nonna e il nonno e il gelato al cioccolato.»

I suoi occhi azzurri brillano di gioia per l'inaspettata svolta degli eventi. Jack non ha idea di cosa sia appena successo, non ne ha idea. Non è rimasto traumatizzato dalla decisione che Gabby ha preso. Non gli avrebbe mai fatto del male, ma mentre lo ascolta raccontare alla poliziotta accanto a lei tutte le cose che sta per fare, si rende conto che questa è la conclusione più giusta: non è fatta per essere una madre, o comunque non una vera madre.

Sente che le tirano le braccia dietro la schiena, ma le mani che le stringono le manette ai polsi sono delicate. Non sta opponendo resistenza, non sta lottando. Lotta da sempre, da tutta la vita, e adesso ha finito.

*Conseguenze, ragazzina malefica. Sei una bugiarda inguaribile, una ragazzina odiosa.* La voce della madre ritorna, riversando la sua furia contro Gabby, che non riesce a trattenere le lacrime. Voleva bandire quella donna per sempre e invece è tornata per vendicarsi.

La sua lotta è finita. Chiunque le abbia messo le manette ai polsi dice: «Da questa parte per favore.» e la tira con cautela.

Gabby tira su col naso e si lascia sfuggire qualche altra lacrima. Sarà meglio adottare l'atteggiamento di chi ha commesso un gravissimo sbaglio. È quello che deve fare ora. Verserà lacrime e si scuserà ancora e ancora. Dirà a tutti quanti che non si capacita di quello che ha fatto. Si mostrerà confusa quando glielo spiegheranno e sosterrà che Flynn è scappato. È necessario che faccia tutto questo adesso, in modo che Richard possa salvarla dalla prigione. Questo è ciò che conta. Dovrà assicurargli che da questo momento in poi si comporterà bene, e così farà.

*Guarda cosa hai fatto alla tua vita, quello che hai fatto agli altri. Sei patetica*, continua la voce di sua madre e Gabby si concede tristemente un accenno di sorriso per l'insistenza di quella donna. Non lascerà mai la mente di Gabby. Ma presto tutto questo finirà e Gabby potrà ricominciare da capo, in un posto nuovo, nei panni di un'altra persona. Presto sarà tutto finito.

# ANDREA

Andrea si agita nel letto d'ospedale, si tira su e si protende in avanti per avvicinare a sé la culla trasparente di Gemma. Dovrebbe riposare finché la bambina dorme, ma ha bisogno di guardarla ancora una volta. Gemma le assomiglia più di quanto le assomigliasse Jack quando è nato. Era stato un Terry in miniatura dal momento in cui aveva respirato la sua prima boccata d'aria. Gemma ha occhi grigio scuro che, secondo lei, diventeranno marroni come i suoi. La testa è ricoperta da ricci capelli biondi, che Andrea sa che si scuriranno fino a diventare di un marrone brunito simile a quello dei capelli di Jack. Le labbra e il mento li ha presi dalla madre. Andrea non può fare a meno di stupirsi della perfezione della sua bambina.

Un giorno sua figlia le dirà che vuole tagliarsi, tingersi o cambiare in qualche modo i suoi riccioli, ma com'è adesso è perfetta, con le sue labbra a bocciolo di rosa che si muovono nel sonno mentre cerca il latte.

Andrea non ricorda il viaggio verso l'ospedale in ambulanza perché era in preda al dolore più vivo. Sa che una volta che i paramedici l'avevano messa su una barella e caricata sull'ambulanza e che lei sapeva che Jack era al sicuro, il travaglio era diventato come un treno in corsa e non c'era stato tempo per gli antidolorifici, non c'era stato tempo per nient'altro che non fosse la sensazione di spinta che stava minacciando di farla scoppiare quando erano arrivati in ospedale.

Solo quando il medico specializzando dall'aria sbigottita aveva adagiato Gemma sul suo petto dicendo: «È stato velocissimo.» si era resa conto che, aspettando così a lungo, avrebbe potuto mettere in serio pericolo la sua bambina. Mentre Gemma piangeva, aveva ringraziato il Signore per questo miracolo, così come aveva già ringraziato il Signore per aver salvato suo figlio. Era stata nervosa finché non aveva saputo che sua madre stringeva tra le braccia suo figlio, nervosa e in attesa che qualcosa andasse storto.

«La polizia ci ha dato una scorta.» le aveva raccontato sua madre durante la prima meravigliosa telefonata che le aveva fatto per farle sapere che Jack era con i nonni e che si trovava in un posto dove sarebbe stato al sicuro come quando stava con lei. «Adesso riposati, tesoro. Io e tuo padre abbiamo tutto sotto controllo.» La voce calma di sua madre viaggiava nell'aria, dandole conforto e facendola piangere di nuovo per il sollievo. Jack arriverà questo pomeriggio con i nonni, che lo hanno tenuto a casa loro nel Queensland per due giorni e poi sono andati a Sydney mentre lei si riprendeva un po'. Jack non vede l'ora di tenere in braccio la sorellina e Andrea è contenta che lui abbia preso bene la notizia del suo arrivo. È un grande cambiamento per un bambino di tre anni, ma è solo il primo di molti altri. Jack è ancora beatamente ignaro di ciò che gli è realmente accaduto e lei e Terry hanno deciso di non dirgli altro se non che Gabby lo ha semplicemente portato a trovare i nonni. Quando sarà abbastanza grande per capire, gli racconteranno il resto della storia.

Aveva aspettato solo un'ora alla stazione di polizia sulla Gold Coast, finché i nonni non erano arrivati a prenderlo, e l'emozione più grande di tutta l'avventura era stata quella di salire su un'auto della polizia e di poter accendere le luci e la sirena. Un vero sogno per un bambino di tre anni.

Ora tutto il travaglio le sembra surreale, come lo è stato quello di Jack. Andrea ama guardare la sua bambina appena nata, ma ha anche un po' di paura di addormentarsi. Teme che Gabby venga a cercare la sua bambina o che gli uomini a cui Terry doveva dei soldi vengano per farlo pagare. Ma Gabby è rinchiusa sotto sorveglianza e dovrà tornare negli Stati Uniti, da dove provengono lei e suo fratello. Terry non deve più soldi a nessuno. Se ne è occupato suo padre.

Lei non vede l'ora di lasciarsi alle spalle Sydney e tutto quello che è successo.

Fra tre settimane, quando avrà avuto più tempo per riprendersi fisicamente, prenderà l'aereo per Brisbane, dove vivono i suoi genitori, insieme a Jack e Gemma; Terry li raggiungerà con il padre di Andrea con il furgone di famiglia e allora lei, Terry e i loro figli rimarranno a vivere dai suoi genitori. Questi sono i termini dell'accordo che Terry e suo padre hanno stabilito quando lui ha saldato il debito di oltre ventimila dollari.

Suo padre è un gigante gentile che non ama le conversazioni, ma Terry le ha raccontato che lo aveva accompagnato per assicurarsi che i soldi venissero trasferiti e che il debito venisse azzerato, e che aveva detto all'uomo corpulento che prendeva il pagamento: «Dovreste vergognarvi di aver lasciato che questo ragazzo perdesse tutto una volta e poi di averglielo lasciato fare di nuovo.»

«Volevo dirgli che non ero un ragazzo, che mi ci ero messo dentro da solo e che da uomo ne sarei uscito da solo, ma sono rimasto in silenzio.» le aveva raccontato Terry.

«È quello che avresti dovuto fare.» gli aveva risposto Andrea, cullando la figlia appena nata tra le braccia.

«Passerò il resto della mia vita a farmi perdonare da te e dai tuoi, Andy, te lo assicuro.» le aveva garantito lui e questa volta lei aveva capito che stava dicendo la verità, che qualcosa dentro di lui si era mosso il giorno in cui Gabby aveva preso loro il figlio. Aveva toccato il fondo con forza e velocemente. Perdere una casa era una cosa, ma rischiare di perdere un figlio perché tua moglie si era dovuta fidare di qualcun altro in tua assenza era del tutto diverso. Lei avrebbe voluto continuare ad avercela a morte con lui, ma la sua disperazione è così evidente a chiunque che è stato difficile mantenere la rabbia. Lei gli aveva dato una seconda possibilità e lui aveva combinato un disastro spettacolare, ma sembra che la realtà di ciò che è accaduto, di ciò che sarebbe potuto accadere, lo abbia sconvolto e gli abbia fatto capire come stava conducendo la sua vita. C'è stato un cambiamento in lui, qualcosa nel modo in cui le parla e la guarda le fa intendere che ha capito quanto sia stato vicino a perdere la sua famiglia, a rimanere da solo. L'uomo che ha sposato non è più tornato, ma al suo posto c'è un uomo più maturo, qualcuno che finalmente sembra aver capito il valore di sua moglie e dei suoi figli, e questo è l'uomo che Andrea non può fare a meno di perdonare, non può fare a meno di amare.

Quando si saranno trasferiti nel Queensland, Terry andrà ogni giorno dai Giocatori Anonimi e lavorerà per suo padre per i due anni successivi, per ripagare il suo debito e prendersi cura della sua famiglia. Sarà formato per la posa delle moquette e comincerà dalle basi; Andrea sa che sarà un'esperienza umiliante per suo marito, abituato a stupire con vendite eccezionali e a tornare a casa ogni giorno con le mani lisce e morbide. Ma suo padre ha pagato i suoi debiti e quindi ha il diritto di chiedergli quello che vuole. Le piace l'idea che suo padre sorvegli Terry ogni giorno per i prossimi due anni. Non accetterà assenze inspiegabili come quelle che faceva al negozio di Baz. «Farò tutto quello che dovrò fare.» ha promesso Terry, e Andrea ha capito che lo pensa davvero.

In ogni caso, Andrea non intende rimanere a Sydney. Non potrebbe sopportare di vedere ogni giorno la casa di Gabby e sapere che la sua ingenuità le è quasi costata Jack.

Sarà meglio ricominciare da capo nel Queensland. Sua madre la aiuterà con la bambina e suo padre sorveglierà Terry, e anche se ha la sensazione che prima o poi lei e suo marito non riusciranno più a sopportare questa sistemazione, per il momento sembra la soluzione migliore, e magari Terry potrebbe anche imparare ad apprezzare quel lavoro e fare carriera come venditore nello showroom di tappeti.

Terry ha accettato tutto ciò che lei gli ha chiesto. Non che avesse scelta: o accettava oppure perdeva la sua famiglia. Nonostante la spossatezza dovuta al parto, oggi Andrea si sente più forte di quanto si sia mai sentita. Non permetterà a nessuno di intromettersi di nuovo tra lei e i suoi figli, né a Terry né a un estraneo che si presenta travestito da amico.

Gemma apre la bocca ed emette un suono un po' stridulo, e Andrea accarezza delicatamente la coperta dell'ospedale a righe arcobaleno in cui è avvolta e le sussurra «Shh» e Gemma torna tranquilla. Su una piccola cassettiera appoggiata a una parete della stanza d'ospedale c'è un grande mazzo di crisantemi rosa. Il bouquet è di Richard, il fratello di Gabby.

*Congratulazioni per la vostra splendida bambina. Vi auguro una vita piena di gioia e pace*, si legge nel biglietto.

Andrea è dispiaciuta per quell'uomo, che ha dovuto occuparsi della sorella malata per tutta la vita. Sa che non avrebbe mai potuto prevedere che Gabby avrebbe fatto quello che ha fatto, perché non aveva mai tentato nulla di simile prima di allora, accontentandosi di vivere le sue fantasie online.

Il vero nome di Flynn è Aaron Philips ed è un ragazzo di diciassette anni che vive nel Michigan. Sua madre minaccia di fare causa a Richard perché era a conoscenza di ciò che Gabby stava facendo e, sebbene provi compassione per lui, Andrea pensa che debba essere chiamato a rispondere delle sue azioni: sapeva che sua sorella stava sfruttando le immagini del figlio di altre persone e non ha fatto niente per fermarla, perché così facendo non avrebbe dovuto occuparsi di sua sorella. Poteva sembrare una cosa innocua, ma non lo era. Uno schermo trasmette una percezione di distanza, ma dietro quegli schermi vengono causati danni reali e gravi tutti i giorni. Andrea ha sempre creduto che non sarebbe mai stata vittima di una truffa su Internet, ma ne è stata vittima nella vita reale. In futuro guarderà tutti quelli che incontrerà con un certo sospetto. Terry le ha tolto la capacità di fidarsi del suo stesso marito e Gabby le ha tolto la capacità di fidarsi di una nuova amica. Ora c'è un muro intorno a lei contro coloro che potrebbero tradire la sua fiducia, e deve rimanere in piedi perché possa proteggere i suoi figli. Non è sicura che il suo matrimonio sopravviverà a ciò che è successo, ma è disposta a dare a Terry la possibilità di dimostrare di essere l'uomo che ha sposato, e non il drogato di gioco d'azzardo che è diventato. Gli darà quest'ultima possibilità.

Qualcuno bussa delicatamente alla porta e la apre. Sono i suoi genitori con suo figlio. «Ciao, piccolo.» sussurra e tende le braccia a Jack, il cui sorriso illumina la stanza.

«Mamma!» grida correndo verso di lei, saltando sul letto, già nel bel mezzo di un racconto a proposito di tutto ciò che ha visto e di tutto ciò che ha fatto.

«Ti ringrazio, Signore.» sussurra Andrea stringendo tra le braccia il figlio e guardando la figlia.

Quando si riuniscono per la foto, il sorriso di Andrea è così ampio da farle male alle guance.

# GABBY

L'infermiera osserva Gabby mentre prende le sue cose. Con sé non ha molto: solo un cambio di vestiti e qualche capo di biancheria intima di riserva, oltre allo spazzolino e al dentifricio. È da una settimana di fila che indossa un camice da ospedale e i vestiti che le sono stati dati per cambiarsi glieli ha comprati Richard, che non se ne intende di queste cose. I pantaloni grigi le stanno un po' troppo grandi perché mangiare è stato difficile. Non ha mai sopportato il cibo insipido, preferisce mangiare la frutta. Il maglioncino è di una bella tonalità di blu, ma il materiale è scadente, chiaro segno che Richard le ha comprato la prima cosa che ha trovato.

Non vede l'ora di togliersi quei vestiti e di fare una lunga doccia calda per poi buttare via tutto quello che indossa. Il tessuto rigido le graffia la pelle e puzza terribilmente di sostanze chimiche. Ha lasciato un paio di vestiti nella casa in cui abitava ed è sicura che, quando i proprietari torneranno, li butteranno via senza pensarci due volte. È stato insolito trovare una casa in periferia disponibile per un periodo di tempo così lungo. Quando l'aveva vista, le era sembrato che l'universo le stesse parlando. Il proprietario aveva un incarico all'estero per sei mesi e sperava di trovare qualcuno che vi si trasferisse, e Gabby si trovava lì proprio nel momento in cui avevano bisogno di qualcuno disposto a tenere in ordine la casa e a pagare per questo privilegio.

«Suo fratello arriverà presto.» le dice dolcemente l'infermiera.

A Gabby sta simpatica questa infermiera, è gentile e garbata e sembra davvero che voglia aiutare i suoi pazienti a riprendersi, ma questo è un ospedale statale e non è attrezzato per le lunghe degenze, e da quello che le ha detto la terapista con cui ha parlato, dovrà rimanere in ospedale per molto, moltissimo tempo. Adesso che è stata espulsa dall'Australia ed è stata rimpatriata negli Stati Uniti, le verrà consentita la dimissione solo perché Richard è uno psichiatra e ha ottenuto il permesso di portarla via da questo paese, dove ha quasi distrutto una famiglia. Gli australiani non hanno intenzione di accoglierla e sottoporla a terapia. Stavano per rinchiuderla in un centro di detenzione, in attesa dell'espulsione, ma Richard è riuscito a ottenere che venisse rilasciata sotto la sua custodia, in modo da poterla riportare a casa e farla curare negli Stati Uniti. È sempre stato abile nella scelta delle parole e le imponenti lettere che seguono il suo nome gli conferiscono autorevolezza e prestigio. È riuscito a convincere tutti che la sua salute mentale non avrebbe retto al tempo trascorso in un centro di detenzione, e ha ragione: già essere rinchiusa in questo ospedale l'ha quasi fatta impazzire. Non ha potuto andare da nessuna parte o fare alcunché senza la supervisione del personale e si è ritrovata circondata da gente pazza. Lei non è una di loro, non lo sarà mai.

Jack è al sicuro, a casa, con la sua famiglia, quindi, non ha subito alcun danno reale. Era confuso quando l'avevano fatto salire su un'auto della polizia, ma era stato abbastanza contento dell'esperienza quando gli avevano promesso di accendere luci e sirene. All'aeroporto si era voltato solamente una volta per guardarla prima di andarsene. «Ciao ciao, Gabby.» le aveva detto e poi se ne era andato con il poliziotto a fare un giro in macchina con le sirene, raccontandogli di essere salito su un aereo. Aveva il cuore pesante come un macigno di tristezza nel petto, ma mentre lo guardava andare via, aveva capito che era meglio così. Non aveva mai veramente compreso cosa ci volesse per prendersi cura di un bambino e dubita che riuscirà mai a capirlo. È abbastanza facile rubare qualcosa in un negozio, godersi l'emozione segreta di possederla e poi riporla in un cassetto quando non ci scatena più alcun interesse. Ma Jack sarebbe stato per sempre una sua responsabilità e adesso può riconoscere che il sogno non è stato pienamente all'altezza della realtà. Vorrebbe trovare un modo per scusarsi con Andrea, ma è meglio non contattarla. Portarle via Jack è stato un impulso nato dal desiderio di avere una vita diversa, ma deve trovare un modo per accontentarsi di quella che ha.

Riesce a immaginarsi il tipo di posto a cui Andrea e la polizia sono convinti che lei sia destinata: vogliono vederla rinchiusa in una prigione camuffata da ospedale, dove i medici le faranno delle analisi del cervello, dove troveranno senza dubbio sua madre, che sogghigna con freddezza. Lei detesta parlare di sua madre. Sua madre per lei è morta ma potrebbe essere morta anche fisicamente: non la vede da decenni. Talvolta le piace immaginarsela sola e sofferente, a struggersi nella sua amarezza mentre maledice la figlia diabolica per averla abbandonata. I cattivi genitori meritano di morire da soli. Diventare vecchi e fragili non ti esime dall'essere stato una persona malvagia quando eri giovane e in forze.

«Grazie.» dice Gabby all'infermiera mentre questa la accompagna all'ingresso, dove aspetteranno l'arrivo di Richard.

Non le è stato permesso di tenere il telefono in questo ospedale, né di leggere giornali o guardare il notiziario, perché per alcuni pazienti costituisce un fattore di disturbo. Lei non sopporta di essere allontanata dai contatti, dai social media, ma è sicura che Andrea abbia dato alla luce la sua bambina e si augura che sia andato tutto bene. Non desidera che il meglio per Andrea e per la sua piccola famiglia, anche se sa già che, una volta partita, non penserà più a loro. Richard ha chiuso la sua pagina Facebook e ha rimosso tutte le foto di Flynn. Il nome "Flynn" si addice al ragazzo che ha scelto molto di più di quello che gli hanno dato i suoi genitori. È così che sceglie i suoi bambini, cercando su Instagram e su Facebook fino a quando non ne vede uno che porta un nome completamente sbagliato. Aaron è noioso e tranquillo, mentre Flynn è un ragazzo che cambierà il mondo. Sembrava che avrebbe potuto cambiare il mondo.

All'ingresso, trova Richard in piedi davanti al bancone che parla con un'altra infermiera. Tiene in mano una spessa cartella e ha gli occhiali appoggiati sulla testa. Avrebbe bisogno di lenti bifocali ma non vuole comprarle perché si rifiuta di pensare di essere tanto vecchio da averne bisogno. Gabby sente il suo spirito sollevarsi alla vista del fratello, come sempre. La gente è tutta intorno, ma quando lui alza gli occhi e i loro sguardi si incontrano, per pochi secondi ci sono solo loro due e lui è arrivato per salvarla, ancora una volta.

Gabby aspetta in silenzio che Richard finisca di compilare la miriade di moduli.

Non la abbraccia quando l'infermiera gliela consegna, ma le prende il gomito e la guida verso la sua macchina, lentamente e con cautela, come se fosse anziana o inferma. Lei si premura di ciondolare la testa, di apparire leggermente confusa dalla situazione, di vergognarsi di chi è e di come è arrivata fin qui.

I primi minuti di viaggio in macchina li trascorrono in silenzio, e tutte le cose che lei vorrebbe dirgli le si affollano nella mente.

«Mi dispiace.» sussurra alla fine.

«Lo so che ti dispiace.» risponde lui.

Gli alberi che costeggiano sono spogli o conservano le ultime foglie marroni, mentre la piena forza dell'inverno si abbatte su Sydney. Gabby chiude gli occhi e immagina un posto caldo, un posto nuovo.

«Ho prenotato il volo diretto per New York delle cinque e un quarto, per entrambi. Ho dovuto dimostrare che avevo i biglietti, in modo che mi permettessero di portarti via.»

«Adoro New York.» dice Gabby. «Non tutta però, solo alcune zone.» Tiene lo sguardo fisso fuori dal finestrino, sugli edifici che passano, sulle auto piene di persone che vanno da qualche parte e fanno qualcosa in un martedì pomeriggio. In molte auto ci sono dei bambini sui sedili posteriori. I piccoli con la testa che supera a malapena il seggiolino e quelli più grandi che indossano l'uniforme scolastica e tengono la testa china sui telefoni.

«Non riesco a capire» dice Richard, «perché mai tu abbia fatto una scelta del genere. Non poteva che finire con il tuo arresto. Siamo in Australia e qui sono molto più attenti ai bambini che spariscono. Perché hai fatto una cosa così avventata? Come hai fatto a non pensare che sarei dovuto intervenire per impedirtelo?»

Non sembra arrabbiato, ma solo confuso. Sa che lei ha questi vuoti, piccoli vuoti quando prende decisioni impulsive. Ma questa è una mossa più grave di qualsiasi altra che lei abbia mai commesso prima.

Gabby guarda avanti mentre Richard si immette nell'autostrada. «Non riesco a spiegarlo.» dice poi. «Credo che mia madre si facesse sentire più del solito e io avevo bisogno di qualcosa di diverso. Ho pensato che avere un bambino, un bambino vero, mi avrebbe aiutata. Era così adorabile e si comportava così bene. Quando ho comprato i giocattoli, l'ho fatto perché all'inizio volevo un bambino più piccolo, un bambino molto piccolo, ma poi c'era Flynn e ho dovuto continuare così, ma desideravo un bambino, uno che mi tenesse la mano.» Si morde il labbro, non vorrebbe confessare, ma sa che è meglio dirgli tutto. «A volte mi sento così sola e mi sembra che tu sia così lontano che io...» si interrompe e si asciuga qualche lacrima.

Lui lascia il volante e le prende una mano. «Non devi sentirti sola. Anche se non siamo vicini, ci sarò sempre per te e questo lo sai. Ci sarò sempre per te, per sempre.»

Davanti a loro c'è una piccola area di sosta dove le auto possono accostare se devono fermarsi e Richard accosta, spegne il motore e si rivolge a lei. «Ero preoccupato per te, tesoro.» le dice, e lei si avvicina verso di lui e lo bacia. E il bacio si prolunga e lei gli scorre le mani sul petto, adora la sensazione di sentirlo vicino dopo tanti mesi di lontananza. Ha ragione, lei ha lui, ed è stato così per molto, molto tempo. Lo guarda e non vede i suoi capelli grigi e la sua pelle invecchiata, ma il bambino di nove anni che ha incontrato un giorno gelido fuori dall'appartamento di Brooklyn dove viveva con sua madre. Nevicava e lei era fuori con indosso solo una maglietta e un paio di jeans. Era una bambina lurida e malvagia che aveva fatto arrabbiare così tanto sua madre per averle chiesto qualcosa da mangiare che lei l'aveva spinta fuori per farle provare cosa vuol dire davvero avere freddo e morire di fame, così sarebbe stata grata per tutto quello che aveva. All'epoca non si chiamava Gabby, ma Gabrielle, un nome altisonante per una bambina perennemente in difficoltà. Sua madre odiava quando qualcuno la chiamava Gabby, ed è per questo che oggi si fa chiamare così ogni volta che può. Ricorda che si trovava vicino a un muro, tremava e piangeva, teneva la testa abbassata per la vergogna e la disperazione, quando lui le si avvicinò e le chiese se stava bene. Lei cercò di annuire, ma le lacrime la tradirono. Richard, che all'epoca si chiamava Michael, si tolse la giacca e gliela porse, avvolgendogliela sulle spalle e standosene in piedi, vicino a lei finché lei non sentì sua madre che urlava il suo nome. «I genitori fanno schifo, ma io vivo laggiù» le disse indicando un altro palazzo molto simile al suo, «e puoi sempre venire a chiedere aiuto a me.»

Costruirono una forte amicizia che si trasformò in amore senza che nessuno dei due se ne accorgesse. Quando furono abbastanza grandi, si lasciarono tutto il resto alle spalle e da allora sono sempre stati insieme. Non è che avessero pianificato questo stile di vita; ci si sono ritrovati per caso, perché la gente è davvero ingenua. La prima volta che Gabrielle e Michael mentirono a un uomo alla stazione di servizio dicendogli che dovevano tornare a casa per il funerale del padre, e lui consegnò loro una banconota da cinquanta dollari con le lacrime agli occhi, capirono cosa potevano fare: Michael ci sapeva fare con le parole e l'aspetto fragile di Gabrielle suscitava sempre compassione.

«Io mi farò chiamare Richard, come il re.» disse quando ebbero scelto chi sarebbero stati quando lasciarono lo Stato.

«Io mi farò chiamare Gabby, perché così ogni volta che qualcuno pronuncerà il mio nome, saprò che la renderà infelice, anche se non potrà sentirlo.»

Ora, quando il bacio finisce e si sciolgono a malincuore, lei non riesce a trattenere un sorriso. «Vorrei che potessimo passare anche solo una notte in albergo prima di partire.» dice.

«Allora, Gabby, conosci la procedura.» dice lui.

«Oh, non chiamarmi così.» sbuffa lei, rendendosi improvvisamente conto di un cambiamento interiore. «Ormai ho chiuso con quel nome. Non mi si addice più. Forse se lascio andare Gabby, quella vecchia strega finalmente scomparirà.»

«Beh, allora fammi sapere come vuoi che ti chiami. Comunque, non sarà così per molto.» dice lui mentre controlla il traffico e si accoda al flusso di auto che si dirigono verso l'aeroporto. «Gabby e Richard Burrell stanno andando verso Dubai in direzione di New York, ma poi spariranno e Steven e Roberta Peterson andranno ovunque vogliano andare.»

«E non pensi che questo sarà un problema per le autorità australiane?»

«Immagino che una volta che avremo lasciato le loro belle coste, non si preoccuperanno più di tanto. A loro interessa soltanto che ce ne andiamo da questo paese. Qualcuno potrebbe seguirci, ma ormai saremo completamente scomparsi. Ora siamo una normale coppia di turisti del Kansas che ha appena trascorso un soggiorno straordinario in Australia.»

Lei ride. «È proprio vero. Sono stati tutti così gentili. Ma quanto sono stati gentili?» L'accento australiano a cui si aggrappava scompare e compare senza sforzo un accento del Midwest.

«La pagina GoFundMe ha raccolto ben seicento dollari per aiutarti a raggiungere gli Stati Uniti per ritrovare il tuo figliolo scomparso da tempo prima che venisse chiusa, dopo che la polizia e io avevamo segnalato il sito. Ma i dati delle carte di credito hanno fruttato molto di più: avevi alcuni amici con massimali piuttosto alti, e presto tutti scopriranno quanto hanno perso. Ho recuperato circa trecentomila dollari da venti persone.»

«Hmm» fa Roberta, arricciando il naso. «Non è molto. Dovremmo riprovare negli Stati Uniti. Magari dovremmo tentare con la California...»

«Beh» dice lui, «immagino di poter essere il fratello psichiatra di una sorella squilibrata in California, proprio come lo sono stato a Londra, in Irlanda e a Washington. Se non altro, nessuno ha ancora pensato di mettere in discussione il mio impressionante biglietto da visita. Ce ne servono solo un altro paio di truffe e il gruzzolo sarà sufficiente per comprare quella piccola tenuta a Maui e concederci un po' di tranquillità, finalmente.»

«Non vedo l'ora.» dice Gabby mentre si avvicinano all'aeroporto, dove un certo Simon James restituirà l'auto a noleggio e Richard Burrell accompagnerà la sua sfortunata sorella Gabby a

Dubai e poi Steven Peterson salirà su un altro aereo per tornare negli Stati Uniti con sua moglie.

Quando la polizia scoprirà cosa è successo, saranno già irrintracciabili. Lo fanno ormai da decenni, girano il mondo, ovunque ci siano persone gentili e disposte ad aiutare una donna in difficoltà il cui figlio è scomparso o la cui figlia è stata rapita dal padre o il cui figlio non sta bene e ha bisogno di un'operazione. La pagina Facebook conduce alla pagina GoFundMe e, sebbene le donazioni non siano mai molto consistenti, l'uomo che per un po' sarà conosciuto come Steven è molto bravo a estrarre i dati delle carte di credito. Le sue competenze informatiche sono preziose anche per la creazione di documenti d'identità falsi. Presentarsi ai vicini non fa mai parte del piano per un'ottima ragione. Richard sa che è meglio starne alla larga e per questo si è arrabbiato quando lei ha iniziato a parlare con Andrea. Gabby non farà mai più una cosa del genere.

Poco prima di salire sull'aereo, Roberta si reca nei bagni per sistemarsi i capelli. Steven ha scelto per lei una borsa rossa troppo grande e pacchiana, ma in realtà è perfetta per Roberta, così come i vestiti che indossa. In California diventerà un'altra donna, una donna che si veste molto meglio di Roberta. Vorrebbe che viaggiassero in business class, ma in economy possono attirare meno l'attenzione. La doccia calda e i vestiti nuovi dovranno aspettare qualche giorno perché l'aereo sta per partire. Non vede l'ora di salutare questo paese per sempre.

Una donna della sua età le si affianca, dandosi a sua volta una veloce spazzolata ai capelli, e Roberta tira fuori dalla tasca il telefono e finge di chiamare qualcuno, parlandoci, per provare la sua nuova personalità, iniziando a creare una storia per Roberta, in modo da essere convincente fino a quando non avrà stabilito la sua nuova identità.

Roberta ha tre figli e si è davvero goduta la vacanza. «Oh, ehi, tesoro, sono Roberta.» dice al telefono, lasciando un messaggio per la figlia maggiore. «Stiamo per partire ma ci siamo divertiti tantissimo. Non vedo l'ora di tornare a casa e raccontarvi tutto. Ciao.»

La donna che le sta accanto sorride calorosamente e le chiede: «Passate belle vacanze?»

«È stata semplicemente meravigliosa.» sospira Roberta. «La migliore.»

# UNA LETTERA DA NICOLE

Ciao,

vorrei ringraziarvi per aver dedicato del tempo alla lettura di *La madre casalinga*. Se vi è piaciuto e volete rimanere aggiornati su tutte le mie ultime uscite, iscrivetevi al seguente link. Il vostro indirizzo e-mail non sarà mai condiviso e potrete cancellarvi in qualsiasi momento.

*italia.bookouture.com/subscribe/*

Il narratore inaffidabile è troppo comunemente usato nella narrativa psicologica. Gabby è il narratore più inaffidabile di cui abbia mai scritto. La verità su chi sia davvero e cosa stia facendo è emersa solo quando ho scritto il suo epilogo nella prima stesura. Questo ha cambiato l'intera storia ai miei occhi, ma quando ho iniziato la revisione ho capito che lo avevo lasciato intendere per tutto il tempo. Alcuni personaggi sono bizzarri in questo senso. Spero che i lettori provino un po' di compassione per lei, perché crescere con una madre come la sua non deve essere stato facile e lei è un prodotto del suo ambiente.

Le truffe sui social media sono dilaganti e ogni volta che penso di averle viste tutte, ne salta fuori un'altra. È difficile sapere a chi o a cosa credere in un'epoca di fake news e filtri.

Spero che vi siate commossi per la situazione di Andrea e che forse abbiate serbato un po' di indulgenza per Terry. La dipendenza è una malattia e Terry vuole disperatamente guarire. Me lo immagino in grado di farcela e di diventare un marito e un padre migliore.

So che ad alcuni non piace che Gabby e Richard vadano in giro a truffare persone ignare, ma non tutti coloro che si rendono colpevoli di un crimine vengono catturati. Sono felice che Andrea e la sua famiglia stiano bene e possano andare avanti con le loro vite.

Se vi è piaciuto questo romanzo, sarebbe bello se poteste dedicare del tempo a lasciare una recensione. Le leggo tutte e provo una grande gioia quando i lettori entrano in sintonia con i personaggi e le storie. Mi piacerebbe molto sentire anche i vostri commenti. Mi trovate su Facebook e Twitter e sono sempre lieta di entrare in contatto con i lettori e cerco di rispondere a ogni messaggio che ricevo.

Grazie ancora per aver letto il mio libro,

Nicole x

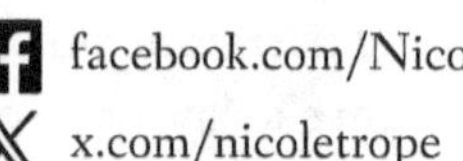

# RINGRAZIAMENTI

Il mio primo ringraziamento va sempre a Christina Demosthenous per la fiducia che ripone in me e nel mio lavoro. Mi piace condividere le idee con lei e aspettare la sua reazione a ogni nuovo romanzo.

Grazie a Victoria Blunden per la prima revisione. Come sempre, le sue capacità hanno reso questo romanzo migliore. È una favolosa prima lettrice e leggo sempre volentieri i suoi commenti.

Vorrei anche ringraziare Jess Readett per il suo lavoro e il suo entusiasmo nel parlare al mondo dei miei romanzi.

Ringrazio Ian Hodder per la revisione e a Liz Hatherell per la meticolosa correzione delle bozze.

Grazie a tutto il team di Bookouture, compresi Jenny Geras, Peta Nightingale, Richard King, Alba Proko, Ruth Tross, Mandy Kullar e tutti coloro che hanno partecipato alla produzione dei miei audiolibri e alla vendita dei diritti.

Ringrazio mia madre, Hilary, che è sempre in attesa di un nuovo romanzo.

Grazie anche a David, Mikhayla, Isabella, Jacob e Jax.

E ancora, ringrazio tutti i lettori, i recensori e i blogger che parlano del mio lavoro e che mi contattano su Facebook o su Twitter per farmi sapere che hanno apprezzato i miei libri.

Apprezzo ogni recensione e non me ne perdo una.

www.ingramcontent.com/pod-product-compliance
Lightning Source LLC
Chambersburg PA
CBHW061805190726
48289CB00007B/2084